JULES
VERNE
BEST
COLLEC
TION

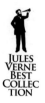

쥘 베른 베스트 컬렉션

*

달나라 탐험

김석희 옮김

Autour de la Lune

열림원

친구들! 우리는 지구로 다시 떨어지지도 않았고,
멕시코 만에 가라앉지도 않았네.
우리는 우주로 올라가고 있어. 밤하늘에 반짝이는 저 별들을 보게.
그리고 지구와 우리 사이에 펼쳐져 있는 저 칠흑 같은 어둠을 보게.

|차례|

서장

186×년에는 과학 역사상 전례 없는 실험이 전세계를 흥분시켰다. 남북전쟁이 끝난 뒤 볼티모어에 창설된 대포 클럽 회원들이 달에 포탄을 보내 연락을 취할 생각을 해낸 것이다. 이 기획의 발의자인 대포 클럽 회장 바비케인은 이 문제에 대해 케임브리지 천문대에 자문을 구한 뒤, 대다수 전문가들의 동의를 얻어 이 전대미문의 계획을 성사시키는 데 필요한 조치를 취했다. 그리고 3천만 프랑에 가까운 기부금을 모아서 이 대사업에 착수했다.

천문대 직원들의 의견에 따라 달이 천정*에 이르렀을 때 포탄을 발사하기 위해, 포탄을 발사할 대포는 위도 0도와 28도 사

* 천정(天頂): 관측자의 위치에서 연직선을 하늘 위로 연장할 때 천체와 만나게 되는 가상의 점.

이에 있는 지점에 설치하게 되었다. 발사할 때 포탄의 속도는 초속 12킬로미터가 되어야 했다. 포탄은 12월 1일 오후 10시 46분 40초에 발사되고, 발사된 뒤 나흘째인 12월 5일 자정, 달이 지구와 가장 가까운 근지점*—정확히 말하면 35만 1820킬로미터—에 있을 때 달에 도달하도록 되어 있었다.

대포 클럽의 주요 회원인 바비케인 회장, 엘피스턴 소령, 조지프 T. 매스턴 간사와 많은 학자들은 몇 차례나 회의를 열어 포탄의 형태과 구조, 대포의 위치와 성능, 사용할 화약의 질과 양을 논의했다. 그 결과 다음과 같은 결정이 내려졌다.

1. 포탄은 알루미늄으로 만들고, 지름 3미터, 바깥 두께 30센티미터, 무게는 9625킬로그램.

2. 대포는 포신의 길이가 30미터인 주철제 콜럼비아드†로, 땅을 수직으로 파서 만든 거푸집에 쇳물을 흘려넣어 주조한다.

3. 화약으로는 면화약 20만 킬로그램을 사용한다. 그것은 포탄 뒤에서 60억 리터의 가스를 분출하여 포탄이 달에 도달하게 해줄 것이다.

모든 문제가 해결되었기 때문에 바비케인 회장은 기사인 J.

* 근지점(近地點): 지구 둘레를 도는 달이 궤도상에서 지구에 가장 가까워지는 점. 반대로 가장 멀어지는 점을 원지점(遠地點)이라고 한다. 오늘날의 천문학자들이 계산한 달의 근지점은 356,410km, 원지점은 406,697km.

† 콜럼비아드: 미영전쟁(1812) 이후 미국인들은 대포를 '콜럼비아드'라고 불렀다. '콜럼비아'(콜럼버스의 이름과 관련하여)는 미국을 의인화한 여성 이름이다.

베른은 "워싱턴 자오선을 기준으로 계산했다"라고 주를 달았다. 워싱턴 자오선은 그리니치에서 서쪽으로 77도 3분의 위치에 있으므로, 그리니치 자오선으로는 서경 82도 10분이 된다.

머치슨의 도움을 얻어 플로리다 주의 북위 27도 7분 · 서경 5도 7분[#]을 부지로 선정했다. 이리하여 그곳에서 놀랄 만한 작업이 거듭된 뒤, 콜럼비아드가 성공적으로 주조되었다.

바로 그때 느닷없이 일어난 사건 때문에 이 사업에 쏠린 관심은 100배로 늘어나게 되었다.

한 프랑스인, 열정적인 파리 사람, 대담하고 재치있는 예술가가 지구의 위성에 대한 지식을 얻기 위해 포탄을 타고 달에 가겠다고 나섰기 때문이다. 이 용감한 모험가의 이름은 미셸 아르당이었다. 그는 미국에 도착하자 열렬한 환영을 받고 모임에서 연설을 하고 헹가래를 받았다. 그는 바비케인 회장을 앙숙 관계인 캡틴 니콜과 화해시키고, 두 사람도 함께 포탄에 타라고 제의했다.

아르당의 제안은 받아들여졌고, 포탄의 형태도 원통원뿔형으로 바뀌었다. 이 포탄 열차에는 발사할 때의 충격을 완화하기 위해 강력한 용수철과 칸막이가 설치되었다. 1년치 식량과 몇 달치 음료수와 며칠분의 가스도 준비되었다. 세 여행자가 숨쉴 공기는 자동장치로 공급되었다. 또한 대포 클럽은 포탄이 우주를 여행하는 것을 지켜보기 위해 로키 산맥에서 제일 높은 꼭대기에 거대한 망원경을 설치했다. 이리하여 만반의 준비가 갖추어졌다.

11월 30일 정해진 시각에 몰려든 구경꾼들이 열광하는 가운데 포탄이 출발했다. 세 사람이 틀림없이 목적지에 도달할 수 있으리라는 확신을 품고 역사상 최초로 지구를 떠나 우주 공간으로 날아오른 것이다.

이 용감한 여행자들—미셸 아르당, 바비케인 회장, 캡틴 니콜—은 97시간 13분 20초 동안의 여행을 마쳐, 달이 보름달이 되는 12월 5일 자정에 비로소 달에 도착했다. 두세 개 신문은 12월 4일에 도착했다고 잘못 보도했지만, 12월 4일에는 절대 도착하지 못했을 것이다.

그런데 콜럼비아드가 포탄을 발사할 때의 포연 때문에 엄청난 양의 연무가 쌓여 대기층을 어지럽히는 결과를 낳았다. 이 예기치 않은 현상은 대중을 격분시켰다. 달이 며칠 동안 구경꾼들 눈에 보이지 않게 되었기 때문이다.

세 여행자의 가장 용감한 친구인 존경할 만한 조지프 T. 매스턴은 케임브리지 천문대장인 J. M. 벨파스트 씨와 함께 로키 산맥으로 떠나 롱스피크 관측소에 도착했다. 그곳에는 달이 8킬로미터 거리에 있는 것처럼 보여주는 대형 망원경이 설치되어 있었다. 대포 클럽 간사는 대담한 친구들이 탄 포탄을 직접 관찰하고 싶어했다.

대기권에 축적된 연무 때문에 12월 5일, 6일, 7일, 8일, 9일, 10일에는 아무것도 관측할 수 없었다. 모든 관측은 이듬해 1월 3일까지 기다려야 할 것으로 여겨졌다. 12월 11일부터는 하현달이 되어 달이 점점 이지러지고, 따라서 포탄을 추적하기가 더 어려워지기 때문이다.

하지만 다행히도 12월 11일과 12일 밤에 폭풍이 불어 대기권의 구름을 말끔히 날려 보냈기 때문에, 검은 하늘에 떠오른 반

달을 또렷이 볼 수 있었다.

바로 그날 밤, 매스턴과 벨파스트는 롱스피크 관측소에서 케임브리지 천문대로 전보를 보냈다. 전보 내용은 이러했다. 벨파스트와 매스턴은 스톤힐에서 콜럼비아드로 발사된 포탄을 12월 11일 오후 8시 47분에 관측했다. 포탄은 알 수 없는 원인으로 진로에서 벗어나 목적지에 도착하지 않았지만, 달의 인력에 끌릴 만큼 달 가까이 지나갔다. 포탄의 직선운동은 원운동으로 바뀌었고, 타원 궤도를 따라 달 주위를 도는 달의 위성이 되었다. 이 새로운 별에 대해서는 아직 어떤 데이터도 확정되지 않았고, 포탄과 달 표면의 거리는 약 4400킬로미터로 추정된다.

전보는 마지막으로 두 가지 가설을 언급했다. 달의 중력이 포탄을 끌어들이면 여행자들은 목적을 달성하겠지만, 포탄이 고정된 궤도에 붙잡히면 영원히 달 주위를 돌게 될 것이다.

둘 중 하나라면 여행자들의 운명은 어떻게 될 것인가? 물론 얼마 동안 먹을 식량은 있다. 하지만 그들이 모험에 성공한다 해도 어떻게 지구로 돌아올 것인가? 과연 돌아올 수는 있을까? 그들의 소식을 들을 수 있을까? 당시의 가장 유식한 사람들이 토론한 이런 문제는 대중의 관심을 강하게 사로잡았다.

여기서 성급한 관측자들이 충분히 생각해야 할 말을 해두는 것이 좋을 듯싶다. 순전히 이론적인 발견을 대중한테 발표할 때는 아주 신중해야 한다. 아무도 행성이나 혜성이나 위성을 발견해야 할 의무는 없다. 그런 경우에 실수하는 사람은 대중의 조롱거리가 되기 십상이다. 그보다는 기다리는 편이 훨씬 낫다.

성급한 J.T. 매스턴도 모험의 결과를 자기 생각대로 전보에 담아 세상에 내보내기 전에 마땅히 기다렸어야 한다.

나중에 밝혀졌듯이, 사실 이 전보에는 두 가지 오류가 포함되어 있었다.

첫째는 관측의 오류다. 전보에는 포탄과 달 표면의 거리가 추정되어 있지만, 12월 11일 밤에는 그것을 볼 수가 없었다. J.T. 매스턴이 보았다고 말했고 보았다고 믿은 것은 절대로 콜럼비아드가 발사한 포탄일 수 없었다. 둘째, 포탄을 기다리고 있는 운명에 대한 가설이 잘못되었다. 포탄을 달의 위성으로 만드는 것은 모든 역학 법칙에 정면으로 모순된다.

롱스피크의 관측자들이 제시한 가설은 한 가지만 실현될 수 있었다. 달 표면에 도달하기 위해 달의 인력과 인간의 노력을 결합하는 여행자들(아직 살아 있다면)을 예견한 가설이 그것이다.

대담할 뿐만 아니라 영리하기도 한 세 여행자는 출발할 때의 무서운 충격을 견디고 살아남았다. 여기서 가장 자세하고 가장 극적으로 묘사되는 것은 바로 포탄 객차 여행이다. 상세한 설명은 많은 환상과 추측을 깨부수겠지만, 그런 모험에 수반되는 기묘한 변화를 알려줄 것이다. 이 이야기는 바비케인의 과학적 본능, 부지런한 캡틴 니콜의 역량, 미셸 아르당의 창의적이고 대담한 기질을 분명히 보여줄 것이다. 게다가 이 이야기는 그들의 훌륭한 친구인 조지프 T. 매스턴이 거대한 망원경 위로 허리를 구부리고 별이 총총한 우주 공간을 지나는 달의 운행을 관측한 것은 시간 낭비였다는 것을 입증할 것이다.

1

오후 10시 20분부터 10시 47분까지

시계가 10시를 알리자 미셸 아르당과 바비케인과 니콜은 지구에 남기고 갈 많은 친구들에게 작별을 고했다. 달나라에 종족을 번식시킬 임무를 띤 개 두 마리는 벌써 포탄 속에 갇혀 있었다.

세 여행자는 거대한 주철제 튜브에 뚫린 구멍으로 다가갔다. 그러자 기중기가 그들을 포탄의 원뿔 꼭대기에 내려놓았다. 그곳에는 특별히 그 목적을 위해 만들어진 입구가 있어서, 그 입구를 통해 알루미늄 객차 안으로 들어갈 수 있었다. 밖에서 기중기의 도르래를 잡아당기자 콜럼비아드의 입구를 마지막까지 떠받치고 있던 것이 당장 떨어져 나갔다.

니콜은 일행과 함께 포탄 속으로 들어가자 튼튼한 판으로 입구를 막고 튼튼한 나사로 고정시켰다. 렌즈 같은 유리는 딱 들어맞는 판으로 덮여 있어서, 철제 감옥 속에 밀폐된 여행자들은 당장 칠흑 같은 어둠 속에 내던져졌다.

"친구들." 미셸 아르당이 말했다. "집에 있는 것처럼 편히 지내세. 나는 가정적인 남자라서 살림을 썩 잘하는 편이지. 우리는 이 새 거처를 최대한 활용해서 되도록 편안하게 지낼 의무가 있어. 우선 주위가 조금이라도 보이게 하세. 가스는 두더지를 위해 발명된 게 아니니까."

이렇게 말하면서 태평스러운 아르당은 장화 밑창에 성냥을 그어 성냥불을 켰다. 그리고 소켓에 고정된 버너로 다가갔다. 버너 속에 고압으로 저장된 탄화수소는 144시간, 즉 6일 낮과 밤 동안 포탄 속에 빛과 열을 충분히 제공해줄 수 있었다. 가스에 불이 붙자 주위가 환해졌다. 그러자 포탄은 벽에 두꺼운 완충재를 대고 둥근 소파가 놓여 있고 돔 모양의 둥근 지붕을 씌운 안락한 방처럼 보였다.

포탄 속에 있는 물건들—무기, 기구, 도구—은 완충재로 단단히 고정되어 있어서, 발사할 때의 충격을 무사히 견딜 수 있었다. 이 무모한 실험을 성공시키기 위해 인간이 할 수 있는 예방 조치는 모두 취해졌다.

미셸 아르당은 모든 것을 점검하고 나서 설비가 만족스럽다고 말했다.

"여긴 감옥이야. 하지만 여행하는 감옥이지. 창문에 코를 눌러댈 권리가 있다면 백 년 동안 임대 계약을 맺어도 좋겠어. 자네는 웃고 있군, 바비케인. 무슨 속셈이라도 있나? 이 감옥이

가스에 불이 붙자 주위가 환해졌다

우리 무덤이 될지도 모른다고 생각하나? 그래, 어쩌면 무덤일지도 모르지. 그래도 나는 이걸 공중에 떠서 한 치도 앞으로 나아가지 않는 마호메트의 관*과 바꾸지 않을 걸세."

미셸 아르당이 말하는 동안 바비케인과 니콜은 마지막 준비를 하고 있었다.

세 여행자가 포탄 속에 완전히 밀폐되었을 때 니콜의 시계는 오후 10시 20분을 가리켰다. 이 시계는 머치슨 기사의 시계와 10분의 1초까지 정확하게 맞추어져 있었다. 바비케인은 그 시계를 들여다보았다. 그리고 말했다.

"열 시 20분이야. 열 시 47분에 머치슨은 콜럼비아드에 장전된 화약과 연결되어 있는 도화선에 전기 스파크를 보낼 테고, 그 순간 우리는 지구를 떠나게 될 거야. 그러니까 우리는 아직 27분 동안은 지구에 남아 있을 수 있어."

"26분 30초." 꼼꼼한 니콜이 받았다.

"좋아!" 미셸 아르당이 유쾌한 목소리로 외쳤다. "26분이면 많은 일을 할 수 있어. 윤리학과 정치학에서 가장 중대한 문제를 토론할 수도 있고, 그런 문제를 해결할 수도 있지. 잘 활용된 26분은 아무 일도 하지 않은 26년보다 훨씬 가치가 있어. 파스칼이나 뉴턴 같은 사람의 몇 '초'는 수많은 바보들의 평생보다

* 마호메트의 관: 이슬람교의 창시자 마호메트가 죽은 뒤 사라센인들은 그 유해를 페르시아의 어느 도시로 옮겨 쇠로 만든 관에 넣었다. 그러자 관을 받쳐주는 것도 없는데 그 관이 공중에 떠 있었다고 한다. 수백 년이 지난 뒤 15세기에 이탈리아의 한 학자가 그 신비를 밝혀냈다. 사실 그것은 자석의 인력으로 공중에 떠 있었던 것인데, 자석의 성질을 모르는 사람들이 기적이 일어났다고 믿었던 것이다.

훨씬 귀중하지."

"그래서 결론이 뭔가, 수다쟁이 선생?" 바비케인이 물었다.

"내 결론은 우리에게 아직 26분이 남아 있다는 거야."

"이제 24분밖에 안 남았어." 니콜이 말했다.

"좋아. 원한다면 24분이라고 하지. 그 24분 동안 연구할 수 있는……."

"이봐, 미셸." 바비케인이 말했다. "연구는 여행하는 도중에 해도 돼. 그때는 시간이 충분하니까 가장 어려운 문제도 연구할 수 있을 거야. 하지만 지금은 떠날 준비를 해야 돼."

"준비는 다 끝나지 않았나?"

"물론 끝났지만, 최초의 충격을 최대한 줄이려면 아직도 몇 가지 예방 조치를 취해야 돼."

"칸막이 사이에 쿠션 역할을 하는 물을 넣지 않았나? 그 탄력성이 우리를 충분히 보호해주지 않을까?"

"그러기를 바라지만……" 바비케인이 부드럽게 대답했다. "확신할 수는 없어."

"말도 안 돼!" 미셸 아르당이 소리쳤다. "그러기를 바라지만 확신할 수는 없다고? 여기 처넣어질 때까지 기다렸다가 그런 한심한 고백을 하다니! 제발 여기서 나가게 해줘!"

"어떻게?"

"제기랄! 그것도 쉽지 않군. 우리는 객차 안에 갇혀 있고, 출발을 알리는 차장의 호루라기는 24분 뒤에 울려 퍼질 테고……."

"20분이야." 니콜이 말했다.

잠시 세 여행자는 서로 얼굴을 쳐다보았다. 그러고는 자신들과 함께 갇힌 물건들을 조사하기 시작했다.

"모두 제자리에 있어." 바비케인이 말했다. "이제 어떤 자세를 취하면 충격에 가장 잘 견딜 수 있을지를 결정해야 돼. 자세는 아무래도 좋은 문제일 수 없어. 그리고 우리는 피가 갑자기 머리로 몰리는 것을 최대한 막아야 돼."

"맞아." 니콜이 말했다.

"그렇다면……" 미셸 아르당은 벌써 행동을 말에 맞출 준비를 하고 대답했다. "서커스의 광대처럼 물구나무를 서서, 머리를 밑으로 하고 발을 공중으로 들어올리세."

그러자 바비케인이 말했다.

"아니, 옆으로 누워서 몸을 쭉 펴세. 그러면 충격에 더 잘 견딜 수 있을 거야. 포탄이 출발할 때, 우리가 포탄 속에 있느냐 포탄 앞에 있느냐는 별로 중요하지 않아. 안에 있든 앞에 있든 거의 마찬가지라는 걸 명심하게."

"똑같은 게 아니라 '거의 마찬가지일' 뿐이라면 기운을 내도 되겠군." 미셸 아르당이 말했다.

"내 생각에 찬성하나, 니콜?" 바비케인이 물었다.

"전적으로 찬성이야." 캡틴 니콜이 대답했다. "아직 13분 30초 남았어."

"저 친구는 인간이 아니야." 미셸이 소리쳤다. "탈진기가 달린 초시계에 구멍 여덟 개가 뚫려 있을 뿐이야."

하지만 친구들은 그 말을 듣지 않고 지극히 냉정하게 마지막 자세를 취하고 있었다. 그들은 객차에서 되도록 편안한 자세를 취하려고 애쓰는 꼼꼼한 여행자 같았다.

가장 무서운 위험이 닥쳐오고 있는데도 평상시보다 조금도 빨리 고동치지 않는 그 미국인들의 심장이 도대체 무엇으로 만들어져 있는지 궁금해진다.

포탄 속에는 튼튼하게 만들어진 침대의자 세 개가 놓여 있었다. 니콜과 바비케인은 이동식 원판 한복판에 그 침대의자들을 배치했다. 세 여행자는 떠나기 직전에 그 침대의자 위에 길게 드러누울 것이다.

잠시도 가만히 있지 못하는 아르당은 우리에 갇힌 야생동물처럼 좁은 감옥을 돌아다니며 친구들과 잡담을 하고, 다이애나(달의 여신)와 새틀라이트(위성)에게 말을 걸었다. 여러분도 짐작하겠지만, 그것은 아르당이 개들에게 지어준 뜻있는 이름이었다.

"이봐, 다이애나! 이봐, 새틀라이트!" 아르당은 큰 소리로 개들을 놀렸다. "너희는 달에 있는 동족한테 지구의 개들이 가진 좋은 버릇을 보여줘야 돼! 그건 개과 동물의 명예가 될 거야. 우리가 다시 지구로 내려온다면, 너희와 달의 개들 사이에 태어난 잡종을 데려와서 이곳 사람들을 깜짝 놀라게 해주자. 아마 여기서는 대소동이 일어날 거야."

"달에 개가 있다면 그렇겠지." 바비케인이 말했다.

"있어." 미셸 아르당이 말했다. "말, 소, 당나귀, 닭도 있어.

다이애나와 새틀라이트

닭은 틀림없이 찾을 수 있을 거야. 내기해도 좋아."

"아무것도 못 찾는다는 데 백 달러 걸지." 캡틴 니콜이 말했다.

"좋아, 캡틴." 아르당이 니콜의 손을 꽉 잡으면서 대답했다. "하지만 당신은 우리 회장과 한 내기에서 벌써 세 번이나 졌어. 우선 이번 기획에 필요한 자금을 구했고, 주조 작업도 성공적으로 끝났고, 마지막으로 콜럼비아드가 무사히 장전을 마쳤으니까 잃은 돈을 모두 합하면 6천 달러로군."

"그래." 니콜이 대답했다. "열 시 37분 6초야."

"알았어, 캡틴. 15분도 지나기 전에 당신은 회장한테 9천 달러를 더 지불해야 할 거야. 콜럼비아드가 폭발하지 않으면 4천 달러, 포탄이 공중으로 10킬로미터 이상 올라가면 5천 달러를 주어야 하니까."

"돈은 여기 갖고 있네." 니콜은 코트 주머니를 두드리면서 대답했다. "언제든지 달라고 말만 해."

"당신은 정말 꼼꼼한 사람이로군. 나는 절대로 그럴 수 없을 거야. 하지만 내가 이런 말을 해도 된다면, 사실 당신은 이겨도 소득이 없는 내기를 계속했어."

"왜?" 니콜이 물었다.

"첫 번째 내기에서 이기면 콜럼비아드가 폭발할 테고, 포탄도 대포와 함께 폭발할 테고, 그러면 당신한테 내깃돈을 주어야 할 바비케인은 이 세상에 없을 테니까."

"내 내깃돈은 볼티모어 은행에 예치되어 있어." 바비케인이 간단명료하게 대답했다. "돈을 받을 니콜이 이 세상에 없으면, 그 돈은 니콜의 상속인한테 돌아가겠지."

"아아, 자네는 실제적인 사람이로군!" 미셸 아르당이 외쳤다. "나는 자네를 도저히 이해할 수가 없어. 그래서 더욱 자네가 존경스러워."

"열 시 42분!" 니콜이 말했다.

"5분밖에 안 남았군." 바비케인이 받았다.

"그래, 겨우 5분!" 미셸 아르당이 대꾸했다. "그런데 우리는 30미터 길이의 대포 바닥에 있는 포탄 속에 갇혀 있어. 그리고 이 포탄 밑에는 보통 화약 80만 킬로그램과 맞먹는 20만 킬로그램의 면화약이 꽉꽉 쟁여져 있지. 그리고 우리 친구 머치슨은 손에 시계를 들고 시계바늘에 눈을 고정시킨 채 전기장치 위에 손가락을 올려놓고는 초를 헤아리면서 우리를 우주 공간으로 쏘아 보낼 준비를 하고 있어."

"됐네, 미셸. 그만하게." 바비케인이 진지한 목소리로 말했다. "우리도 준비하세. 이제 몇 분만 지나면 중대한 순간이 찾아올 거야. 마지막으로 악수나 하세, 친구들."

"좋아." 미셸 아르당은 겉보기보다 훨씬 감동하여 소리쳤다.

대담한 세 친구는 마지막 포옹을 나누었다.

"신께서 우리를 지켜주시기를!" 신앙심이 깊은 바비케인이 말했다.

미셸 아르당과 니콜은 이동식 원판 한복판에 놓여 있는 침대 의자 위에 길게 드러누웠다.

"열 시 47분!" 캡틴 니콜이 중얼거렸다.

"20초 남았다!" 바비케인은 재빨리 가스등을 끄고 친구들 옆에 누웠다. 정적을 깨뜨리는 것은 시계의 초침 소리뿐이었다.

별안간 무서운 충격이 느껴졌다. 포탄은 면화약의 연소로 생겨난 60억 리터의 가스에 밀려 공중으로 솟구쳐 올랐다.

2

최초의 30분

어떻게 됐을까? 이 무서운 충격은 어떤 결과를 낳았을까? 독창적인 포탄 제조가 과연 좋은 결과를 얻었을까? 용수철과 네 개의 완충장치, 쿠션 역할을 하는 물과 칸막이 덕분에 충격이 약해졌을까? 초속(秒速) 12킬로미터의 초속도(初速度: 발사 순간의 속도)라면 파리나 뉴욕을 순식간에 가로지를 수 있는 속도인데, 그처럼 빠른 속도의 엄청난 압력을 그런 완충장치가 누그러뜨릴 수 있었을까? 이 감동적인 장면을 지켜본 수만 명의 구경꾼들에게는 분명 이런 의문이 똑같이 떠올랐을 것이다. 그들은 여행의 목적을 잊고 오로지 여행자들만 생각했다. 구경꾼들 가운데 하나—예를 들면 조지프 T. 매스턴—가 포탄 속을 언뜻 들여다볼 수 있었다면 어떤 장면을 보았을까?

그때는 아무것도 보지 못했을 것이다. 포탄 속은 캄캄했다.

하지만 원통원뿔형 칸막이벽은 훌륭하게 버텨냈다. 한 군데도 갈라지지 않았고 움푹 들어간 곳도 없었다. 이 놀라운 포탄은 화약의 강력한 폭발과 연소로 뜨거워지지도 않았고, 사람들이 걱정한 것처럼 알루미늄이 녹아서 비처럼 쏟아져 내리지도 않았다.

포탄 내부에서는 약간의 혼란만 일어났을 뿐이다. 물건 몇 개가 천장 쪽으로 무참하게 내동댕이쳐졌지만, 가장 중요한 물건은 충격을 전혀 받지 않은 것 같았다. 설비는 무사했다.

칸막이가 깨지고 물이 빠져나가면서 포탄 밑바닥까지 쑥 가라앉은 이동식 원판에는 생명이 없는 것처럼 보이는 세 개의 몸뚱이가 누워 있었다. 바비케인과 캡틴 니콜과 미셸 아르당. 그들은 아직 숨을 쉬고 있을까? 아니면 이제 포탄은 세 구의 주검을 우주로 실어가는 금속 관(棺)에 불과한가?

포탄이 떠난 지 몇 분 뒤, 몸 하나가 움직였다. 팔을 흔들고 고개를 들더니, 마침내 무릎을 꿇고 몸을 일으키는 데 성공했다. 미셸 아르당이었다. 그는 온몸을 더듬어보고 낭랑하게 "에헴!" 하고 헛기침을 하고 나서 말했다.

"미셸 아르당은 멀쩡해. 다른 사람들은 어떤가?"

용감한 프랑스인은 일어나려고 했지만, 일어설 수가 없었다. 머리에 피가 몰려서 현기증이 났고, 눈이 먼 것처럼 아무것도 보이지 않았다. 그는 술에 취한 사람 같았다.

"부르르! 코르통(화이트 와인의 일종)을 두 병 마신 것과 똑같은 효과를 내는군. 그렇게 맛은 없지만……"

이어서 그는 이마와 관자놀이를 손바닥으로 문지르면서 단호한 목소리로 불렀다.

"니콜! 바비케인!"

그는 불안하게 기다렸다. 아무 대답도 없었다. 길동무들의 심장이 아직 뛰고 있다는 것을 보여주는 한숨 소리조차도 들리지 않았다. 그는 다시 한 번 불러보았지만 여전히 조용했다.

"제기랄! 니콜과 바비케인은 5층에서 거꾸로 떨어진 것 같군." 하지만 그는 무슨 일이 일어나도 흔들리지 않는 확신을 가지고 덧붙였다. "프랑스인이 무릎으로 일어날 수 있다면, 두 미국인은 두 발로 일어날 수 있어야 돼. 하지만 우선 불을 켜자."

아르당은 생명력이 밀물처럼 조금씩 돌아오는 것을 느꼈다. 거칠게 날뛰던 피도 차분해져 평상시의 익숙한 순환으로 돌아갔다. 한 번 더 시도한 끝에 그는 몸의 균형을 되찾았다. 드디어 일어나는 데 성공한 그는 주머니에서 성냥을 꺼내 버너로 다가가면서 성냥불을 켰다. 버너는 조금도 손상되지 않았다. 가스도 누출되지 않았다. 가스가 새어나왔다면 냄새로 알아차릴 수 있었을 것이다. 가스가 새어나왔다면 미셸 아르당은 불켜진 성냥을 들고 수소로 가득 찬 공간을 무사히 지나올 수 없었을 것이다. 수소 가스는 공기와 섞이면 폭발성 혼합물이 되고, 진동이 격렬해지면 폭발할 위험이 크다. 버너에 불이 붙자, 아르당은 친구들 위로 허리를 구부렸다. 그들은 생명력이 없는 덩어리처럼 겹쳐서 누워 있었다. 캡틴 니콜이 위에 있고, 바비케인은 그 밑에 깔려 있었다.

그는 이마와 관자놀이를 손바닥으로 문지르면서……

아르당은 니콜을 들어올려 침대의자에 앉히고 격렬하게 몸을 문지르기 시작했다. 이 마사지가 효과를 발휘하여 니콜은 정신을 차리고 눈을 떴다. 그리고 당장 침착성을 되찾아 아르당의 손을 잡고 주위를 둘러보았다.

"그런데, 바비케인은?" 니콜이 물었다.

"한 사람씩 차례로 해야지." 미셸 아르당이 대답했다. "니콜, 당신이 위에 있었기 때문에 당신부터 시작한 거야. 이젠 바비케인을 돌보세."

아르당과 니콜은 바비케인 회장을 들어올려 침대의자 위에 눕혔다. 바비케인은 두 일행보다 심한 충격을 받은 모양이었다. 그는 피를 흘리고 있었지만, 그 피가 어깨에 난 작은 상처에서 나오는 것을 발견하고 니콜은 안심했다. 그것은 가벼운 찰과상이었지만, 니콜은 조심스럽게 붕대를 감았다.

그래도 바비케인은 좀처럼 의식을 되찾지 못했다. 친구들은 놀라서 열심히 바비케인의 몸을 문질렀다.

"하지만 숨은 쉬고 있어." 니콜이 바비케인의 가슴에 귀를 대고 말했다.

"그래." 아르당이 대답했다. "호흡이라는 일상적인 작용을 조금이라도 아는 사람이라면 이런 식으로 숨을 쉬지. 문질러, 니콜. 더 세게 문질러!"

두 즉석 의사가 열심히 애쓴 덕에 바비케인은 의식을 되찾았다. 그는 눈을 뜨고 일어나 앉아서 두 친구의 손을 잡고 물었다.

"니콜, 우리는 지금 움직이고 있나?"

아르당과 니콜은 바비케인 회상을 들어올려……

이것이 그의 입에서 처음 나온 말이었다.

니콜과 아르당은 얼굴을 마주보았다. 그들은 아직 포탄에 대해서는 걱정하지 않았다. 탈것보다는 탈것에 탄 여행자가 우선이었기 때문이다.

"우리가 정말로 움직이고 있나?" 바비케인이 다시 물었다.

"아니면 플로리다의 땅 위에 조용히 앉아 있나?" 니콜이 물었다.

"아니면 멕시코 만 바닥에 가라앉았나?" 미셸 아르당이 덧붙였다.

"무슨 그런 터무니없는 생각을 하나!" 바비케인이 소리쳤다.

친구들이 제시한 두 가지 가설은 바비케인의 정신을 번쩍 들게 하는 효과가 있었다. 어쨌든 그들은 아직 포탄의 위치를 판단할 수 없었다. 포탄은 움직이지 않는 듯이 보였고 외부와 연락할 길이 없었기 때문에, 그들은 문제를 해결할 수가 없었다. 어쩌면 포탄은 예정대로 공간을 날고 있을지도 모른다. 아니면 잠깐 공중으로 올라갔다가 땅으로 떨어졌거나 멕시코 만에 가라앉았을지도 모른다. 플로리다 반도는 좁으니까 멕시코 만에 추락하는 것도 불가능하지는 않을 것이다.

사태는 심각했고, 문제는 흥미로웠지만 되도록 빨리 해결해야 했다. 흥분한 바비케인은 약해진 체력을 정신력으로 극복하고 벌떡 일어났다. 그리고 귀를 기울였다. 밖은 조용했다. 두꺼운 완충재는 지구에서 나오는 모든 소리를 차단하기에 충분했다. 하지만 한 가지 상황이 바비케인의 주의를 끌었다. 그것은 포탄의 내부 온도가 이상하게 높다는 것이었다. 그는 케이스에서 온도계를 꺼내 눈금을 확인했다. 온도계는 섭씨 45도를 가리키고 있었다.

"그래." 그가 외쳤다. "우리는 지금 움직이고 있어! 포탄의 칸막이를 뚫고 들어오는 이 숨막히는 열기는 대기층과 포탄의 마찰에서 생기는 거야. 우리는 이미 우주 공간에 떠 있으니까 열기는 곧 사라질 거야. 더위로 질식할 뻔한 뒤로는 지독한 추위를 견뎌야 할 거야."

"뭐라고?" 미셸 아르당이 말했다. "바비케인, 자네 설명에 따르면 우리는 이미 지구의 대기권 밖에 있다는 건가?"

"틀림없어. 내 말을 들어보게. 지금 시각은 정확히 열 시 55분이야. 포탄이 발사된 지 8분이 지났어. 초속도가 공기 마찰로 줄어들지 않았다면, 지구를 둘러싸고 있는 60킬로미터의 대기층을 통과하는 데 5초면 충분할 거야."

"그래." 니콜이 받았다. "하지만 마찰로 줄어드는 속도를 자네는 어느 정도로 추산하고 있나?"

"3분의 1은 줄어들겠지. 꽤 많이 감소되는 거지만, 내 계산에 따르면 적어도 그 정도는 돼. 초속도가 12킬로미터라 해도, 대기권을 떠날 때는 속도가 7332미터로 떨어져버리지. 어쨌든 우리는 이미 그 구간을 통과했고……"

"그렇다면……" 미셸 아르당이 끼어들었다. "우리 친구 니콜은 벌써 두 가지 내기에 졌군. 대포가 폭발하지 않았으니까 4천 달러를 잃었고, 포탄이 10킬로미터 상공보다 더 높이 올라왔으니까 5천 달러를 잃었어. 자, 니콜. 어서 돈을 치르게."

"우선 그걸 입증하세." 캡틴 니콜이 말했다. "돈은 입증이 끝난 뒤에 치르겠네. 바비케인의 추론이 옳고 내가 9천 달러를 잃었을 수도 있지만, 방금 새로운 가설이 내 마음속에 떠올랐다네. 그 가설은 이 내기를 무효로 만들 거야."

"그게 뭔데?" 바비케인이 재빨리 물었다.

"어떤 이유로든 화약에 불이 붙지 않아서 우리가 아직 출발하지 않았을지도 모른다는 걸세."

"맙소사." 미셸 아르당이 소리쳤다. "그건 내 머리에서나 나올 만한 가설이야. 절대로 진지한 가설일 리가 없어. 우리는 발사의 충격으로 하마터면 모두 죽을 뻔하지 않았나? 내가 당신을 되살려놓지 않았던가? 회장의 어깨는 타격을 받고 아직도 피를 흘리고 있지 않나?"

"인정해." 니콜이 대답했다. "하지만 한 가지 의문이 있어."

"뭔데?"

"자네는 폭발음을 들었나? 폭발음은 엄청나게 컸을 텐데."

"아니. 분명히 못 들었어." 아르당이 깜짝 놀라서 대답했다.

"바비케인, 당신은?"

"나도 못 들었네."

"좋아." 니콜이 말했다.

"그거 참 이상하군. 왜 폭발음을 못 들었을까?" 바비케인이 중얼거렸다.

세 친구는 당황한 태도로 얼굴을 마주보았다. 그것은 설명할 수 없는 현상이었다. 포탄은 분명 출발했고, 따라서 폭발음은 틀림없이 났을 것이다.

"우선 우리가 지금 어디 있는지부터 확인해보세." 바비케인이 말했다. "덧문을 내려보세."

이것은 아주 간단한 작업이라서 금방 이루어졌다.

오른쪽 현창의 바깥쪽 금속판에 볼트를 고정시킨 너트가 영국제 렌치의 압력에 굴복했다. 볼트는 밖으로 밀려나갔고, 인도 고무로 덮인 완충장치가 볼트 구멍을 막았다. 바깥쪽 금속판은 선박의 현창처럼 경첩에 매달린 채 뒤로 떨어졌고, 현창을 막고 있는 렌즈 모양의 유리가 나타났다. 포탄 반대쪽에 있는 두꺼운 칸막이와 둥근 천장 꼭대기, 바닥 한복판에도 비슷한 현창이 있었다. 따라서 그들은 네 개의 현창으로 각기 다른 방향을 관측할 수 있었다. 가장 직접적인 옆쪽 창문으로는 하늘을 관찰하고, 포탄의 위아래 창문으로는 지구와 달을 관찰할 수 있었다.

바비케인과 두 친구는 당장 덧문이 열린 창문으로 달려갔다. 하지만 창문을 비추는 빛이 전혀 없었다. 칠흑 같은 어둠이 그들을 에워싸고 있었다. 그 깊은 어둠을 보고 대포 클럽 회장이 소리쳤다.

"친구들! 우리는 지구로 다시 떨어지지도 않았고, 멕시코 만에 가라앉지도 않았네. 그래. 우리는 우주로 올라가고 있어. 밤하늘에 반짝이는 저 별들을 보게. 그리고 지구와 우리 사이에 펼쳐져 있는 저 칠흑 같은 어둠을 보게."

"만세! 브라보!" 미셸 아르당과 니콜은 입을 모아 외쳤다.

실제로 이 깊은 어둠은 포탄이 지구를 떠났음을 입증해주었다. 포탄이 지구 표면에 놓여 있다면, 환한 달빛을 받은 땅이 여행자들에게 보였을 것이기 때문이다. 이 어둠은 포탄이 대기층을 통과했다는 것도 보여주었다. 포탄이 아직 대기권에 있다면 공기 속에 확산된 빛이 포탄의 금속 벽에 반사되었을 텐데, 그 반사광이 보이지 않았기 때문이다. 반사광이 있다면 창문을 비추었을 텐데, 창문은 캄캄했다. 이제는 의심할 여지가 없었다. 여행자들은 분명히 지구를 떠났다.

"내가 졌군." 니콜이 말했다.

"축하하네." 아르당이 대답했다.

"자, 9천 달러일세." 니콜이 주머니에서 달러 뭉치를 꺼내면서 말했다.

"영수증을 받을 텐가?" 바비케인이 돈다발을 받으면서 물었다.

"괜찮다면 써주게. 그래야 좀더 사무적으로 보이니까."

바비케인은 회계 창구에라도 있는 것처럼 냉정하고 진지하게 수첩을 꺼내더니, 아무것도 적혀 있지 않은 페이지를 한 장 찢어서 연필로 영수증을 쓰고 날짜를 적고 여느 때처럼 장식체로 서명을 해서 니콜에게 건네주었다. 니콜은 영수증을 받아서 지갑에 조심스럽게 집어넣었다. 미셸 아르당은 모자를 벗고 말없이 두 친구에게 절을 했다. 이런 상황에서도 그렇게 격식을 차리는 것을 보고 그는 말문이 막혔다. 아르당은 지금까지 그렇게 '미국적' 인 것을 본 적이 없었다.

이 일이 해결되자 바비케인과 니콜은 창가로 돌아가서 별들을 바라보고 있었다. 별들은 검은 하늘에 찍혀 있는 밝은 점처럼 보였다. 하지만 그쪽에서는 달을 볼 수가 없었다. 동쪽에서 서쪽으로 운행하는 달은 천정을 향해 조금씩 올라갈 것이다. 그쪽에 달이 없는 것을 보고 아르당이 말했다.

"달이 안 보이는데, 어쩌면 우리와 못 만나는 게 아닐까?"

"안심하게." 바비케인이 말했다. "우리가 앞으로 가게 될 천체는 제자리에 있지만, 이쪽에서는 볼 수 없으니 반대쪽 창문을 열어보세."

바비케인은 반대쪽 현창을 열기 위해 막 창가를 떠나려 할 때, 반짝이는 물체가 다가오는 것을 보았다. 그것은 거대한 원반이었다. 크기가 얼마나 큰지 어림할 수도 없었다. 지구 쪽을 향하고 있는 천체면은 아주 밝아서, 달빛을 반사하고 있는 작은 달이라고 생각할 수도 있었을 것이다. 원반은 빠른 속도로 다가왔고, 궤도를 그리며 지구 주위를 돌고 있는 듯이 보였다. 그렇다면 원반이 그리는 궤도는 포탄의 진로와 교차할 것이다. 이 천체는 자전축을 중심으로 회전하고 있었고, 우주에 버려진 모든 천체와 똑같은 현상을 나타내고 있었다.

"아아!" 미셸 아르당이 소리쳤다. "저게 뭐지? 또 다른 포탄인가?"

바비케인은 대답하지 않았다. 그 거대한 천체의 출현은 그를 놀라움과 불안에 빠뜨렸다. 천체가 포탄과 충돌할 수도 있었고, 그러면 끔찍한 결과가 뒤따를 것이다. 포탄이 진로를 벗어날 수도 있고, 충격 때문에 추진력을 잃은 포탄이 지구로 곤두박질쳐

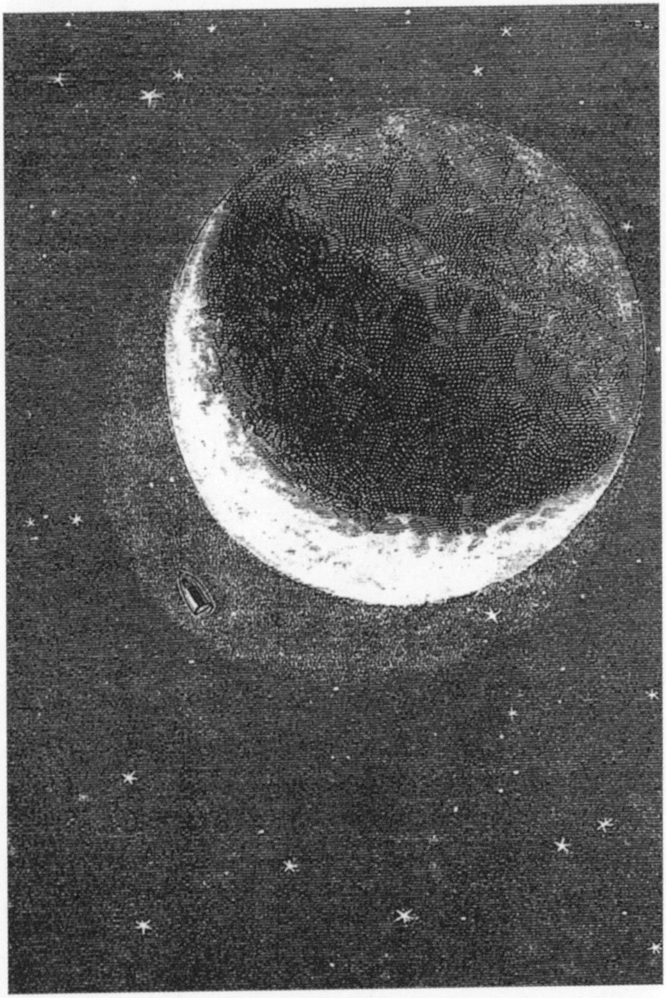

그것은 거대한 원반이었다

서 떨어질지도 모른다. 아니면 그 강력한 천체의 인력에 무력하게 끌려갈 수도 있다. 바비케인은 이 세 가지 가설의 결과를 재빨리 머리에 떠올렸다. 어느 쪽이든 그들의 실험은 치명적인 실패로 끝나게 될 것이다. 그의 친구들은 말없이 우주 공간을 내다보고 있었다. 그 천체는 빠르게 다가오면서 급속히 커졌다. 시각적인 착각 때문에 마치 포탄이 그 천체 앞에 자신을 내던지고 있는 것처럼 보였다.

"맙소사! 충돌하겠어!" 미셸 아르당이 외쳤다.

여행자들은 본능적으로 뒤로 물러섰다. 몹시 두려웠지만, 두려움은 오래 지속되지 않았다. 그 별은 수백 미터 거리를 두고 포탄 옆을 지나 몇 초 만에 갑자기 사라져버렸다. 속도가 빨라서라기보다는 얼굴을 달과 반대쪽으로 돌리고 있었기 때문에 우주의 캄캄한 어둠 속에 갑자기 흡수된 것이다.

"잘 가거라!" 미셸 아르당이 안도의 한숨을 내쉬면서 외쳤다. "확실히 우주는 너무 광대해서 작은 포탄 하나쯤은 안심하고 돌아다닐 수 있어. 그런데 하마터면 우리와 부딪칠 뻔한 그 엄청난 천체는 뭐지?"

"나는 알고 있네." 바비케인이 대답했다.

"아, 그래? 자네는 모르는 게 없지."

"그건 단순한 운석일세. 하지만 거대한 운석이고, 지구의 인력 때문에 위성처럼 지구 주위를 돌고 있지."

"그럴 수도 있나?" 미셸 아르당이 외쳤다. "그럼 지구도 해왕성처럼 달을 두 개 갖고 있는 셈이군?"

"그래. 지구는 대개 달을 하나만 가진 것으로 되어 있지만, 달이 두 개라고 할 수도 있지. 하지만 두 번째 달은 너무 작고 너무 빨라서 지구 사람들은 그걸 볼 수가 없다네. 프랑스의 천문학자인 프티* 씨가 이 두 번째 위성의 존재를 확인하고 그 구성요소를 추정할 수 있었던 것은 천체의 섭동†을 알아차렸기 때문일세. 그의 관측에 따르면 이 운석은 세 시간 20분 만에 지구를 한 바퀴 돈다는데, 이것은 정말 놀랄 만큼 빠른 속도지."

"천문학자들은 모두 그 위성의 존재를 인정하나?" 니콜이 물었다.

"아니." 바비케인이 대답했다. "하지만 그 사람들도 우리처럼 두 번째 위성을 만났다면, 더는 그 존재를 의심할 수 없겠지. 그 운석이 포탄에 부딪쳤다면 우리는 몹시 난처했겠지만, 그 운석 덕분에 우주 공간에서 우리의 위치를 판단할 수 있을 것 같네."

"어떻게?" 아르당이 물었다.

"운석과 지구의 거리는 알려져 있으니까, 아까 운석을 만났을 때 우리는 지표면에서 정확히 8140킬로미터 떨어져 있었다네."

"그럼 2천 리그(약 8000킬로미터)가 넘는군." 미셸 아르당이 외쳤다. "그건 지구라고 불리는 비참한 구체의 급행열차보다도

* 프티(1810~65): 프랑스의 천문학자. 툴루즈 천문대장으로 재직하던 1846년에 지구의 두 번째 위성을 발견했다고 발표했다. 세간에서는 그의 주장을 무시했지만, 쥘 베른은 그의 가설을 (과학적 이론으로서가 아니라 소설적 장치로서) 이용했다.

† 섭동(攝動): 행성의 궤도가 다른 천체의 인력에 의해 정상적인 타원에서 어긋나는 것.

빨라."

"나도 그렇게 생각하네." 니콜은 시계를 들여다보면서 대답했다. "열한 시야. 우리가 미국 대륙을 떠난 지 11분밖에 안 됐어."

"11분밖에?" 바비케인이 말했다.

"그래." 니콜이 말했다. "포탄의 초속도인 12킬로미터가 그대로 유지되었다면, 한 시간에 1만 리그(4만 킬로미터) 가까이 갔을 텐데."

"옳은 말이긴 하지만……" 회장이 말했다. "해결할 수 없는 문제가 아직 남아 있네. 우리는 왜 콜럼비아드의 폭발음을 듣지 못했을까?"

대답이 없었기 때문에 대화가 중단되었다. 바비케인은 생각에 잠긴 채 두 번째 옆쪽 창문의 덧문을 내리기 시작했다. 그는 성공했다. 덧문이 내려진 유리창을 통해 달이 포탄을 환한 빛으로 가득 채웠다. 알뜰한 니콜은 이제 쓸모가 없어진 가스등을 껐다. 가스등의 환한 불빛은 오히려 행성간 공간을 관측하는 데 방해가 되었다.

달은 놀랄 만큼 순수하게 빛났다. 지구의 흐릿한 대기권을 통과하지 않은 달빛이 유리창을 통해 들어와, 은빛 반사광으로 포탄 내부의 공기를 가득 채웠다. 하늘의 검은 장막 때문에 달빛이 더욱 밝아 보였다. 빛의 확산을 방해하는 에테르로 가득 찬 이 우주 공간에서는 환한 달빛이 이웃한 별들을 덮어 가리지 않았다. 그래서 하늘은 완전히 새로운 양상을 띠었다. 인간의 눈은 그런 하늘을 꿈에도 상상하지 못할 것이다. 이 대담한 사람들이 여행 목표인 달을 얼마나 관심있게 바라보았을지는 충분히 짐작할 수 있을 것이다.

지구의 작은 위성은 알아차리지 못할 만큼 천천히 천정을 향해 움직이고 있었다. 달은 앞으로 96시간 뒤에 수학적으로 계산된 점인 천정에 도달할 것이다. 달 표면의 산과 평원과 모든 기복은 마치 지구에서 관측하고 있는 것처럼 또렷이 분간할 수 없었다. 하지만 달빛은 놀랄 만큼 강렬해졌다. 달은 백금 거울처럼 빛났다. 여행자들은 발밑에서 빠르게 멀어져가고 있는 지구에 대한 기억을 모두 잃어버렸다.

사라져가는 지구에 처음으로 관심을 되돌린 사람은 캡틴 니콜이었다.

"그래." 미셸 아르당이 말했다. "지구에 대한 고마움은 잊지 말기로 하세. 우리는 조국을 떠나고 있으니까, 마지막으로 우리 조국에 눈길을 돌리기로 하세. 지구가 내 시야에서 완전히 숨어버리기 전에 한 번 더 지구를 보고 싶군."

바비케인은 친구들을 만족시키기 위해 포탄 바닥에 있는 창문 덮개를 치우기 시작했다. 그 창문으로 밑에 있는 지구를 직접 관찰할 수 있을 것이다. 포탄이 발사될 때의 압력으로 포탄 밑바닥까지 밀려 내려간 원판을 간신히 떼어냈다. 원판의 파편들은 이따금 또 쓸모가 있을 것 같아서 조심스럽게 벽에 기대어 놓았다. 그러자 포탄 아래쪽을 둥글게 도려낸 지름 50센티미터 정도의 구멍이 나타났다. 걸쇠로 보강된 15센티미터 두께의 유리 덮개가 그 구멍을 단단히 틀어막고 있었다. 그 위에는 알루미늄 판이 볼트로 고정되어 있었다. 나사를 풀어 볼트를 제거하고 알루미늄 판을 내리자 포탄 안에서 밖을 내다볼 수 있게 되었다.

미셸 아르당이 유리창 옆에 무릎을 꿇었다. 유리창은 뿌옇고 불투명해 보였다.

"아아! 그런데 지구는?" 아르당이 소리쳤다.

"지구?" 바비케인이 되물었다. "저기 있잖아."

"뭐라고? 저 실처럼 가느다란 게? 저 은빛 초승달이 지구라고?"

"틀림없네, 미셸. 나흘 뒤에 달이 보름달이 될 때, 우리가 달에 도착하는 바로 그 순간 지구는 초승달일 걸세. 우리 눈에는 곧 사라져버릴 가느다란 초승달로밖에 안 보이겠지. 그리고 며칠 동안 지구는 완전한 어둠에 싸일 거야."

"저게 지구라고?" 미셸 아르당은 자기가 태어난 행성의 가느다란 조각을 휘둥그레진 눈으로 바라보면서 같은 말을 되풀이했다.

바비케인 회장의 설명은 정확했다. 포탄에서 보는 지구는 그믐달 단계에 들어가 있었다. 이제 팔분원 안에 들어가 있는 지구는 검은 하늘을 배경으로 아름답게 그려진 초승달처럼 보였다. 두꺼운 대기층 때문에 푸르스름해진 지구의 빛은 초승달보다도 약했지만, 크기가 상당히 커서 하늘을 가로지른 거대한 아치처럼 보였다. 특히 오목한 지역에서 환한 빛을 받은 부분은 높은 산들의 존재를 보여주었다. 하지만 그 밝은 부분은 달 표면에서는 결코 볼 수 없는 짙은 오점에 가려져 보이지 않을 때가 많았다. 그 오점들은 지구 주위에 집중적으로 배치된 구름띠였다.

하지만 달이 태양의 팔분원 안에 들어가 있을 때 달에 생기는 자연 현상을 생각하여, 지구 전체의 윤곽을 잡을 수는 있었다. 지구 전체는 회색 광선의 효과로 꽤 또렷이 보였지만, 지구의 그 빛은 달의 회색 광선보다 측정하기가 어려웠다. 이 빛이 약한 원인은 쉽게 이해할 수 있다. 달의 반사광은 지구가 달에 반사하는 햇빛에 힘입은 것이지만, 이 우주 공간에서 바라보는 지구의 빛은 거꾸로 달이 지구에 반사하는 햇빛에 힘입은 것이기 때문이다. 그런데 지구와 달은 크기가 다르기 때문에, 지구의 반사광은 달보다 약 13배가 강하고, 그 점에서 회색 광선의 현상에 이런 결과가 생긴다. 이 현상의 강약은 두 천체의 광도에 비례하니까, 지구 표면의 어두운 부분은 달 표면의 어두운 부분만큼 또렷이 나타나지 않는다. 또한 초승달 단계에 들어간 지구는 진짜 초승달보다 더욱 가느다란 곡선을 그리는 것처럼 보인다. 그것은 완전히 발광 작용이 낳은 결과다.

이렇게 여행자들이 깊은 어둠을 꿰뚫어보려고 애쓰는 동안, 반짝이는 별똥별 무리가 갑자기 눈앞에 나타났다. 공기와의 마찰로 불이 붙은 수백 개의 운석이 어둠 속에 빛의 줄무늬를 만들고, 둥근 달 표면의 회색 부분에 그 불빛으로 줄무늬를 그리고 있었다. 지금 지구는 태양과 가장 가까운 근일점에 놓여 있었다. 12월은 유성이 나타나기 좋은 계절이어서, 천문학자들은 유성을 한 시간에 2만 4000개나 헤아렸다고 한다. 하지만 과학 이론을 경멸하는 미셸 아르당은 지구가 제 품을 떠나는 세 아들에게 가장 화려한 불꽃놀이로 그렇게 작별인사를 하고 있다고 생각하고 싶어했다.

실제로 그들이 본 지구는 이것뿐이었다. 이윽고 지구는 어둠 속으로 사라져버렸다. 태양계 안쪽에 있는 이 천체는 단순한 샛별이나 금성처럼 커다란 행성들의 지평선 위로 떠오르거나 지평선 아래로 가라앉는 별이었다. 그들이 사랑해 마지않는 이 지구는 우주 공간에서 보면 덧없이 사라져버리는 초승달일 뿐이었다.

세 친구는 오랫동안 말없이 한마음으로 지구를 바라보고 있었다. 그러는 동안 포탄은 점점 속도를 떨어뜨리면서 계속 달리고 있었다. 이윽고 저항할 수 없는 졸음이 그들의 뇌로 슬며시 다가왔다. 몸과 마음이 모두 지친 것일까? 그것은 의심할 여지가 없었다. 지구에서 보낸 마지막 몇 시간은 긴장과 흥분의 연속이었기 때문에, 그 반동이 일어나는 것은 피할 수 없었다.

"자, 우리는 자야 하니까, 잠을 자기로 하세." 니콜이 말했다.

그들은 침대의자 위에 길게 드러누워 곧 깊은 잠 속으로 빠져들었다.

하지만 15분도 채 지나기 전에 바비케인이 벌떡 일어나 앉아서 큰 소리로 친구들을 깨웠다.

"알아냈어!"

"뭘?" 미셸 아르당이 침대에서 뛰어나오면서 물었다.

"우리가 콜럼비아드의 폭발음을 듣지 못한 이유."

"그게 뭔데?" 니콜이 물었다.

"그건 우리 포탄이 소리보다 더 빠르게 달렸기 때문이야."

3

그들의 거처

이 설명은 이상하지만 확실히 옳았다. 의문점이 해명되자 세 친구는 다시 잠이 들었다. 이보다 더 조용하고 평온한 잠자리를 지구에서 찾을 수 있을까? 지구에서는 도시에 있는 집도 시골에 있는 오두막도 지표면에 주어지는 모든 충격을 느낀다. 바다에 떠 있는 배들은 파도에 계속 흔들린다. 공중에 떠 있는 기구는 밀도가 다른 유동층에서 끊임없이 움직인다. 절대적인 진공, 절대적인 침묵 속에 떠 있는 이 포탄만이 완벽한 휴식을 제공했다.

따라서 지구를 떠난 지 여덟 시간 뒤인 12월 2일 아침 7시쯤 예기치 않은 소음이 세 사람을 깨우지 않았다면, 이들 세 모험가의 잠은 한없이 연장되었을지도 모른다.

이 소음은 지극히 자연스러운 개 짖는 소리였다.

"개! 개야!" 미셸 아르당이 소리쳤다.

"배가 고픈 모양이군." 니콜이 말했다.

"맙소사. 개들을 까맣게 잊고 있었어." 미셸이 받았다.

"어디 있지?" 바비케인이 물었다.

그들은 침대의자 밑에 웅크리고 있는 개 한 마리를 찾아냈다. 개는 포탄이 발사될 때의 충격에 겁을 먹고 놀라서, 허기 때문에 목소리가 돌아올 때까지 구석에 박혀 있었던 것이다. 짖은 개는 붙임성 있는 다이애나였다. 다이애나는 여전히 심한 혼란에 빠져 있었지만, 미셸 아르당이 한참 어르고 달래주자 겨우 피난처에서 기어나왔다.

"이리 온, 다이애나. 어서 나와. 네 운명은 개과의 역사에 길이 남을 거야. 이교도들은 너를 아누비스* 에게 반려자로 주었을 테고, 기독교도들은 성 로크†한테 친구로 주었을 거야. 너는 행성간 공간으로 뛰어 들어가서 모든 달나라 개들의 이브가 될 거야. 이리 온, 다이애나. 이리 와."

다이애나는 이 아침에 우쭐해졌든 아니든, 애처로운 울음소리를 내면서 조금씩 앞으로 기어나왔다.

"좋아." 바비케인이 말했다. "이브는 보이는데, 아담은 어디 있지?"

"아담?" 미셸이 받았다. "아담도 그렇게 멀리 있을 리가 없

* 아누비스: 고대 이집트 신화에 나오는 신. 죽은 자를 저승으로 인도하는 신으로, 개 또는 자칼의 머리에 피부가 검은 남자의 모습으로 표현된다.

† 성 로크(1295~1327): 프랑스 몽펠리에에서 태어났다. 부모가 죽은 뒤 애견을 데리고 순례를 떠났으나 도중에 페스트로 신음하는 사람들을 보살펴주다 자신이 병에 걸리고 말았다. 그러나 천사가 나타나 고쳐주었다. 고향으로 돌아갔으나, 오랜 병고로 모습이 달라진 탓에 첩자로 몰려 죽었다.

어. 저기 어딘가에 있겠지. 불러봐야겠군. 새틀라이트! 이리 와, 새틀라이트!"

하지만 새틀라이트는 나타나지 않았다. 다이애나는 청승맞은 울음을 그치려 하지 않았다. 몸을 살펴보아도 멍들거나 다친 데는 없었다. 그래서 파이를 하나 주자 다이애나는 당장 불평을 그만두었다. 새틀라이트는 완전히 종적을 감춘 것 같았다. 그들은 오랫동안 찾아다닌 뒤에야 포탄의 위쪽 구석에서 새틀라이트를 발견했다. 설명할 수 없는 충격이 새틀라이트를 그쪽으로 격렬하게 내동댕이친 게 분명했다. 가엾은 개는 보기에도 애처로운 상태였다.

"제기랄!" 미셸이 말했다.

그들은 불운한 개를 조심스럽게 아래로 데려왔다. 개는 머리를 천장에 부딪쳐 두개골이 깨져 있었다. 그런 충격에서 회복될 가망은 없어 보였다. 쿠션 위에 편안히 눕히자 개는 한숨을 내쉬었다.

"우리가 너를 돌봐줄게." 미셸이 말했다. "네 목숨은 우리 책임이야. 가엾은 너의 앞발 하나를 잃느니 차라리 내 팔을 하나 잃는 게 나아."

이렇게 말하면서 미셸은 다친 개에게 물을 조금 주었다. 개는 걸신들린 듯이 물을 삼켰다.

여행자들은 개들을 보살핀 뒤 지구와 달을 주의 깊게 관찰했다. 지구는 이제 흐릿한 원반으로밖에 보이지 않고, 어젯밤보다 더 가늘게 오그라든 초승달 모양이 주위를 둘러싸고 있었다. 지구는 달에 비해 여전히 거대했지만, 달은 이제 점점 완벽한 동그라미가 되어가고 있었다.

"제기랄!" 미셸 아르당이 말했다. "지구가 보름달 모양일 때, 그러니까 우리 지구가 태양 맞은편에 있을 때 출발하지 않은 게 정말 유감이군."

"왜?" 니콜이 물었다.

"그랬다면 우리 대륙과 바다를 새로운 관점에서 보았을 테니까. 대륙은 햇빛을 받아 반짝반짝 빛났을 것이고, 바다는 어떤 세계 지도에 묘사된 것처럼 몽롱해 보였겠지. 인간이 아직 한 번도 보지 못한 지구의 북극과 남극을 보았더라면 좋았을걸."

"그렇겠지." 바비케인이 받았다. "하지만 지구가 '보름달' 모양이었다면 달은 '초승달'이었을 거야. 햇빛 때문에 볼 수 없다는 뜻이지. 우리는 출발점보다는 가고 싶은 목적지를 보는 게 나아."

"자네 말이 옳아." 캡틴 니콜이 받았다. "게다가 달에 도착하면, 달나라의 길고 긴 밤에 우리 동족이 우글거리는 지구를 바라볼 시간은 얼마든지 있을 거야."

"우리 동족이라고?" 미셸 아르당이 소리쳤다. "달나라 주민이 우리 동족이 아니듯, 그들도 이젠 우리 동족이 아닐세! 우리는 우리밖에 없는 새로운 세계—포탄—에 살고 있네. 나는 바비케인의 동족이고, 바비케인은 니콜의 동족일세. 우리 너머에, 우리 주위에 인류는 존재하지 않아. 우리는 순수한 달나라 사람이 될 때까지는 이 작은 우주의 유일한 주민이야."

"약 여든여덟 시간 남았군." 캡틴 니콜이 대답했다.

"그게 무슨 뜻인가?" 미셸 아르당이 물었다.

"지금이 여덟 시 반이라는 뜻일세." 니콜이 대답했다.

"좋아. 그렇다면 아침을 먹으러 가지 말아야 할 이유는 조금도 찾을 수 없겠군."

사실 새 별의 주민들은 먹지 않고는 살 수 없었고, 그들의 위장은 긴급한 기아의 법칙에 시달리고 있었다. 미셸 아르당은 프랑스인으로서 요리장을 맡겠다고 선언했고, 그 중요한 직책에 경쟁자로 나선 사람은 아무도 없었다. 가스는 요리에 필요한 열을 충분히 공급했고, 식료품 상자는 이 첫 번째 향연에 필요한 음식을 제공했다.

아침식사는 맛있는 수프 세 그릇으로 시작되었다. 그 수프는 남아메리카의 대초원인 팜파스에 사는 반추동물의 고기 중에서 제일 맛있는 부위로 만든 귀중한 쇠고기 추출물을 뜨거운 물에 녹인 것이었다. 수프에 이어 유압 프레스기로 압축하여 영국 식당의 주방에서 바로 가져온 것처럼 연하고 즙이 많은 비프스테이크가 나왔다. 상상력이 풍부한 미셸은 비프스테이크가 '설구워져서 붉은 핏물이 뚝뚝 떨어진다'고 주장하기까지 했다.

고기 다음에는 보존 처리된 채소(붙임성 있는 미셸은 "날것보다 더 싱싱하다"고 말했다)가 나왔고, 다음에는 미국식으로 버터 바른 빵을 곁들인 차가 나왔다.

그 차는 러시아 황제가 여행자들에게 몇 상자 선물한 최고급 찻잎을 우려낸 것이어서 맛이 뛰어났다.

식사의 대미를 장식하기 위해 아르당은 식료품 상자에서 '우연히' 발견한 부르고뉴산 와인 한 병을 꺼냈다. 세 친구는 지구와 위성의 결합을 위해 건배했다.

태양은 부르고뉴의 산비탈에서 자신이 증류한 감칠맛 나는 포도주로 벌써 이 모임에 참석했지만, 그것만으로는 충분치 않다는 듯 직접 이 자리에 끼어들었다. 이 순간 포탄은 지구가 던진 원뿔 모양의 그림자에서 빠져나왔고, 달의 궤도가 지구의 궤도와 이루는 각도 때문에 생겨난 포탄의 아래쪽 원반에 눈부신 햇빛이 직접 닿은 것이다.

"태양이다!" 미셸 아르당이 외쳤다.

"그래. 나는 벌써 예상하고 있었어." 바비케인이 대답했다.

"하지만 지구가 우주 공간에 던지는 원뿔형 그림자는 달 너머까지 뻗어 있나?" 미셸이 말했다.

"대기차를 고려하지 않는다면 그보다 훨씬 멀리까지 뻗어 있지." 바비케인이 말했다. "하지만 달이 이 그림자 속에 완전히 들어오는 건 태양과 지구와 달이라는 세 천체의 중심이 모두 하나의 직선 위에 있기 때문일세. 그러면 교점은 달의 위상과 일치하고, 월식이 일어나지. 월식이 일어났을 때 우리가 출발했다면 우리는 줄곧 그림자 속을 통과했을 테고, 그건 정말 유감스러운 일이었을 거야."

"왜?"

"우리는 우주 공간에 떠 있지만, 우리가 탄 포탄은 태양의 빛과 열을 받을 테니까. 그러면 가스가 절약되는데, 그것은 모든

세 친구는 지구와 위성의 결합을 위해 건배했다

면에서 훌륭한 절약이 되지."

실제로 대기층을 통과하지 않는 햇빛은 온도와 밝기가 조금도 누그러지지 않고, 그런 햇빛을 받은 포탄은 겨울에서 갑자기 여름으로 넘어온 것처럼 따뜻하고 밝아졌다. 위에 있는 달과 밑에 있는 태양은 포탄을 열기로 가득 채우고 있었다.

"여기는 정말 쾌적하군." 니콜이 말했다.

"나도 그렇게 생각하네." 미셸 아르당이 말했다. "이 알루미늄 행성 위에 흙이 조금 덮여 있다면 24시간 이내에 완두콩을 싹틔울 수도 있을 텐데 말이야. 하지만 이렇게 뜨거우면 포탄 벽이 녹아버리지 않을까, 그게 걱정이군."

"안심하게, 친구." 바비케인이 받았다. "포탄은 대기층을 통과할 때 이보다 훨씬 높은 온도도 견뎌냈으니까. 플로리다에 있는 구경꾼들 눈에 이 포탄이 불타는 운석처럼 보였다 해도 나는 놀라지 않을 걸세."

"하지만 그렇다면 조지프 T. 매스턴은 우리가 통째로 구워졌다고 생각하겠군!"

"나는 우리가 구워지지 않았다는 게 놀라워." 바비케인이 말했다. "그건 우리가 전혀 대비하지 않은 위험이었지."

"나는 그걸 걱정했다네." 니콜이 짤막하게 말했다.

"그런데 한마디도 하지 않았군." 미셸 아르당이 친구의 손을 잡으면서 외쳤다.

이제 바비케인은 포탄을 영원히 떠나지 않을 것처럼 포탄 속에 자리를 잡기 시작했다. 이 포탄 객차는 바닥 면적이 5평방미터라는 것을 기억해야 한다. 그리고 천장까지의 높이는 약 3미터였다. 내부는 주의 깊게 설계되어 있고, 기구와 여행용품은 거치적거리지 않도록 정해진 자리에 놓여 있었기 때문에 세 여행자는 상당히 자유롭게 움직일 수 있었다. 바닥에 끼워진 두꺼운 유리창은 어떤 무게도 견딜 수 있었기 때문에, 바비케인과 그의 동료들은 단단한 널빤지 위를 걷는 것처럼 마음 놓고 유리 위를 걸어다녔다. 하지만 포탄에 직접 닿는 햇빛은 밑에서 포탄 내부를 비추었고, 그리하여 빛의 기묘한 효과를 만들어냈다.

그들은 우선 물과 식료품 재고량을 조사했다. 충격을 완화하기 위해 세심한 조치를 취한 덕에 물도 식료품도 손실되지 않았다. 식료품은 세 여행자가 1년 넘게 버틸 수 있을 만큼 충분했다. 그래도 바비케인은 포탄이 달의 불모지에 착륙할 경우에 대비하여 식량을 아끼고 싶어했다. 물과 브랜디 50갤런은 두 달치밖에 안 되었다. 하지만 천문학자들의 최근 관측에 따르면 달에는 분명 공기가 있었다. 적어도 깊은 골짜기에는 밀도 높고 두꺼운 대기층이 낮게 깔려 있었고, 거기에는 샘과 시내가 반드시 있을 터였다. 따라서 이 탐험가들은 달까지 가는 동안, 그리고 달나라에 정착하여 처음 1년 동안은 굶주림이나 갈증에 시달리지 않을 것이다.

이제 포탄 속의 공기에 대해 살펴보자. 이 점에서도 그들은 안전했다. 산소를 생산하는 레제와 르뇨*의 기구는 두 달 분량의 염소산칼륨을 공급받았다. 이 기구는 400도가 넘는 온도에서 산소를 계속 생산해야 했기 때문에 필연적으로 상당량의 가스를 소비했다. 하지만 이 점에서도 그들은 모두 안전했다. 기구는 거의 손을 볼 필요가 없이 자동적으로 움직였다. 이런 고온에서는 염소산칼륨이 염화칼륨으로 바뀔 때 자기가 가진 산소를 모두 내놓는다. 8킬로그램의 염소산칼륨은 이 포탄 안에 있는 사람들이 날마다 소비하는 3킬로그램의 산소를 내놓는다.

하지만 산소를 재생하는 것만으로는 충분치 않았고, 호흡으로 생겨난 이산화탄소를 흡수해야 했다. 혈액 속의 온갖 요소가 산소와 결합하여 연소하면 이산화탄소라는 유독 가스가 생기는데, 이 기체가 지난 12시간 동안 포탄 내부의 공기 속에 늘어나 있었다. 니콜은 다이애나가 고통스럽게 헐떡이는 것을 보고 공기의 상태를 알아차렸다. 유명한 '개의 동굴'*에서 일어난 것과 비슷한 현상으로, 공기보다 무거운 이산화탄소는 포탄 바닥에 모였다. 머리가 낮은 위치에 있는 가엾은 다이애나는 주인들보다 먼저 괴로워할 것이다. 하지만 니콜은 가성알칼리가 들어 있는 용기를 잠시 흔든 다음 바닥에 놓는 간단한 방법으로 이 상태를 서둘러 바로잡았다. 이산화탄소를 탐내는 가성알칼리는 곧 이산화탄소를 완전히 흡수하여 공기를 정화했다.

이어서 기자재 조사가 시작되었다. 온도계와 기압계는 유리

* 쥘 레제(1818~96): 프랑스의 화학자 · 농학자. 앙리 빅토르 르뇨(1810~78): 프랑스의 물리학자 · 화학자. 둘이 협력하여 기체 혼합을 연구했으며, 공기 정화 장치를 발명했다.

* 개의 동굴: 이탈리아 나폴리 근처의 아냐노 호반에는 '개의 동굴'이라는 곳이 있다. 이 일대는 화산 지역으로, 지하에서 이산화탄소가 피어올라 동굴 밑바닥에 약 30센티미터 높이로 고인다. 말하자면 개의 머리 높이 정도다. 따라서 이 동굴 안에서 개보다 키 큰 동물은 무사하지만, 개보다 키 작은 동물은 질식하고 만다.

가 깨진 최저온도계 하나만 빼고는 모두 무사했다. 훌륭한 아네로이드 기압계는 완충재를 댄 상자 속에 들어 있었지만, 이제 그 상자에서 꺼내 벽에 걸었다. 물론 그 기압계는 포탄 내부의 공기 압력에만 영향을 받고 그 기압을 표시했지만, 공기에 포함된 습기의 양도 알려주었다. 그 순간 기압계의 바늘은 735밀리미터와 760밀리미터 사이에서 움직이고 있었다.

'맑은 날씨' 였다.

바비케인은 나침반도 몇 개 가져왔는데, 모두 무사했다. 현재 상황에서는 나침반 바늘이 '일정한' 방향을 가리키지 않고 '함부로' 굴고 있는 것을 이해해야 한다. 지구에서 이렇게 멀리 떨어져 있으면 지구의 자기극도 나침반에 작용할 수 없을 것이다. 하지만 달 표면에 도착하면 나침반이 기묘한 현상을 보일지도 모른다. 어쨌든 지구의 위성도 지구처럼 자력의 영향을 받을지 어떨지 보는 것도 흥미로울 것이다.

달에서 산들의 높이를 재기 위한 측고계, 태양의 높이를 재기 위한 육분의, 측량도를 만들기 위한 측지학 도구인 경위의, 달에 접근할수록 진가를 발휘할 망원경 같은 기구를 꼼꼼히 점검해보니 격렬한 충격에도 불구하고 모두 무사했다.

니콜이 특별히 골라서 가져온 곡괭이를 비롯한 각종 연장들, 미셸 아르당이 달나라 땅에 옮겨심고 싶어한 각종 씨앗과 관목이 들어 있는 자루는 포탄 위쪽에 실려 있었다. 거기에는 기발한 프랑스인이 수북이 쌓아놓은 물건으로 가득 찬 일종의 창고가 만들어져 있었다. 그게 무엇인지는 아무도 몰랐고, 성격이 좋은 프랑스인도 설명하려 들지 않았다. 이따금 그는 벽에 대갈못으로 고정된 꺾쇠를 타고 창고로 올라가서 직접 물건을 점검했다. 그곳에 쌓여 있는 수수께끼의 상자를 정리하고 다시 배열하고 상자 속에 재빨리 손을 쑤셔넣기도 하면서, 그 상황에 활기를 불어넣으려고 프랑스 민요의 후렴을 가락도 맞지 않게 불러댔다.

바비케인은 총을 비롯한 무기가 손상되지 않았는지를 주의 깊게 점검했다. 무기는 아주 중요했다. 총알이 잔뜩 장전된 무기는 포탄이 (인력의 중립점을 지난 뒤) 달의 인력에 이끌려 달 표면으로 떨어질 때 낙하 속도를 줄이는 데 도움이 될 터였다. 하지만 달과 지구의 크기가 다르기 때문에, 포탄의 낙하 속도는 지구 표면에 떨어질 때의 6분의 1밖에 안 될 것이다. 점검은 대체로 만족스럽게 끝났다. 세 사람은 측면의 창문과 바닥 유리창을 통해 우주 공간을 내다보려고 돌아왔다.

창밖의 풍경은 여전했다. 천구는 놀랄 만큼 순수한 별과 성운으로 가득 차 있었다. 천문학자가 보면 넋이 나갈 정도였다. 한쪽에는 태양이 검은 하늘을 배경으로 떠올라 있었다. 햇무리도 없이 눈부시게 빛나는 원반 같은 태양은 불 켜진 화덕의 입구처럼 보였다. 반대쪽에서 햇빛을 반사하고 있는 달은 겉보기에는 별이 가득한 하늘 한복판에 꼼짝도 않고 멈춰 서 있는 듯했다. 그리고 은빛 끈으로 둘러싸여 하늘에 못 박혀 있는 듯이 보이는 커다란 점 하나. 그것이 지구였다! 여기저기에 커다란 눈송이 같은 성운이 보였다. 천정에서 밑바닥까지 뻗어 있는 거대한 고

그는 재빨리 손을 쑤셔넣었다

리, 손으로 만질 수 없는 작은 티끌 같은 별들이 수없이 모여서 이루어진 그 고리가 '은하수'였다. 은하수 한복판에 있는 태양은 광도가 4등급밖에 안 되는 일개 항성일 뿐이다. 관찰자들은 무어라 형언할 수 없는 이 새로운 광경에서 눈을 떼지 못했다. 그 광경은 세 사람에게 어떤 감흥을 주었을까! 그들의 영혼 속에서 지금까지 알려지지 않은 어떤 감정을 일깨웠을까! 바비케인은 첫인상이 사라지기 전에 여행기를 쓰고 싶었다. 그래서 모험 초기에 일어난 모든 사건을 매시간 꼼꼼히 기록했다. 그는 크고 네모난 글씨를 사무적인 문체로 조용히 써 나갔다.

그동안 니콜은 포탄의 진로를 자세히 조사하여 아무도 흉내 낼 수 없을 만큼 교묘하게 숫자를 계산해냈다. 미셸 아르당은 처음에는 바비케인에게 말을 걸었지만 바비케인이 대꾸도 하지 않자, 다음에는 니콜에게 말을 걸었지만 니콜은 그의 말을 듣지도 않았다. 그러자 다음에는 그의 이론을 전혀 이해하지 못하는 다이애나에게 말을 걸었고, 마지막에는 자신에게 말을 걸어 혼자 묻고 대답하고 오락가락하면서 온갖 자잘한 일을 처리하느라 바빴다. 때로는 바닥 유리창 위로 허리를 구부려 아래를 내려다보기도 하고 때로는 포탄 꼭대기에 올라가기도 하면서, 그는 줄곧 노래를 흥얼거렸다. 이 소우주에서 그는 수다스럽고 흥분하기 쉬운 프랑스인의 기질을 전형적으로 보여주었다. 그 기질이 좋게 표현되고 있었다는 것을 믿어주기 바란다. 하루, 아니(하루라는 표현은 정확하지 않으니까) 지구에서 낮을 이루는 열두 시간은 정성껏 차려진 푸짐한 저녁식사로 끝났다. 그들의 자신감을 흔들어놓을 만한 사고는 아직 한 번도 일어나지 않았다. 그래서 벌써 성공을 확신한 그들은 희망에 가득 차서 평화롭게 잠이 들었다. 그동안 포탄은 점점 속력을 줄이면서 하늘을 가로지르고 있었다.

4

간단한 계산

그날 밤은 무사히 지나갔다. 하지만 '밤'이라는 낱말은 부적당하다.

태양에 대한 포탄의 위치는 변하지 않았다. 천문학적으로 말하면 포탄의 아래쪽은 낮이고 위쪽은 밤이었다. 따라서 이 설명에 나오는 낮과 밤이라는 낱말은 지구에서의 해돋이와 해넘이 사이의 시간을 나타낸다.

여행자들의 잠은 포탄의 빠른 속도 때문에 더욱 평화로워졌다. 너무 빨라서 오히려 전혀 움직이지 않는 것처럼 느껴졌기 때문이다. 우주 공간을 위쪽으로 올라가고 있다는 것을 드러내는 움직임은 하나도 없었다. 속도가 아무리 빨라도 진공 속을 나아가거나 포탄 속에 들어 있는 공기가 포탄과 함께 회전하면, 빠른 속도는 인체가 감지할 수 있는 영향을 전혀 미치지 못한다. 지구는 시속 11만 킬로미터로 움직이는데, 지구의 어떤 동물이 그 속도를 감지하는가? 그런 상황에서 물체의 운동은 정지와 마찬가지로 '감지' 되지 않는다. 그래서 모든 물체는 운동에 무관심해진다. 어떤 물체가 정지해 있을 때는 다른 힘이 그 물체에 작용하여 위치를 옮기지 않는 한 계속 정지한 상태로 남아 있을 것이다. 물체가 움직이고 있을 때는 어떤 장애가 움직임을 방해하지 않는 한 영원히 정지하지 않을 것이다. 운동과 정지에서의 이 타성을 관성이라고 부른다.

바비케인 일행은 자신들이 포탄 속에 갇혀 완전히 정지해 있다고 믿었을지도 모른다. 사실 그들이 포탄 밖에 나와 있었다 해도 결과는 마찬가지였을 것이다. 머리 위에서 점점 커지는 달과 발아래에서 점점 작아지는 지구가 없었다면, 그들은 완전한 정지 상태로 우주 공간에 떠 있다고 맹세했을지도 모른다.

12월 3일 아침, 그들은 유쾌하지만 생각지도 않은 소리에 눈을 떴다. 포탄 내부에 닭 울음소리가 울려 퍼진 것이다.

맨 먼저 일어난 미셸 아르당은 포탄 꼭대기로 기어 올라가 반쯤 열린 상자를 닫으면서 낮은 소리로 말했다.

"조용히 해! 내 계획을 망칠 셈이야?"

하지만 니콜과 바비케인은 이미 깨어 있었다.

"수탉!" 니콜이 말했다.

"아닐세, 친구들. 목가적인 소리로 자네들을 깨우고 싶어서 내가 지른 소리라네." 미셸이 얼른 대꾸했다.

그러고는 "꼬끼오!" 하고 멋지게 한 번 울어 보였다. 그 소리는 닭장에서 가장 오만한 수탉한테도 어울렸을 것이다.

두 미국인은 웃음을 참을 수가 없었다.

"훌륭한 재주야." 니콜은 친구를 의심스러운 눈으로 바라보면서 말했다.

"그래." 미셸이 받았다. "우리나라에서 흔히 하는 장난이야. 정말 프랑스적이지. 프랑스의 상류층 사람들은 그렇게 수탉 흉내를 낸다네."

그런 다음 미셸은 화제를 바꾸었다.

"바비케인, 내가 밤새도록 무슨 생각을 했는지 아나?"

"무슨 생각을 했는데?" 바비케인이 되물었다.

"케임브리지 천문대에 있는 친구들을 생각했다네. 자네도 이미 말했듯이, 나는 수학을 전혀 몰라서 천문대의 유식한 학자들이 포탄의 초속도를 어떻게 계산할 수 있었는지 통 모르겠어. 포탄이 달에 도달하려면 어느 정도의 속도로 콜럼비아드를 떠나야 하는지……."

"그러니까…… 지구의 인력과 달의 인력이 똑같아지는 그 중립점에 도달하기 위한 초속도를 말하는 거겠지. 전체 노정의 10분의 9에 해당하는 그 중립점을 지나면, 포탄은 자체의 무게 때문에 달 표면으로 떨어질 테니까."

"그래. 하지만 한 번 더 묻겠는데, 학자들은 초속도를 어떻게 계산할 수 있었지?"

"그보다 더 쉬운 일은 없을걸."

"그럼 자네는 그 계산을 어떻게 하는지 알고 있나?"

"완벽하게 알고 있지. 천문대가 우리의 수고를 덜어주지 않았다면, 니콜과 내가 그걸 계산했을 걸세."

"나는 몸이 두 쪽 나도 그 문제를 풀지 못했을 거야."

"그건 자네가 대수학을 모르기 때문이야."

"또 시작이군. 자네처럼 x를 좋아하는 사람들은 '대수학'이라고 말하면 그걸로 다 끝난 줄 알지."

"미셸, 자네는 망치도 없이 쇠를 벼릴 수 있나? 보습도 없이 쟁기로 밭을 갈 수 있나?"

"그야 못하지."

"대수학은 보습이나 망치 같은 연장이야. 사용법을 아는 사람한테는 훌륭한 연장이지."

"정말?"

"정말이고말고."

"그럼 내 앞에서 그 연장을 쓸 수 있나?"

"자네가 관심이 있다면."

"천문대원들이 우리 포탄의 초속도를 어떻게 계산했는지 보여줄 수 있나?"

"물론이지. 문제의 모든 요소, 그러니까 지구의 중심에서 달의 중심까지의 거리, 지구의 반지름과 질량, 달의 질량을 고려해서 포탄의 초속도가 얼마나 되어야 하는지를 간단한 공식으로 정확히 계산할 수 있다네."

"어디 보세."

"당장 보여주지. 하지만 포탄이 달과 지구 사이에서 실제로 그런 경로를 제시할 때 태양 주위를 도는 지구와 달의 공전 운동까지 고려할 수는 없어. 나는 지구와 달이 전혀 움직이지 않는다고 생각하겠네. 그래도 우리 목적은 충분히 달성할 수 있을 거야."

"왜?"

"'세 천체의 문제'를 해결하기는 무척 힘들 테니까. 적분학도 아직은 그 문제를 풀 수 있을 만큼 진보하지 않았다네."

그러자 미셸 아르당은 교활한 어조로 말했다.

"그렇다면 수학은 아직 최종적 의견을 말하지 않았군?"

"그건 확실해." 바비케인이 대답했다.

"달나라의 적분학은 지구보다 훨씬 진보했을지도 몰라. 그런데 그 '적분'이란 게 도대체 뭐지?"

"적분은 미분과 정반대되는 계산법이라네."

"고맙네. 아주 명쾌한 설명이야."

"바꿔 말하면, 분량이 유한한 것의 미분을 알고 있을 때 그것을 구하는 계산법이지."

"이제 분명히 알았네." 미셸은 심드렁하게 대답했다.

"종이 한 장과 연필 한 자루만 있으면 30분 안에 필요한 공식을 찾을 수 있을 거야."

이렇게 말하고 바비케인은 그 문제에 몰두하기 시작했다. 한편 니콜은 점심 준비를 친구에게 맡기고 우주 공간을 계속 관찰하고 있었다.

30분도 지나기 전에 바비케인이 고개를 들고 대수 기호로 뒤덮인 종이를 미셸 아르당에게 보여주었다. 거기에는 문제 해결을 위한 일반 공식이 적혀 있었다.

$$\frac{1}{2}\left(v^2 - v_o{}^2\right) = gr\left\{\frac{r}{x} - 1 + \frac{m'}{m}\left(\frac{r}{d-x} - \frac{r}{d-r}\right)\right\}$$

"이게 무슨 뜻이지?" 미셸이 물었다.

"이건 말이야……" 니콜이 대답했다. "v 제곱에서 v 제로 제곱을 빼서 반으로 나누면 x분의 r 마이너스 1에다가 d 마이너스 x분의 r 마이너스, d 마이너스 r분의 r에 m분의 m 대시(′)를 곱한 것을 더하고 거기에 다시 gr을 곱한 것과 같다는 뜻일세."

"x를 y 위에 놓고 그것을 다시 z 위에 올려놓고, 그것을 다시 p 위에 걸쳐놓고……" 미셸 아르당은 그렇게 외치고는 웃음을 터뜨렸다. "그래서 자네는 이걸 이해하나, 니콜?"

"이보다 분명한 건 없어."

"뭐라고?" 미셸이 말했다. "그렇게 나올 줄 알았어. 더는 묻지 않겠네."

"자네는 언제나 웃는군." 바비케인이 말했다. "자네는 대수를 알고 싶다고 했으니까 끝까지 가보게."

"그럴 바에는 차라리 목졸려 죽는 게 나아."

"그렇군." 전문가답게 그 수식을 조사하고 있던 니콜이 말했다. "매우 독창적일세, 바비케인. 활력 방정식을 적분했으니, 이것이 마지막 결과를 가져다주리라고 나는 믿어 의심치 않네."

"나도 알 수 있다면 얼마나 좋을까!" 미셸이 외쳤다. "그걸 알 수 있다면 니콜한테 수명을 10년쯤 양보해도 좋아."

"그럼 잘 들어보게." 바비케인이 말했다. "v에서 v 제로 제곱을 빼서 반으로 나눈다는 것은 활력 편차의 절반을 구하는 공식일세."

"니콜, 자네는 이게 무엇을 의미하는지 이해하나?" 미셸이 물었다.

"물론이지." 캡틴 니콜이 대답했다. "그 기호들이 자네한테는 신비롭게 보이겠지만, 그것을 읽을 줄 아는 사람한테는 지극히 간단명료하고 가장 논리적인 언어라네."

"이보게, 니콜." 미셸이 말했다. "자네는 신성한 이집트 따오기*보다 더 이해할 수 없는 이 상형문자로 포탄이 필요로 하는 초속도를 찾을 수 있단 말인가?"

"물론이지." 니콜이 대답했다. "이 공식을 이용해서 포탄의 중간 속도도 언제든지 말해줄 수 있다네."

"정말?"

"정말이고말고."

"그럼 자네는 우리 회장만큼 솜씨가 좋군."

"천만에. 어려운 부분은 모두 바비케인이 했어. 문제의 조건을 만족시키는 방정식을 구한 것도 바비케인이고. 그 다음에는 계산만 하면 되는데, 그건 사칙연산만 알면 누구나 할 수 있지."

"그것도 쉬운 건 아니야!" 평생 동안 덧셈을 제대로 해본 적이 없는 미셸 아르당이 대답했다. 덧셈은 수없이 다양한 답을

* 이집트 따오기: 이집트 상형문자에서 따오기는 지혜의 신 토트를 상징한다.

얻을 수 있는 복잡하고 난해한 문제라고 그는 정의를 내렸다.

바비케인은 니콜도 잘 생각했다면 이 방정식을 생각해냈을 거라고 말했다.

“아니, 전혀 생각하지 않았네.” 니콜이 대답했다. “이 방정식을 검토하면 할수록 잘된 방정식이라는 생각이 드는군.”

“잘 들어보게.” 바비케인이 대수학을 모르는 친구에게 말했다. “이 기호들이 의미를 갖고 있다는 건 자네도 알겠지?”

“말해보게.” 미셸은 체념한 투로 대답했다.

바비케인은 설명하기 시작했다.

“d는 지구의 중심에서 달의 중심까지의 거리일세. 인력을 계산할 때 문제되는 건 중심이니까.”

“그건 알아.”

“r은 지구의 반지름.”

“r은 반지름이다. 좋아.”

“m은 지구의 질량, m 대시는 달의 질량일세. 서로 끌어당기는 두 천체의 질량을 고려해야 돼. 인력은 질량에 비례하니까.”

“알았네.”

“g는 중력을 나타내. 지구 표면을 향해 떨어지는 물체가 1초 뒤에 갖는 속도지. 알겠나?”

“알았네.” 미셸은 대답했다.

“그리고 x는 지구의 중심에서 포탄까지의 변화하는 거리. v는 그 위치에서 포탄의 속도를 나타낸다네.”

“좋아.”

"끝으로 v 제로는 포탄이 대기층을 벗어났을 때의 속도일세."

"그래." 니콜이 받았다. "우리는 그 지점에서부터 속력을 계산해야 돼. 출발할 때의 속도가 대기권을 떠날 때의 속도보다 정확히 1.5배 빨랐다는 것은 이미 알고 있으니까."

"아이쿠 그만! 더 이상은 모르겠어." 미셸이 외쳤다.

"지극히 단순한 계산일세."

"나만큼 단순하진 않아."

"그건 우리 포탄이 지구 대기층의 경계에 도달했을 때 이미 초속도의 3분의 1을 잃었다는 뜻일세."

"그렇게 많이?"

"그럼. 단지 대기층과의 마찰로 그렇게 많은 속도를 잃은 거지. 포탄이 빠를수록 공기 저항이 커지는 건 이해하겠지?"

"그건 알겠네. x니 제로니 대수 공식 따위는 자루 속에 든 못처럼 내 머릿속에서 덜그럭거리지만, 그건 이해해."

"대수학의 첫 성과로군." 바비케인이 말했다. "이제 마지막으로 이 다양한 기호에 이미 알고 있는 숫자를 넣어서 방정식을 풀어보세."

"차라리 나를 죽여!"

"이 기호 가운데 몇 개는 값을 알고 있지만, 몇 개는 계산을 해야 돼."

"계산은 내가 맡지." 니콜이 말했다.

"그러면 r은 지구의 반지름……" 바비케인이 말하기 시작했다. "우리가 출발한 플로리다 주의 위도에서 지구의 반지름은

637만 미터. 지구의 중심에서 달의 중심까지의 거리인 d는 지구 반지름의 56배. 그러면…….”

니콜은 재빨리 계산했다.

“그러면 3억 5672만 미터가 돼.”

“좋아.” 바비케인이 말했다. “다음은 m분의 m 대시. 즉 달의 질량을 지구의 질량으로 나눈 값은 81분의 1.”

“좋아.” 미셸이 말했다.

“g는 지구의 중력인데, 플로리다 주에서는 9미터 81. 그러면 gr은…….”

“6242만 6000미터의 제곱.” 니콜이 대답했다.

“그래서?” 미셸 아르당이 물었다.

“그래서 방정식에 이 숫자들을 대입하는 거야.” 바비케인이 대답했다. “다음에는 v 제로의 값을 구하겠네. v 제로는 속력이 없어진 채 인력의 균형점에 도달하기 위해 포탄이 대기권을 떠날 때 가져야 하는 속력일세. 그 중립점에 도달한 순간에는 속도가 없으니까 속도를 ‘제로’로 하고, 인력의 중립점의 거리인 x는 지구의 중심에서 달의 중심까지의 거리 d의 10분의 9일세.”

“그래야 한다는 걸 어렴풋이 알겠군.” 미셸이 말했다.

“따라서 x는 d 곱하기 10분의 9, v는 제로니까 우리 방정식은 이렇게 돼.”

$$v_0^2 = 2\,gr\left\{1 - \frac{10\,r}{9\,d} - \frac{1}{81}\left(\frac{10\,r}{d} - \frac{r}{d-r}\right)\right\}$$

니콜은 탐욕스러운 눈으로 방정식을 읽더니 소리쳤다.

"그래! 바로 이거야!"

"명쾌한가?" 바비케인이 물었다.

"불의 글씨로 쓴 것처럼 분명해." 니콜은 말했다.

"놀라운 사람들이로군." 아르당이 중얼거렸다.

"자네도 드디어 이해했나?" 바비케인이 미셸에게 물었다.

"이해했냐고?" 미셸 아르당이 소리쳤다. "내 머리가 터질 것 같네."

"그래서……" 바비케인이 말을 이었다. "v 제로의 제곱은 2gr 곱하기 큰 괄호 열고, 1 마이너스 9d분의 10r, 마이너스 81분의 1, 곱하기 작은 괄호 열고, d분의 10r 마이너스, d 마이너스 r 분의 r, 작은 괄호 닫고, 큰 괄호 닫고……."

그러자 니콜이 말했다.

"이제 포탄이 대기층을 떠날 때의 속도를 알아내려면, 이걸 계산만 하면 돼."

캡틴 니콜은 온갖 어려운 문제에 숙달된 전문가로서 놀랄 만큼 빠른 속도로 계산하기 시작했다. 곱셈과 나눗셈이 그의 손가락 밑에 차례로 나타났다. 숫자가 하얀 종이 위에 빗발치듯 떨어졌다. 바비케인은 니콜을 지켜보았고, 미셸 아르당은 점점 심해지는 두통을 두 손으로 다스리고 있었다.

"됐나?" 몇 분 동안 침묵을 지킨 뒤, 바비케인이 물었다.

"됐어!" 니콜이 대답했다. "계산은 다 끝났어. 포탄이 인력의 중립점에 도달할 수 있으려면 대기권을 벗어날 때의 속도 v 제

"이해했냐고? 내 머리가 터질 것 같네"

로는…….”

“그래, 얼마지?” 바비케인이 물었다.

“최초의 1초 동안 1만 1051미터.”

“뭐라고?” 바비케인이 놀라서 소리쳤다. “자네 지금 뭐라고 했나?”

“1만 1051미터.”

“이런, 제기랄!” 바비케인이 절망한 몸짓을 하면서 소리쳤다.

“왜 그래? 뭐가 문제야?” 미셸 아르당이 깜짝 놀라서 물었다.

“뭐가 문제냐고? 지금 이 순간 우리가 공기 마찰로 벌써 속도의 3분의 1을 잃었다면, 초속도는…….”

“1만 6576미터.” 니콜이 대답했다.

“그런데 케임브리지 천문대는 포탄을 발사할 때 초속도가 12킬로미터면 충분하다고 장담했고, 포탄은 그 속도로 발사됐어.”

“그런데?” 니콜이 물었다.

“그걸로는 불충분해.”

“맙소사!”

“우리는 중립점에 도달하지 못할 거야.”

“빌어먹을!”

“절반도 못 갈 거야.”

“이럴 수가!” 미셸 아르당은 벌써 포탄이 지구에 떨어지기라도 하는 것처럼 펄쩍 뛰면서 소리쳤다. “그리고 우리는 다시 지구로 떨어질 거야.”

5

우주 공간의 추위

이 뜻밖의 사실은 청천벽력 같았다. 그런 계산 착오를 누가 예상이나 할 수 있었겠는가? 바비케인은 믿으려 하지 않았다. 니콜은 계산을 다시 해보았다. 계산은 정확했다. 그 숫자 산출의 기초가 된 공식이 정확한 것은 의심할 여지가 없었다. 중립점에 도달하려면 최초의 1초 동안 1만 6576미터의 속도가 필요한 것은 분명했다.

세 친구는 말없이 서로 얼굴을 마주보았다. 아침을 먹을 생각은 전혀 없었다. 바비케인은 이를 악물고 미간을 찌푸리고 주먹을 움켜쥔 채 창밖을 내다보고 있었다. 니콜은 팔짱을 끼고 계산을 다시 검토하고 있었다. 미셸 아르당은 혼잣말을 중얼거렸다.

"학자란 자들이란 게 그러면 그렇지, 별 수 있나. 우리가 케임브리지 천문대 위에 떨어져서 천문대를 박살낼 수 있다면, 그리고 거기서 숫자를 가지고 장난치는 자들을 모두 함께 뭉개버릴 수 있다면 금화 20냥을 주겠어."

그때 문득 니콜의 머리에 어떤 생각이 떠올랐다. 니콜은 그 생각을 당장 바비케인에게 전달했다.

"아아!" 니콜이 말했다. "아침 일곱 시로군. 지구를 떠난 지 벌써 서른두 시간이 지났어. 그렇다면 노정의 절반 이상을 온 셈인데, 우리는 지구로 떨어지고 있지 않네. 그건 분명히 알 수 있어."

바비케인은 대꾸하지 않았지만, 니콜에게 재빠른 눈길을 던진 다음 나침반 두 개로 지구의 각거리*를 측정했다. 그러고는 바닥의 유리창으로 밖을 관찰하여, 포탄이 표면상 정지해 있는 것처럼 보이는 것을 알아차렸다. 이윽고 그는 몸을 일으켜 세우고 굵은 땀방울이 맺혀 있는 이마를 문지르면서 종이에 숫자 몇 개를 늘어놓았다. 니콜은 바비케인 회장이 지구의 지름에서 포탄과 지구의 거리를 빼고 있는 것을 알아차리고, 걱정스러운 눈으로 지켜보았다.

잠시 후 바비케인이 외쳤다.

"그래. 떨어지고 있지 않아! 우리는 벌써 지구에서 20만 킬로미터나 떨어져 있어. 출발할 때 속도가 12킬로미터밖에 안 되었다면 포탄은 벌써 멈춰버렸을 텐데, 우리는 그 지점을 이미 통

* 각거리(角距離): 공간에 있는 두 점 사이의 거리를 원점(관측자)에서 본 각도로 나타낸 것.

천문대를 박살낼 수 있다면……

과해서 아직도 계속 올라가고 있어."

"그건 분명해." 니콜이 받았다. "그러면 우리의 초속도는 20만 킬로그램이나 되는 면화약의 위력 덕분에 필요한 12킬로미터를 훨씬 초과했다고 결론지을 수밖에 없군. 지구의 두 번째 위성은 지구에서 8000킬로미터나 떨어진 궤도를 돌고 있는데, 우리가 지구를 떠난 지 13분밖에 지나지 않았을 때 그 위성을 만난 이유를 이제 알겠어."

"그리고 이 설명이 더욱 그럴듯해지는 건, 포탄이 칸막이 사이에 갇혀 있던 물을 버려서 상당한 무게를 줄였기 때문일세." 바비케인이 덧붙였다.

"정말 그렇군." 니콜이 말했다.

"아아, 나의 용감한 니콜. 우리는 살았네!"

"좋아. 그렇다면……" 미셸 아르당이 조용히 말했다. "우리는 이제 안전하니까 아침식사를 하세."

니콜이 옳았다. 초속도는 다행히도 케임브리지 천문대가 계산한 속도를 훨씬 넘어섰다. 케임브리지 천문대가 틀린 것이다.

이 잘못된 경보로 놀란 가슴을 진정시킨 여행자들은 즐겁게 아침을 먹었다. 음식도 많이 먹었지만, 이야기는 더 많이 했다. 그들의 자신감은 '대수 사건' 전보다 더욱 커졌다.

"우리가 성공하지 말란 법이 어디 있나?" 미셸 아르당이 말했다. "우리가 무사히 도착하면 안 될 이유라도 있나? 우리는 발사됐어. 우리 앞에는 어떤 장애물도 없고, 앞길에 돌멩이 하나도 없어. 길은 탁 트여 있어. 바다와 싸우는 배보다, 바람과 싸우는 기구보다 더 자유롭게 나아갈 수 있어. 배가 목적지에 도착할 수 있고 기구가 가고 싶은 데로 갈 수 있다면, 우리 포탄도 목적을 이루지 못할 이유는 없지 않나?"

"틀림없이 목적지에 도착할 거야." 바비케인이 말했다.

"미국인들에게 경의를 표하기 위해서라도." 미셸 아르당이 덧붙였다. "미국인은 그런 모험적인 프로젝트를 만족스러운 결말로 이끌어갈 수 있는 유일한 국민이고, 바비케인 회장 같은 사람을 배출할 수 있는 유일한 국민이지. 아아, 이제 불안이 사라졌으니 우리는 어떻게 될까? 굉장히 따분해질 거야."

바비케인과 니콜은 아니라는 몸짓을 했다.

"하지만 나는 만일의 사태에 대비했지." 미셸이 말을 이었다. "나한테 말만 하면 체스와 체커, 카드와 도미노를 언제든지 대령하겠네. 없는 건 당구대뿐이야."

"뭐라고?" 바비케인이 소리쳤다. "그런 쓸데없는 물건을 가져왔단 말이야?"

"물론이지. 우리의 기분전환을 위해서만이 아니라 달나라의 끽연실에 비치해놓으려는 훌륭한 의도에서 가져온 걸세."

"여보게, 친구." 바비케인이 말했다. "달에 주민이 살고 있다면, 달나라 사람은 지구인보다 수천 년이나 먼저 출현했을 거야. 달이 지구보다 훨씬 나이가 많은 것은 의심할 여지가 없으니까. 그렇다면 달나라 사람들은 그곳에 수십만 년이나 살았을 테고, 그들의 두뇌가 인간의 두뇌와 같은 구조를 갖고 있다면 우리가 이미 발명한 것만이 아니라 미래에 발명할 것까지도 벌써 다 발명했을 걸세. 달나라 사람들은 '우리' 한테서 배울 게 아무것도 없어. 오히려 우리가 '그들' 한테서 모든 걸 배워야 할 거야."

"뭐라고?" 미셸이 말했다. "그럼 자네는 달나라에 피디아스나 미켈란젤로나 라파엘로 같은 예술가가 있다고 믿나?"

"그럼."

"호메로스, 베르길리우스, 밀턴, 라마르틴, 빅토르 위고 같은 시인들도?"

"물론이지."

"플라톤, 아리스토텔레스, 데카르트, 칸트 같은 철학자도?"

"조금도 의심하지 않네."

"아르키메데스, 에우클레이데스, 파스칼, 뉴턴 같은 과학자도?"

"맹세해도 좋아."

"아르날 같은 극작가나 나다르 같은 사진가도?"

"확실해."

"그럼 달나라 사람들이 우리만큼 강하다면, 아니 우리보다 훨씬 강하다면, 왜 지금까지 지구와 연락하려고 애쓰지 않았을까? 왜 우리 지구에 달나라 포탄을 발사하지 않았을까?"

"그들이 하지 않았다고 누가 그랬나?" 바비케인은 진지하게 말했다.

"사실……" 니콜이 덧붙여 말했다. "우리보다 달나라 사람들이 포탄을 발사하기가 훨씬 쉬웠을 거야. 그 이유는 두 가지야.

첫째, 달 표면의 인력은 지구의 6분의 1밖에 안 되니까 포탄이 더 쉽게 올라갈 테고, 둘째로는 포탄을 32만 킬로미터가 아니라 3만 2000킬로미터만 보내면 충분하기 때문이지. 이것은 포탄을 발사하는 데 필요한 힘이 지구의 10분의 1만 되어도 충분하다는 뜻이야."

"그렇다면……" 미셸이 말을 이었다. "되풀이 말하지만, 왜 달나라 사람들은 포탄을 안 보냈지?"

"나도 되풀이 말하지만……" 바비케인이 말했다. "달나라 사람들이 포탄을 안 보냈다고 누가 그랬나?"

"그럼 언제 보냈지?"

"인간이 지구에 출현하기 수천 년 전에."

"그럼 그 포탄은 어디에 있지? 포탄을 보고 싶군."

"여보게, 친구." 바비케인이 대답했다. "지구 표면의 6분의 5는 바다로 덮여 있어. 따라서 달나라 포탄이 정말로 발사되었다면 지금 대서양이나 태평양 바닥에 가라앉아 있다고 생각해도 좋을 거야. 지구의 지각이 아직 딱딱하게 굳어지지 않은 그 시기에 달나라 포탄이 지표면의 갈라진 틈으로 들어가 땅속에 묻혀버리지 않았다면 말일세."

"이보게, 바비케인." 미셸이 말했다. "자네는 어떤 질문에도 척척 대답이 준비되어 있군. 자네의 지혜에 고개를 숙이겠네. 하지만 다른 어떤 가설보다 내 마음에 드는 가설이 하나 있는데, 달나라 사람들은 지구인보다 먼저 출현했고 지구인보다 현명하기 때문에 '화약'을 발명하지 않았을 거라는 가설일세."

그 순간 다이애나가 낭랑하게 짖는 소리로 대화에 끼어들었다. 다이애나는 아침식사를 재촉하고 있었다.

"아아! 토론하느라 다이애나와 새틀라이트를 깜박 잊고 있었군." 미셸 아르당이 말했다.

당장 큼직한 파이 하나가 개에게 주어졌다. 개는 게걸스럽게 파이를 삼켰다.

"이보게, 바비케인." 미셸이 말했다. "우리는 이 포탄을 제2의 노아의 방주로 만들어서, 모든 종류의 가축을 한 쌍씩 달에 데려갔어야 했어."

"아마 그렇겠지만, 그럴 공간이 없었을 걸세."

"조금은 옹색했을지도 모르지."

그러자 니콜이 끼어들었다.

"사실 암소와 수소, 말과 모든 반추동물은 달나라에서 아주 쓸모가 있겠지만, 불행히도 포탄을 마구간이나 외양간으로 만들 수는 없었을 걸세."

"적어도 당나귀 한 마리는 데려올 수 있었을 텐데. 실레노스*가 즐겨 탄 그 용감한 짐승 말일세. 나는 당나귀가 좋아. 당나귀는 가장 사랑받지 못하는 불우한 동물이지. 살아 있는 동안에만 얻어맞는 게 아니라 죽은 뒤에도 얻어맞으니까 말이야."

"그게 무슨 뜻이지?" 바비케인이 물었다.

"당나귀 가죽으로 북을 만들잖아." 미셸이 대답했다.

바비케인과 니콜은 이 엉뚱한 농담에 웃음을 터뜨리지 않을 수 없었다. 하지만 쾌활한 그 친구의 외침소리에 그들은 웃음을

큼직한 파이 하나가 개에게 주어졌다

그쳤다. 미셸은 누워 있는 새틀라이트 위에 허리를 구부리고 있다가 몸을 일으키면서 말했다.

"새틀라이트는 이제 아프지 않아."

"아아!" 니콜이 말했다.

"죽었어." 미셸은 슬픈 목소리로 덧붙였다. "곤란하게 됐군. 가엾은 다이애나. 너는 아무래도 달나라에 자손을 남기지 못할 것 같구나."

불운한 새틀라이트는 상처를 이겨내지 못하고 죽어버렸다. 미셸 아르당은 침울한 표정으로 친구들을 바라보았다.

"한 가지 문제가 있는데……" 바비케인이 말했다. "앞으로 48시간 동안 이 개의 시체를 여기 놓아둘 수는 없어."

"물론이지. 그건 절대 안 돼." 니콜이 받았다. "하지만 우리 현창은 경첩으로 고정되어 있으니까 열 수 있어. 그러니 현창 하나를 열고 개를 밖으로 내던지면 돼."

바비케인은 잠시 생각하다가 말했다.

"그래. 그럴 수밖에 없어. 하지만 철저한 예방 조치를 취해야 돼."

"왜?" 미셸이 물었다.

"자네도 이해할 수 있는 두 가지 이유가 있지. 첫 번째 이유는 포탄 속에 갇혀 있는 공기와 관계가 있어. 이 공기를 너무 많이 잃으면 안 돼."

* 실레노스: 그리스 신화에 나오는 산야의 요정.

"하지만 우리는 공기를 만들고 있지 않나?"

"일부만 만들 뿐이야. 공기의 성분 중에서 산소만 만들지. 그 점에 관해서 말하자면, 우리는 그 장치가 산소를 너무 많이 공급하지 않도록 주의해야 돼. 산소가 너무 많아지면 생리적으로 아주 심각한 문제가 생길 테니까 말이야. 하지만 우리는 산소는 만들어도 매개물인 질소는 만들지 않아. 질소는 우리 폐에 흡수되지 않고 그대로 고스란히 남아 있어야 돼. 하지만 현창을 열면 질소가 빠른 속도로 빠져나갈 거야."

"가엾은 새틀라이트를 던지는 동안?" 미셸이 말했다.

"그래. 그러니 재빨리 행동해야 돼."

"그럼 두 번째 이유는 뭐지?" 미셸이 물었다.

"두 번째 이유는 바깥의 추위를 안으로 들여보내면 안 된다는 걸세. 지독한 냉기가 포탄에 침투하면 우리는 얼어 죽을 거야."

"하지만 태양이 있잖아."

"태양은 햇빛을 흡수하는 우리 포탄을 덥혀주지만, 지금 이 순간 우리가 떠 있는 진공은 덥혀주지 않아. 공기가 없는 곳에는 산란된 빛도 없고 열기도 없다네. 어둠도 마찬가지야. 햇빛이 직접 닿지 않는 곳은 몹시 춥지. 그 온도는 항성들이 발산하는 빛과 열이 만들어낸 온도일 뿐이야. 그것은 태양이 어느 날 갑자기 사라지면 지구가 겪게 될 온도지."

"그건 걱정하지 않아도 돼." 니콜이 끼어들었다.

"어떻게 알아?" 미셸 아르당이 말했다. "하지만 태양은 사라지지 않는다 해도, 지구가 태양에서 멀어지는 일은 일어날 수 없을까?"

"과연! 미셸의 생각은 정말 기발해." 바비케인이 말했다.

"그리고……" 미셸이 말을 이었다. "1861년에 지구가 혜성의 꼬리를 통과한 걸 알고 있지 않나? 태양보다 훨씬 강한 인력을 가진 혜성이 있다고 하세. 지구의 공전 궤도는 그 떠돌이별 쪽으로 구부러질 테고, 지구는 그 혜성의 위성이 되어 햇빛이 지표면에 아무런 영향도 미치지 못할 만큼 멀리까지 끌려갈 걸세."

"정말 그런 일이 일어날 수도 있지." 바비케인이 받았다. "하지만 그런 위치 변화가 자네 생각처럼 반드시 그렇게 무서운 결과를 초래할 필요는 없어."

"왜?"

"지상에서는 더위와 추위가 여전히 균형을 이룰 테니까. 1861년의 혜성에 끌려갔다면, 태양에서 가장 멀리 떨어진 원일점에서 지구는 달이 지금 우리에게 보내는 열의 16분의 1밖에 느끼지 못할 거라는 계산이 나왔지. 그 열은 가장 강력한 렌즈의 초점에 모은다 해도 눈에 띌 만한 효과는 전혀 가져오지 않을 정도라네."

"그럼 도대체!" 미셸이 말했다.

"잠깐 기다리게." 바비케인이 말을 이었다. "이런 계산도 있네. 지구가 혜성에 끌려갔다면, 태양과 가장 가까운 근일점에서는 여름 기온보다 2만 8천 배나 높은 열을 받았을 걸세. 하지만 지상의 모든 것을 녹여버리고 물을 모조리 증발시키기에 충분한 이 열은 두꺼운 구름층을 형성했을 것이고, 이 구름층은 지나치게 높은 온도를 내렸을 걸세. 그래서 원일점에서의 추위와 근일점에서의 더위 사이에 상쇄작용이 일어나, 인간이 충분히 견딜 수 있는 온도가 되었겠지."

"행성간 공간의 온도는 몇 도쯤으로 추정되나?" 니콜이 물었다.

"전에는 추위가 지나치게 과장되어서 영하 수백만 도로 추정되었다네." 바비케인이 대답했다. "하지만 프랑스 학술원의 푸리에*가 온도를 계산한 뒤로는 영하 60도 밑으로 내려가지는 않는 것으로 여겨지고 있지."

"푸우!" 미셸이 말했다. "그 정도는 아무것도 아니야!"

"그건 북극지방에서 측정된 온도에 가까워." 바비케인이 대답했다. "멜빌 섬과 릴라이언스 요새에서는 영하 56도를 기록했지."

"푸리에의 계산이 틀리지 않았다는 걸 증명해야 돼. 내가 잘못 생각한 게 아니라면, 또 다른 프랑스 학자인 푸예† 씨는 우주 공간의 온도를 영하 160도로 추정하고 있지. 하지만 누구의 계산이 옳은지는 우리가 직접 증명할 수 있을 걸세."

"지금은 안 돼." 바비케인이 대답했다. "햇빛이 온도계를 직접 비추고 있어서 실제와는 반대로 아주 높은 온도를 나타낼 테

* 장 밥티스트 조제프 푸리에(1768~1830): 프랑스의 수학자 · 수리과학자. 열전도론을 연구하여 1812년 프랑스 학술원 대상을 받았다.
† 클로드 마티아스 푸예(1790~1868): 프랑스의 물리학자.

니까. 달에 도착하면 달의 앞뒤 면에서 각각 보름 동안 실험할 시간은 충분히 있을 거야. 지구의 위성은 진공 속에 놓여 있으니까."

"'진공' 이라는 게 무슨 뜻이지? 공기가 전혀 없다는 건가?" 미셸이 물었다.

"공기는 전혀 없네."

"그럼 공기를 대신하는 것도 전혀 없나?"

"에테르뿐이라네." 바비케인이 대답했다.

"에테르는 또 뭐지?"

"에테르는 무게를 잴 수 없는 원자의 집합일세. 분자물리학에 따르면, 그 원자들은 상대적인 크기로 따지면 우주 공간에서 천체들이 서로 떨어져 있는 거리만큼 멀리 떨어져 있지. 하지만 그 거리는 300만분의 1밀리미터야. 이 원자들은 진동 운동으로 빛과 열을 내는데, 1000분의 4밀리미터 내지 1000분의 6밀리미터의 진폭으로 매초 430조 번이나 진동한다네."

"10억의 10억 배!" 미셸 아르당이 소리쳤다. "그 진동을 측정하거나 헤아려보았나? 그건 모두 귀를 놀라게 할 뿐, 정신에는 아무 영향도 미치지 않는 학자들의 숫자놀음일 뿐일세, 바비케인."

"하지만 계산하지 않으면……."

"아니, 비교하는 편이 나아. 1조라고 말해도 어느 정도인지 잘 몰라. 비교하면 금방 알 수 있지. 예를 들면 천왕성의 부피는 지구의 76배, 토성의 부피는 900배, 목성은 1300배, 태양은 13

만 배라고 말해도 나는 감이 오지 않아. 그보다는 일상적으로 비교하는 게 훨씬 알기 쉽지. 태양은 호박, 목성은 오렌지, 토성은 사과, 해왕성은 버찌, 천왕성은 체리, 지구는 완두콩, 금성은 검정콩, 화성은 사과씨, 수성은 겨자씨, 주노와 셀레스, 베스타, 팔라스 같은 소행성들은 모래알이라는 식으로! 그러면 적어도 어떻게 생각하면 좋을지는 알 수 있지!"

이렇게 미셸 아르당은 학자들이 눈썹 하나 까딱하지 않고 다루는 몇 조라는 숫자에서 탈출했고, 그들은 이제 새틀라이트를 매장하기 시작했다. 선원들이 시체를 바다에 던지듯 우주 공간에 새틀라이트를 떨어뜨리기만 하면 되었다. 하지만 바비케인이 말했듯이 공기를 잃지 않도록 재빨리 행동해야만 했다. 포탄 속의 공기는 탄성 때문에 진공인 우주 공간으로 순식간에 퍼져갈 것이다. 지름이 30센티미터쯤 되는 오른쪽 현창의 볼트를 조심스럽게 푸는 동안, 비탄에 빠진 미셸은 새틀라이트를 우주로 내보낼 준비를 했다. 포탄 내부의 공기가 벽을 누르는 압력을 이길 수 있을 만큼 강력한 핸들로 유리창을 들어올리자 경첩이 회전했다.

새틀라이트는 밖으로 던져졌다. 공기는 거의 밖으로 빠져나가지 못했을 것이다. 작업이 워낙 성공적이었기 때문에, 나중에 바비케인은 포탄을 채우고 있는 쓰레기도 서슴없이 같은 방법으로 처리했다.

새틀라이트는 밖으로 던져졌다

6

질의응답

12월 4일, 54시간의 여행 뒤에 여행자들이 눈을 떴을 때 시계는 지구 시각으로 오전 5시를 가리키고 있었다. 시간으로는 포탄 속에서 보낼 시간의 절반을 4시간 40분 초과했을 뿐이지만, 거리로는 거의 10분의 7을 주파했다. 이것은 속력이 꾸준히 줄어들고 있었기 때문이다.

이제 아래쪽 유리창으로 지구를 보면, 햇빛 속에 잠긴 검은 점으로밖에 보이지 않았다. 이제 초승달 모양도 없고 흐릿한 빛도 없었다. 이튿날 자정이면 지구는 다시 초승달 모양이 될 테고, 그 순간 달은 완전히 둥근 보름달이 될 것이다. 머리 위의 달은 포탄이 따라가고 있는 선에 점점 가까워지고 있었다. 그대로 가면 정해진 시각에 포탄과 만날 수 있을 것이다. 검은 천정 주위에는 반짝반짝 빛나는 점들이 가득 박혀 있었다. 그 점들은 천천히 움직이고 있는 것 같았지만, 거리가 멀어서 상대적인 크기는 변하지 않는 듯이 보였다. 태양과 별들은 지구에서 보는 것과 똑같아 보였다. 달은 지구에서 보는 것보다 상당히 컸다. 하지만 여행자들의 망원경은 배율이 별로 크지 않아서 아직까지는 달 표면을 자세히 관측할 수 없었고, 달의 지형이나 지질을 자세히 정찰할 수도 없었다.

그들은 달에 대해 끝없는 대화를 나누면서 시간을 보냈다. 세 사람은 제각기 특별한 사실들을 제시했다. 바비케인과 니콜은 항상 진지했고, 미셸 아르당은 항상 열정적이었다. 포탄과 현재 상황, 포탄의 방향, 일어날지도 모르는 사건들, 달에 떨어질 때 필요한 사전 조치는 무궁무진한 추측의 대상이 되었다.

아침을 먹고 있을 때, 포탄에 대한 미셸 아르당의 질문이 바비케인한테서 좀 기묘한 대답을 끌어냈다. 그 대답은 여기에 다시 한번 언급할 가치가 있다. 미셸은 포탄이 엄청나게 빠른 초속도를 유지하고 있을 때 갑자기 정지시키면 어떤 결과가 일어났을지 알고 싶다고 말했다.

"하지만 포탄을 어떻게 정지시킬 수 있는지 모르겠군." 바비케인이 받았다.

"그냥 정지시켰다고 가정하세." 미셸이 말했다.

"그건 불가능한 가정이야." 실제적인 바비케인이 고집스럽게 말했다. "추진력이 작용하지 않게 된다면 또 모를까. 하지만 추진력이 없어져도 포탄의 속도는 서서히 줄어들겠지. 날아가던 포탄이 갑자기 딱 멈추진 않을 거야."

"우주 공간에서 어떤 천체와 부딪쳤다고 가정하세."

"어떤 천체?"

"우리가 만난 그 거대한 운석이라도 좋겠지."

그러자 니콜이 끼어들었다.

"그럼 포탄은 산산조각이 났을 것이고, 우리도 포탄과 같은 꼴이 되었겠지."

"그 정도가 아니야. 우리는 불에 타 죽었을 거야." 바비케인이 말했다.

"불에 탄다고?" 미셸이 소리쳤다. "제기랄! 그런 일이 일어나지 않아서 유감이군. 시험 삼아 실제로 한번 일어났더라면 좋았을걸."

"자네라면 시험 삼아 실제로 한번 해보았을지도 모르지." 바비케인이 대꾸했다. "열은 운동의 한 변형일 뿐이라는 사실이 알려져 있어. 물이 데워지면, 다시 말해서 물에 열이 가해지면, 물의 분자들이 움직이게 돼."

"그건 독창적인 이론이군!" 미셸이 받았다.

"그리고 옳은 이론이기도 하다네. 그건 열의 모든 현상을 설명해주니까. 열은 원자의 운동일 뿐이고, 물질을 이루는 입자들의 단순한 진동일 뿐이라네. 기차에 브레이크를 걸면 기차는 정지하지만, 그때까지 기차를 움직이고 있었던 운동은 어떻게 되었을까? 운동은 열로 변하고, 그래서 브레이크가 뜨거워지지. 사람들은 왜 바퀴축에 기름을 칠할까? 그건 바퀴축이 뜨거워지는 것을 막기 위해서야. 운동이 열로 바뀌면, 운동은 사라지고 대신 열이 생길 테니까."

"그래, 알겠어." 미셸이 대답했다. "예를 들면 오랫동안 달렸을 때, 수영을 하고 있을 때, 땀을 뚝뚝 흘리고 있을 때, 왜 나는 멈추어야 하지? 대답은 간단해. 그건 내 운동이 열로 변하기 때문이야."

바비케인은 미셸의 대답에 웃지 않을 수 없었지만, 다시 자기 이론으로 돌아가서 말했다.

"그러니까 충격을 받을 경우에는 이 포탄도 금속판에 부딪친 뒤 불타는 상태로 낙하하는 탄환과 마찬가지일 거야. 포탄의 운동은 열로 바뀌니까. 따라서 우리 포탄이 운석과 충돌했다면 포탄의 속도는 갑자기 억제되었을 테고, 그러면 포탄을 순간적으로 기화시킬 수 있을 정도의 열이 났을 거야."

그러자 니콜이 물었다.

"그럼 지구의 운행이 갑자기 멈추면 무슨 일이 일어날까?"

"지구의 온도가 너무 높아져서 지구는 당장 기체로 변하겠지." 바비케인이 대답했다.

"그건 지구를 아주 간단하게 끝장내는 방법이로군." 미셸이 말했다.

"지구가 태양과 부딪치면?" 니콜이 물었다.

"계산에 따르면……" 바비케인이 대답했다. "그때 발생하는 열은 지구와 같은 부피의 석탄 덩어리 1600개가 만들어내는 열과 맞먹는 것으로 되어 있어."

"그럼 태양이 더욱 뜨거워지겠군." 미셸이 대꾸했다. "천왕성이나 해왕성 주민들은 불평하지 않을 거야. 그곳 주민들은 추워서 죽을 지경일 테니까."

"그러니까 갑자기 중지된 모든 운동은 열을 만들어내지." 바비케인이 말했다. "그리고 이 이론에 따르면, 태양 표면에 비 오듯 끊임없이 쏟아져 내리는 운석 때문에 열이 발생하고 있어. 계산에 따르면……"

"아이쿠, 이런!" 미셸이 중얼거렸다. "또 숫자로군."

"계산에 따르면……" 바비케인은 침착하게 말을 이었다. "운석 하나가 태양에 주는 충격은 같은 부피의 석탄 덩어리 4000개와 맞먹는 열을 낸다는군."

"그럼 태양열은 얼마나 되지?" 미셸이 물었다.

"그건 27킬로미터 깊이의 석탄층이 태양을 둘러싸고 있다고 치고, 그 석탄층의 석탄이 연소하면서 내는 열과 맞먹어."

"그러면 그 열은……."

"29억 입방미터의 물을 한 시간 동안 끓일 수 있겠지."

"그런데도 우리는 용케 구워지지 않는군!" 미셸이 소리쳤다.

"그래." 바비케인이 대답했다. "지구의 대기층이 태양열의 10분의 4를 흡수하기 때문이지. 게다가 지구가 받는 태양열의 양은 전체 복사열의 20억분의 1밖에 안 되니까."

"모든 게 최선의 결과가 되도록 하늘이 배려했다는 걸 알겠어." 미셸이 말했다. "그리고 대기층이 아주 유익한 발명품이라는 것도 알겠어. 대기는 우리가 숨쉴 수 있게 해줄 뿐만 아니라 태양열에 구워지는 것도 막아주니까 말이야."

"그래!" 니콜이 말했다. "하지만 불행히도 달에서는 그렇지 않을 거야."

"흥!" 항상 희망에 차 있는 미셸이 말했다. "달에 주민이 살고 있다면, 그곳 주민들도 숨을 쉬어야 돼. 이제 주민이 살지 않는다 해도, 우리 세 사람이 숨쉴 수 있는 산소는 골짜기 바닥에라도 남아 있을 거야. 공기는 자체의 무게 때문에 골짜기 바닥에 모일 테니까. 우리는 산 위에만 올라가지 않으면 돼."

미셸은 일어나서, 참을 수 없을 만큼 눈부시게 빛나는 달을 보러 갔다.

"저런!" 미셸이 말했다. "달은 무척 덥겠는걸!"

"게다가 달에서는 낮이 360시간 동안이나 지속돼."

그러자 바비케인이 말했다.

"그걸 상쇄하기 위해 밤도 360시간 동안 지속되지. 그리고 달의 열은 복사작용으로 회복되니까, 달의 온도는 행성간 공간의 온도밖에 안 돼."

"아름다운 나라야!" 미셸이 외쳤다. "문제없어. 나는 빨리 달나라에 가고 싶어. 아아, 친구들! 지구를 우리의 달로 삼는 것, 지평선에 떠오르는 지구를 보는 것, 대륙의 모양을 보면서 '저건 아메리카, 저건 유럽' 이라고 중얼거리고, 햇빛 속으로 막 사라지려는 지구를 지켜보는 건 아주 색다르고 묘한 기분일 거야. 그건 그렇고, 달나라 사람한테도 일식이 보일까?"

"달에도 일식은 있어." 바비케인이 대답했다. "지구를 가운데 두고 세 천체가 일직선을 이루면 달에서 일식이 일어나지. 하지만 그건 금환일식이야. 지구가 태양 앞쪽에 가리개처럼 놓여서, 태양의 대부분이 보일 테니까."

"개기일식은 왜 없지?" 니콜이 물었다. "지구의 그림자는 달보다 멀리까지 미치지 않나?"

"그건 그렇지만, 그건 지구의 대기층에서 일어나는 굴절작용을 고려하지 않았을 경우이고, 굴절을 고려하면 그렇게는 안 돼. 델타 대시를 수평 시차, p 대시를 표면 반지름으로 하면……."

"맙소사!" 미셸이 말했다. "v 제로 제곱의 2분의 1이 어쩌고 저쩌고가 또 나오는군. 제발 그만 좀 해주게."

"그럼 알기 쉽게 말하지." 바비케인이 말했다. "달과 지구 사이의 평균 거리는 지구 반지름의 60배이고, 그림자의 길이는 굴절 때문에 반지름의 42배보다 작아. 그래서 일식의 경우, 달은 순수한 지구 그림자 밖에 있고, 태양은 제 주변의 빛만이 아니라 중심의 빛까지도 달에 쏘아 보내게 되지."

"그렇다면……" 미셸이 놀리는 듯한 어조로 말했다. "일식 같은 건 없을 텐데, 어떻게 일식이 일어나나?"

"햇빛이 굴절작용으로 약해지기 때문이지. 빛은 대기층을 통과할 때 대부분 소멸되어버리니까."

"설명을 들으니 이치는 충분히 알겠네." 미셸이 말했다. "그리고 달에 가면 실제로 볼 수 있을 테니까. 그런데 바비케인, 자네는 달이 원래 혜성이었다고 생각하나?"

"기발한 생각도 다 있군."

"그래." 미셸은 으스대면서도 붙임성 있는 태도로 대꾸했다. "나는 그 밖에도 그런 종류의 기발한 생각을 몇 개 갖고 있지."

"하지만 그 생각은 미셸한테서 나온 게 아닐세." 니콜이 말했다.

"그럼 나는 표절자로군."

"그건 의심할 여지가 없어. 고대인들에 따르면, 아르카디아* 사람들은 달이 지구의 위성이 되기 전부터 자기네 조상들이 지구에 살았다고 주장하지. 이 사실을 근거로 일부 과학자들은 달이 원래는 혜성이었는데 어느 날 혜성의 궤도가 지구에 너무 가까워졌기 때문에 지구의 인력에 붙잡혀 위성이 되어버렸다고 생각했다네."

"그 가설에 조금이라도 타당성이 있나?" 미셸이 물었다.

"전혀 없어." 바비케인이 대답했다. "혜성은 언제나 가스층으로 덮여 있는데, 달에는 가스층의 흔적이 전혀 남아 있지 않다는 게 그 증거라네."

"하지만……" 니콜이 말을 이었다. "달이 지구의 위성이 되기 전에 근일점에서 태양에 너무 가까이 다가갔기 때문에 기체가 모두 증발해서 가스층이 사라져버렸을 수도 있지 않나?"

"이론적으로는 가능하지만 실제로 있음 직한 일은 아닐세."

"왜?"

"왜냐하면…… 실은 나도 몰라."

"아아!" 미셸이 소리쳤다. "우리가 모르는 것을 나열하기만

* 아르카디아: 고대 그리스의 펠로폰네소스 반도에 있었던 고원. 이곳 주민들은 목양을 업으로 삼고 목가적이며 평화로운 도원경을 이루고 살았다는 전설이 있다.

해도 책을 수백 권은 만들 수 있을 거야!"

"아아! 정말 그래. 그런데 지금 몇 시지?" 바비케인이 물었다.

"세 시." 니콜이 대답했다.

"학문적인 대화를 나누면 시간이 쏜살같이 지나가는구나!" 미셸이 말했다. "내가 아주 박식해진 기분이 들어. 훌륭한 학자가 되어가고 있는 느낌이야."

이렇게 말하면서 미셸은 포탄 천장으로 올라갔다. '달을 좀 더 잘 관찰하기 위해서'라고 그는 주장했다. 그동안 친구들은 바닥의 유리창을 통해 아래쪽을 지켜보고 있었다. 특기할 만한 것은 전혀 없었다.

미셸 아르당은 아래로 내려오자 옆쪽 현창으로 다가갔다. 그러고는 별안간 놀라서 소리를 질렀다.

"무슨 일이야?" 바비케인이 물었다.

현창으로 다가간 바비케인은 포탄에서 몇 미터 떨어진 곳에 납작해진 자루가 하나 떠 있는 것을 보았다. 그 자루는 포탄과 마찬가지로 움직이지 않는 것처럼 보였다. 따라서 그것은 포탄과 같은 속도로 상승하고 있는 게 분명했다.

"저게 뭐지?" 미셸 아르당이 말했다. "우리 포탄의 인력 범위 안에 들어온 천체인가? 달까지 우리를 계속 따라올까?"

"놀라운 것은……" 니콜이 말했다. "저 천체의 비중이 포탄보다 가벼운 게 확실한데, 그 무게로 우리 포탄과 완전히 같은 고도를 유지하고 있다는 걸세."

"니콜." 바비케인은 잠시 생각한 뒤에 대답했다. "저 물체가 뭔지는 나도 모르겠지만, 왜 우리와 같은 고도를 유지하는지는 알고 있네."

"왜지?"

"그건 우리가 진공 속에 떠 있기 때문일세. 진공 속에서 물체는 무게나 형태에 관계없이 모두 같은 속도로 떨어지거나 움직이지. 무게 차이가 생기는 것은 공기 저항 때문이라네. 튜브 속을 진공 상태로 만들면, 튜브를 통과하는 물체는 가벼운 티끌도 무거운 납덩어리도 모두 같은 속도로 떨어진다네. 여기 우주 공간에서도 같은 원인으로 같은 결과가 나타나지."

"맞아!" 니콜이 말했다. "우리가 포탄 밖으로 내던지는 물건은 포탄이 달에 도착할 때까지 모두 포탄과 동행하겠군."

"아아! 우리는 정말 바보야!" 미셸이 소리쳤다.

"왜 그런 말을 하나?" 바비케인이 물었다.

"포탄을 책이니 기구니 연장 같은 유용한 물건으로 가득 채울 수도 있었을 텐데. 그걸 모두 포탄 밖에 내던져두면 달까지 우리를 따라왔을 텐데. 하지만 유쾌한 생각이 있어! 우리도 운석처럼 밖에 나가서 걸어다니는 게 어때? 현창을 통해 우주 공간으로 나가면 되지 않을까? 에테르 속에 떠 있으면 기분이 얼마나 즐거울까. 공중에 떠 있으려면 계속 날개를 퍼덕여야 하는 새들보다 훨씬 유리할 거야."

"그건 그래." 바비케인이 말했다. "하지만 숨은 어떻게 쉬지?"

"망할 놈의 공기! 하필이면 이럴 때 공기가 없다니!"

"하지만 공기가 있다 해도 자네는 포탄보다 밀도가 낮으니까 순식간에 뒤처질 걸세."

"그럼 이건 순환논법인가?"

"이 이상의 순환논법은 없어."

"그럼 이 포탄 속에 계속 갇혀 있어야 하나?"

"그래!"

"아아!" 미셸이 큰 소리로 외쳤다.

"왜 그래?" 니콜이 물었다.

"저 가짜 운석이 뭔지 알겠어. 아니, 짐작하겠어! 우리와 동행하고 있는 저건 소행성이 아니야. 운석도 아니고 폭발한 유성의 조각도 아니야!"

"그럼 뭐지?" 바비케인이 물었다.

"우리의 불쌍한 개야! 다이애나의 남편!"

알아볼 수 없을 만큼 변형된 그 물체는 정말로 새틀라이트의 시체였다. 공기를 빼낸 백파이프처럼 납작하게 찌그러진 새틀라이트는 계속 위로 올라가고 있었다!

그 물체는 정말로 새틀라이트의 시체였다

7
도취의 순간

이처럼 불가사의하지만 논리적이고 기묘하긴 하지만 설명할 수 있는 현상이 이런 특이한 상황에서 일어나고 있었다.

포탄에서 던져진 물건은 모두 포탄과 같은 경로를 따라갈 테고, 포탄이 멈추기 전에는 결코 멈추지 않을 것이다. 밤새도록 이야기해도 끝나지 않을 화젯거리가 생겼다.

게다가 세 여행자의 흥분은 여행이 막바지로 치달을수록 더욱 고조되었다. 그들은 예기치 않은 사건과 새로운 현상을 기대했다. 그때 그들이 놓여 있는 정신 상태에서는 무슨 일이 일어나도 놀라지 않았을 것이다. 지나치게 고양된 그들의 상상력은 포탄보다 더 빨리 날아갔다. 그들 자신은 알아차리지 못했지만 포탄의 속도는 분명 떨어지고 있었다. 달은 이제 그들의 눈에 더욱 커 보였고, 팔을 뻗으면 손으로 잡을 수도 있을 것 같았다.

이튿날인 12월 5일 오전 5시, 세 사람은 모두 일어나 있었다. 계산이 정확하다면, 그날은 여행의 마지막 날이 될 터였다. 앞으로 열아홉 시간 뒤인 그날 밤 12시, 달이 보름달이 되는 바로 그 순간, 그들은 눈부시게 빛나는 둥근 달에 도착할 것이다. 다가오는 자정에는 고대와 현대를 통틀어 가장 놀라운 이 여행도 막을 내리게 될 것이다. 그래서 꼭두새벽부터 그들은 달빛으로 은빛이 된 현창을 통해 자신만만하고 즐거운 환호성으로 달에게 인사를 보냈다.

달은 별이 가득한 하늘을 지나 당당하게 다가오고 있었다. 조금만 더 전진하면 포탄과 만나는 합류점에 정확히 도달할 것이다.

바비케인은 자신의 관측에 따라 포탄이 달의 북반구에 착륙할 거라고 생각했다. 그곳에는 드넓은 평원이 펼쳐져 있고, 산은 드물다. 그들의 생각대로 달의 공기가 저지대에만 모여 있다면, 이것은 유리한 상황이었다.

"게다가……" 미셸 아르당이 말했다. "산보다 평원에 착륙하기가 더 쉬워. 달나라 사람이 유럽의 몽블랑 꼭대기나 아시아의 히말라야 꼭대기에 내렸다면 제대로 착륙했다고 말할 수 없지."

그러자 니콜이 덧붙여 말했다.

"평지에는 포탄이 일단 착륙하면 움직이지 않을 거야. 내리막 비탈에 착륙하면 포탄은 눈사태처럼 구를 것이고, 우리는 다람쥐가 아니니까 포탄에서 무사히 빠져나오진 못하겠지. 그러니까 모든 게 최선의 결과가 되도록 하늘이 배려한 거야."

실제로 이 대담한 시도가 성공할 것은 이제 확실해 보였다. 하지만 바비케인은 한 가지 생각에 골몰해 있었다. 그는 친구들을 불안하게 하고 싶지 않아서 그 문제에 대해서는 아무 말도 하지 않았다.

달의 북반구를 향해 나아가고 있는 포탄의 방향은 진로가 조금 달라진 것을 보여주었다. 원래 포탄은 수학적인 계산에 따라 달 한복판에 착륙하도록 발사되었다. 그런데 한복판에 착륙하지 않는다면 원래 진로에서 벗어난 게 분명했다. 무엇 때문일까? 바비케인은 원인을 상상할 수도 없었고, 기준점이 없었기 때문에 그 일탈이 얼마나 중요한 의미를 갖는지 판단할 수도 없었다.

하지만 그는 포탄이 예정된 진로에서 벗어났더라도 달의 위쪽 끝부분에 착륙할 거라고 기대했다. 착륙하기에는 그쪽이 더 적당했다.

바비케인은 친구들에게 자신의 불안을 털어놓지 않은 채, 포탄의 진로가 바뀌는지를 확인하려고 계속 달을 관찰하는 것으로 만족했다. 포탄이 목표에 도달하지 못하고 달을 지나 우주 공간으로 나가버리면 끔찍한 상황이 벌어질 것이기 때문이다.

그 순간 달은 원반처럼 납작해 보이지 않고 공처럼 볼록해 보였다. 햇빛이 비스듬히 닿으면, 분명히 서로 분리되어 있는 높은 산들이 그림자 때문에 또렷이 보였을 것이다. 입을 딱 벌리고 있는 분화구의 심연을 들여다볼 수 있었을지도 모른다. 드넓은 평원을 구불구불 지나는 변덕스러운 골짜기를 눈으로 더듬어갈 수도 있었을 것이다. 하지만 그 모든 기복이 지금은 강렬한 햇빛 속에서 평준화되었다. 달을 사람 얼굴처럼 보이게 하는 커다란 반점들도 거의 분간할 수 없을 정도였다.

"정말로 사람 얼굴이야!" 미셸 아르당이 말했다. "하지만 아폴론의 누이*가 딱하군. 얼굴이 저렇게 얽었으니 말이야!"

여행이 이제 막바지에 이르자 여행자들은 그 새로운 세계를 끊임없이 관찰하고 있었다. 그들은 미지의 달나라를 돌아다니고 가장 높은 봉우리에 올라가고 가장 낮은 골짜기로 내려가는 자신들의 모습을 상상했다. 공기가 희박해서 물이 거의 없는 드넓은 바다, 산에서 흘러내리는 지류의 물줄기가 여기저기 보이는 듯했다. 그들은 깊은 심연 위로 허리를 구부리고 진공의 고독 속에서 영원한 침묵을 지키고 있는 그 천체의 소리를 포착하려고 했다. 그 마지막 날은 가슴 설레는 추억을 그들에게 남겼다.

그들은 지극히 사소한 세부까지도 모두 기록해두었다. 목적지가 다가오자 막연한 불안이 그들을 사로잡았다. 포탄의 속도가 얼마나 줄어들었는지를 느꼈다면 이 불안은 더욱 커졌을 것이다. 그 속도로는 목적지에 도착할 수 없을 것처럼 여겨졌을 것이다. 그것은 그때 포탄의 무게가 거의 '없었기' 때문이다. 포탄의 무게는 계속 줄어들고 있었고, 달과 지구의 인력이 서로 상쇄되는 그 선에 이르면 포탄의 무게는 완전히 사라질 것이다.

미셸 아르당은 막연한 불안에 사로잡혀 있으면서도 여느 때

* 아폴론의 누이: 그리스 신화에 나오는 달의 여신 아르테미스를 말한다. 이들 오누이는 제우스와 레토 사이에서 쌍둥이로 태어났다.

처럼 시간에 맞춰 아침식사를 준비하는 것을 잊지 않았다. 그들은 왕성한 식욕으로 음식을 먹었다. 가스로 녹인 수프만큼 맛있는 음식은 없고, 통조림 고기보다 더 좋은 음식은 없다. 고급 프랑스산 포도주 몇 잔이 식사의 마지막을 장식하자, 미셸 아르당은 뜨거운 태양열에 데워진 달나라 포도나무에서는 훨씬 감칠맛 나는 포도주가 생산될 거라고 말했다. 물론 달나라에 포도나무가 있다면 말이지만……. 어쨌든 선견지명이 있는 이 프랑스인은 메도크와 코트도르*의 귀중한 포도나무 묘목 몇 그루를 가져오는 것을 잊지 않았다. 미셸의 희망은 여기에 근거를 두고 있었다.

레제와 르뇨의 장치는 여전히 정확하게 작동하고 있었다. 공기는 완전히 맑은 상태를 유지하고 있었다. 이산화탄소 원자 하나도 가성알칼리에 저항하지 못했다. 캡틴 니콜은 산소가 '일급' 이라고 말했다. 공기에 섞여 포탄 속에 갇혀 있는 약간의 수증기는 습도를 적당히 조절해주었다. 런던이나 파리나 뉴욕의 많은 아파트와 많은 극장은 이처럼 건강에 좋은 상태가 아니었다. 하지만 장치가 정상적으로 작동하려면 완벽한 상태를 유지해야 했다. 그래서 미셸은 아침마다 배출 조절기로 가서 마개를 점검하고, 고온계로 가스의 열을 조절했다. 그때까지는 만사가 순조로웠다. 여행자들은 조지프 T. 매스턴처럼 살이 찌기 시작했다. 그들이 포탄 속에 갇혀 지내는 기간이 몇 달이나 되었다면 그들은 아무도 몰라볼 만큼 뚱보가 되었을 것이다. 요컨대

* 메도크, 코트도르: 프랑스의 고급 포도주 산지.

그들은 닭장 속의 닭처럼 행동했고, 그래서 계속 살이 찌고 있었다.

현창으로 밖을 내다보던 바비케인은 죽은 개의 시체와 포탄에서 내던진 잡동사니들이 줄기차게 따라오고 있는 것을 보았다. 다이애나는 새틀라이트의 시체를 보고 청승맞게 컹컹 울어댔다. 새틀라이트는 단단한 땅바닥에 누워 있는 것처럼 움직임이 없어 보였다.

"여보게, 친구들." 미셸 아르당이 말했다. "우리 가운데 누군가가 출발 때의 충격으로 죽었다면 그의 주검을 땅에 매장하려고 무진 애를 써야 했겠지? 아니, 내가 무슨 말을 하고 있는 거야? 여기서는 에테르가 흙을 대신하고 있으니까 '에테르로 처리한다' 고 말해야겠군. 그러지 않으면 주검은 우리를 비난하듯 깊은 회한처럼 우리를 따라왔을 거야."

"그건 비참하군." 니콜이 말했다.

"아아! 나는 밖을 산책할 수 없는 게 유감이야." 미셸이 말을 이었다. "이 빛나는 에테르 속에 떠서 에테르에 몸을 담그고 순수한 햇빛에 싸여 있으면 얼마나 유쾌할까. 바비케인이 잠수복과 공기통을 가져올 생각만 했다면, 나는 용감하게 밖으로 나가 포탄 위에서 키마이라와 히포그리프* 같은 괴물들을 흉내낼 수 있었을 텐데."

"미셸." 바비케인이 받았다. "자네는 히포그리프의 자세를 오

* 키마이라: 그리스 신화에서 불을 토하는 괴물. 히포그리프: 독수리의 머리와 날개를 가진 상상 속의 말.

"괴물들을 흉내낼 수 있었을 텐데……"

래 취할 수 없었을 거야. 잠수복을 입어도, 진공 속에서는 몸속의 공기가 팽창해서 포탄처럼 폭발해버리거나 너무 높이 올라간 풍선처럼 터져버렸겠지. 그러니까 아쉬워하지 말게. 그리고 이걸 잊지 마. 진공 속에 떠 있는 한, 포탄 밖에 나가서 산책하고 싶다는 따위의 감상적인 생각은 깨끗이 체념해야 돼."

미셸은 어느 정도 납득한 모양이었다. 그것이 어렵다는 것은 인정했다. 하지만 불가능하지는 않다고 생각했다. 그는 '불가능' 이라는 낱말을 입 밖에 낸 적이 없었다.

대화는 잠시도 멈추지 않고 다른 화제로 넘어갔다. 세 친구는 봄이 오면 새싹이 돋아나듯 머릿속에서 아이디어가 돋아나는 것 같다고 생각했다. 그들은 어리둥절했다. 질문과 대답이 한창 교차하고 있을 때, 니콜이 당장 해답을 찾을 수 없는 질문 하나를 던졌다.

"달에 가는 건 좋지만, 어떻게 지구로 돌아가지?"

그의 질문을 받고 두 사람은 놀란 표정을 지었다. 다른 사람이 보았다면, 이 의문이 지금 처음으로 그들의 머리에 떠오른 줄 알았을 것이다.

"니콜, 그게 무슨 뜻인가?" 바비케인이 엄숙하게 물었다.

"아직 목적지에도 도착하지 않았는데 거기서 떠날 방법을 묻는 건 조금 부적절한 것 같군." 미셸이 말했다.

"돌아가고 싶어서 그런 말을 한 건 아닐세." 니콜이 대답했다. "하지만 다시 한번 묻겠는데, 어떻게 지구로 돌아가지?"

"거기에 대해서는 아무것도 몰라." 바비케인이 대답했다.

"돌아가는 방법을 알았다면 나는 아예 지구를 떠나지도 않았을 거야." 미셸이 말했다.

"훌륭한 대답이군!" 니콜이 소리쳤다.

"나는 미셸의 말에 전적으로 찬성하네." 바비케인이 말했다. "그리고 자네의 질문은 지금 이 시점에서는 별로 의미가 없어. 나중에라도 돌아가는 게 좋겠다는 생각이 들면, 그때 가서 의논해보세. 달에는 콜럼비아드가 없지만 포탄은 있을 거야."

"대포 없는 포탄이 무슨 소용이람!"

그러자 바비케인이 대답했다.

"대포는 만들 수 있어. 화약도 만들 수 있고. 금속과 초석, 석탄은 달에도 틀림없이 있을 거야. 우리는 3만 2000킬로미터만 가면 중력의 법칙 덕분에 지구로 떨어질 수 있지."

"이제 됐어." 미셸이 활기차게 말했다. "지구로 돌아가는 문제는 더 이상 거론하지 말기로 하세. 벌써 너무 오랫동안 그 이야기를 했어. 지구에 있는 동료들과 연락하는 건 어렵지 않을 거야."

"어떻게?"

"달의 화산에서 나오는 운석을 이용하면 돼."

"좋은 생각이야." 바비케인이 자신있는 투로 말했다. "우리 대포보다 다섯 배의 힘이 있으면 운석을 달에서 지구까지 보낼 수 있다고 라플라스*는 계산했지. 그만한 추진력도 없는 화산은 존재하지 않아."

* 피에르 시몽 드 라플라스(1749~1827): 프랑스의 수학자 · 천문학자.

"만세!" 미셸이 외쳤다. "운석들은 편리한 우편배달부이고, 비용도 전혀 안 들어. 우리는 우편 행정을 실컷 비웃을 수 있겠지. 하지만 지금 문득 생각이 났는데……."

"무슨 생각?"

"멋진 생각이야. 왜 우리 포탄에 전선을 한 가닥 묶어두지 않았을까? 그랬다면 지구와 전신을 주고받을 수 있었을 텐데."

"말도 안 돼!" 니콜이 대꾸했다. "자네는 34만 킬로미터 길이의 전선 무게가 아무것도 아니라고 생각하나?"

"아무것도 아니지. 콜럼비아드에 장전하는 화약을 세 배로 늘리면 돼. 네 배로 늘려도 돼! 다섯 배로 늘려도 돼!" 미셸이 소리쳤다. '늘린다'는 동사는 발음할 때마다 억양이 점점 더 높아졌다.

"자네 계획을 실행하는 데에는 한 가지 작은 장애가 있어." 바비케인이 받았다. "지구가 자전운동을 하면, 캡스턴에 체인이 감기듯 전선이 지구에 둘둘 감겨서 우리를 다시 지구로 끌어당겼으리라는 거지."

"성조기의 서른일곱 개 별*에 맹세코!" 미셸이 말했다. "오늘 나는 실현할 수 없는 생각만 하는군. J.T. 매스턴에게나 어울리는 비현실적인 생각이야. 하지만 우리가 지구로 돌아가지 않으면 매스턴이 우리한테 올 수 있을 거라는 생각이 들어."

"그래. 매스턴은 올 거야." 바비케인이 받았다. "매스턴은 훌륭하고 용감한 친구지. 게다가 그보다 쉬운 일이 어디 있겠나?

* 서른일곱 개 별: 이 소설이 발표된 1869년 현재 미국은 37개 주였다.

콜럼비아드는 아직도 플로리다의 땅속에 묻혀 있잖아? 면화약의 원료인 면화와 질산이 없는 것도 아니잖아? 달이 또다시 플로리다 상공을 통과하지 않는 것도 아니잖아? 18년 뒤에는 달이 오늘과 똑같은 위치에 오게 되잖아?"

"그래." 미셸이 말을 이었다. "맞아. 매스턴은 올 거야. 그리고 매스턴과 함께 우리 친구인 엘피스턴과 블룸스베리를 비롯한 대포 클럽 회원들도 모두 와서 따뜻한 환영을 받겠지. 얼마 후에는 지구와 달 사이에 포탄 열차가 다닐 거야! J.T. 매스턴 만세!"

J.T. 매스턴이 그 만세 소리를 듣지 못했다 해도, 아마 귀는 따끔거렸을 것이다. 그때 매스턴은 무엇을 하고 있었을까? 로키 산맥의 롱스피크 관측소에 진을 치고, 눈에 보이지 않는 포탄이 우주 공간으로 날아가는 것을 보려고 애쓰고 있을 게 분명했다. 매스턴이 사랑하는 친구들을 생각하고 있었다면 그들도 그에 못지않게 매스턴을 생각하고 있었고, 게다가 야릇한 흥분 상태의 영향으로 그를 가장 좋게 생각하고 있었다는 것을 우리는 인정해야 한다.

하지만 포탄 객차의 승객들 사이에서 고조되고 있는 이 흥분은 어디에서 온 것일까? 그들이 술에 취하지 않은 것은 의심할 여지가 없었다. 두뇌의 이 기묘한 흥분은 그들이 놓인 특이한 상황 탓으로 돌려야 할까? 몇 시간만 지나면 도착할 수 있을 만큼 가까워진 달이 그들의 신경계에 미치고 있는 신비로운 영향 탓으로 돌려야 할까? 그들의 얼굴은 화덕에서 이글거리고 있는 불길에 노출된 것처럼 불그레한 색을 띠고 있었다. 목소리는 우렁차게 울려 퍼졌고, 그들의 말은 탄산가스에 밀려난 샴페인 병의 코르크 마개처럼 입에서 튀어나왔다. 그들의 몸짓은 짜증스러워졌고, 동작이 커져서 많은 공간을 필요로 했다. 기묘하게도 그들 자신은 이런 긴장 상태를 전혀 알아차리지 못했다.

"그런데……" 니콜이 퉁명스러운 어조로 말했다. "지구로 돌아가게 될지 어떨지 모르니까, 달에서 뭘 할 건지 알고 싶군."

"달에서 뭘 할 거냐고?" 바비케인이 펜싱이라도 하는 것처럼 발을 구르면서 되물었다. "그건 나도 몰라."

"모른다고?" 미셸이 고함을 지르자, 포탄 내부에 그 소리가 쩌렁쩌렁 울려 퍼졌다.

"그래. 그건 생각해본 적도 없어." 바비케인도 똑같이 큰 소리로 대꾸했다.

"나는 알아." 미셸이 대답했다.

"그럼 말해봐." 니콜은 이제 흥분을 억누르지 못하고 으르렁거리는 목소리로 외쳤다.

"마음이 내키면 말하겠어." 미셸은 친구들의 팔을 난폭하게 움켜잡으면서 소리쳤다.

"마음이 내켜야 돼!" 바비케인이 이글거리는 눈으로 위협적인 손짓을 하면서 말했다. "우리를 이 여행에 끌어들인 건 자네야. 우리는 무엇 때문에 여기까지 왔는지 알고 싶어."

"그래." 니콜이 말했다. "나는 지금 어디로 가고 있는지 모르니까, 하다못해 '왜' 가고 있는지라도 알고 싶어."

"왜냐고?" 미셸이 1미터쯤 뛰어오르면서 소리쳤다. "왜냐고? 그건 미국의 이름으로 달을 소유하기 위해서지. 미국에 서른여덟 번째 주를 추가하기 위해서, 달나라를 식민지로 삼기 위해서, 달나라를 개척하기 위해서, 달나라에 사람을 정착시키기 위해서, 예술과 과학과 산업의 놀라운 산물을 달나라에 보내기 위해서, 달나라 문명이 우리만큼 발달하지 않았다면 달나라 사람들을 문명화하기 위해서, 그리고 달나라에 아직 공화국이 없다면 공화국을 수립하기 위해서지!"

"달나라 사람이 없다면?" 설명할 수 없는 이 도취의 영향으로 무척 반항적이 된 니콜이 반박했다.

"달나라 사람이 없다고 누가 그래?" 미셸이 위협적인 어조로 소리쳤다.

"내가 그랬다." 니콜이 고함치듯 말했다.

"캡틴." 미셸이 말을 받았다. "그런 건방진 말은 두 번 다시 하지 마. 또 그러면 자네 이빨을 목구멍 속으로 내려보낼 테니까."

두 사람은 서로 상대에게 덤벼들려고 했다. 지리멸렬한 토론이 주먹싸움으로 바뀌려 할 때, 바비케인이 펄쩍 뛰어 그들 사이에 끼어들었다.

"그만해!" 바비케인이 두 사람을 떼어놓으면서 말했다. "달나라 사람이 없으면 없는 대로 해나가면 돼."

"그래." 까다롭지 않은 미셸이 소리쳤다. "달나라 사람이 없어도 괜찮아! 달나라 사람을 만들면 돼. 달나라 사람 따위는 꺼져버려라!"

"달나라 제국은 우리 거야." 니콜이 말했다. "우리 셋이서 공화국을 만드세."

"나는 하원." 미셸이 소리쳤다.

"그럼 나는 상원." 니콜이 받았다.

"그리고 바비케인은 대통령." 미셸이 소리쳤다.

"국민이 임명하는 대통령은 없어." 바비케인이 대꾸했다.

"괜찮아. 자네는 의회가 임명한 대통령이야." 미셸이 소리쳤다. "나는 의회니까, 자네는 만장일치로 임명됐어."

"만세! 만세! 바비케인 대통령 만세!" 니콜이 소리쳤다.

"와! 와! 와!" 미셸 아르당도 소리를 질렀다.

그러자 대통령과 상원은 우렁찬 목소리로 '양키 두들' 이라는 유행가를 불렀고, 하원의 입에서는 '마르세예즈' 의 씩씩한 가락이 울려 퍼졌다.

이어서 그들은 열광적인 몸짓으로 광란의 춤을 추기 시작했다. 바보처럼 발을 구르고 서커스단의 광대처럼 공중제비를 돌기도 했다. 다이애나도 춤판에 끼어들어, 소리를 길게 뽑아 청승맞게 짖으면서 천장까지 펄쩍펄쩍 뛰어올랐다.

바로 그때 기상천외한 수탉 울음소리와 함께 설명할 수 없는 날개 소리가 들려왔다. 암탉 대여섯 마리가 박쥐처럼 날개를 퍼덕이면서 벽에 부딪쳤다.

바로 그때 도취의 영향력을 뛰어넘는 기묘한 영향력이 세 여행자에게 작용했다. 공기가 그들의 호흡기에 불을 붙인 것처럼

그들은 광란의 춤을 추기 시작했다

타는 듯한 감각이 느껴졌고, 그들은 포탄 바닥에 쓰러져 꼼짝도 하지 않게 되었다.

8
31만 킬로미터 떨어진 곳에서

무슨 일이 일어났을까? 불행한 결과로 이어질 수도 있는 이 기묘한 중독의 원인은 어디에 있었을까? 그것은 미셸의 단순한 실수였다. 다행히도 니콜이 그것을 제때에 바로잡을 수 있었다.

몇 분 동안 완전한 혼수상태가 지속된 뒤, 캡틴 니콜이 가장 먼저 의식을 되찾아 흩어진 정신을 수습했다. 그는 겨우 두 시간 전에 아침을 먹었지만, 며칠 동안 아무것도 먹지 않은 것처럼 지독한 허기를 느꼈다. 위장과 머리만이 아니라 몸속의 모든 것이 극도로 흥분해 있었다. 그는 일어나서 미셸에게 간식을 달라고 부탁했다. 미셸은 축 늘어져서 대답도 하지 않았다.

그래서 니콜은 수십 개의 샌드위치를 삼키기 위해 손수 차를 준비하려고 했다. 우선 불을 붙이려고 성냥을 켜자, 성냥 대가리의 유황에 불이 확 붙었다. 똑바로 볼 수가 없을 만큼 눈부신 그 빛을 보고 그는 깜짝 놀랐다. 그가 불을 붙인 가스버너에서는 전깃불과 맞먹는 불길이 솟아올랐다.

니콜의 머리에 계시가 떠올랐다. 그 강렬한 빛, 그의 몸속에서 일어난 생리적 장애, 정신과 감정에 관련된 모든 기능의 지나친 흥분—그는 모든 것을 이해했다.

"산소다!" 그는 소리쳤다.

공기 조절 장치를 들여다보니, 마개가 열려서 무색 무취의 기체가 제멋대로 빠져나오고 있었다. 산소는 생명 유지에 꼭 필요한 기체지만, 순수한 상태에서는 신체에 중대한 장애를 일으킨다. 미셸이 공기 조절 장치의 마개를 실수로 완전히 열어놓은 것이다.

니콜은 서둘러 마개를 닫았다. 공기 속에 산소가 포화 상태에 이르렀다면 여행자들은 질식 때문이 아니라 산화 때문에 죽었을 것이다. 한 시간 뒤, 공기에서 산소가 줄어들자 그들의 폐는 정상적인 상태로 돌아갔다. 세 친구는 중독 상태에서 조금씩 회복되었지만, 주정뱅이가 잠을 자면서 술이 깨듯 산소 중독에서 깨어나기 위해 잠을 자야 했다.

미셸은 이 사고가 자기 책임이라는 것을 알고도 별로 당황하지 않았다. 이 예기치 않은 중독은 여행의 단조로움을 깨뜨려주었다. 산소에 중독되어 있는 동안 온갖 어리석은 말들을 했지만, 그것은 곧 잊혀졌다.

쾌활한 프랑스인이 말했다.

"나는 그 자극적인 기체를 조금 맛본 게 결코 유감스럽지 않

“산소다!” 하고 그는 소리쳤다

아. 자네들은 산소실이 있는 기묘한 건물을 지을 수도 있다고 생각지 않나? 신체 기능이 약해진 사람은 산소실에서 몇 시간 동안 활기찬 생활을 할 수 있어. 사람을 들뜨게 만드는 이 기체로 가득 찬 방에서 열리는 모임을 상상해보게. 극장에서 산소를 고압으로 유지하면 배우와 관객들의 영혼에 어떤 열정과 흥분을 불러일으킬 수 있을까! 뜨거운 정열! 뜨거운 열광! 작은 집회가 아니라 국민 전체를 산소로 포화시킬 수만 있다면, 국가 기능은 얼마나 활발해지고 생기를 얼마나 많이 얻을 수 있을까. 그러면 피폐한 나라도 강대국이 될 수 있을 거야. 유럽 대륙에는 건강을 위해 산소의 '지배'를 받아야 할 나라가 많이 있지!"

미셸은 공기 조절 장치의 마개가 아직도 너무 많이 열려 있는 게 아닌가 싶을 만큼 활기차게 말했다. 하지만 바비케인의 몇 마디에 미셸의 열정은 곧 사라지고 말았다.

"여보게, 미셸. 그건 다 좋은데, 우리 연주회에 참여한 저 닭들이 어디서 왔는지 좀 가르쳐주겠나?"

"저 닭?"

"그래."

실제로 암탉 여섯 마리와 잘생긴 수탉 한 마리가 날개를 푸드득거리고 꼬꼬댁 소리를 내면서 걸어다니고 있었다.

"아아, 성가신 녀석들!" 미셸이 소리쳤다. "산소 때문에 반란을 일으킨 거야."

"하지만 저 닭들을 어떻게 하려는 거지?" 바비케인이 물었다.

"달에 적응시키려고."

"그런데 왜 숨겨놓았나?"

"장난이야, 회장. 단순한 장난이라고. 한심한 실패로 끝나긴 했지만 말이야. 나는 아무 말도 하지 않고 닭들을 달나라에 풀어놓고 싶었어. 달나라 들판에서 지구의 날짐승이 모이를 쪼아 먹는 걸 보았다면 자네들은 얼마나 놀랐겠나!"

"이 개구쟁이. 자네는 진짜 지독한 개구쟁이야." 바비케인이 대꾸했다. "산소가 없어도 자네는 언제든지 흥분할 수 있어. 우리는 산소의 영향을 받을 때에만 머리가 조금 이상해지지만, 자네는 늘 그런 상태야. 항상 덜렁거려!"

"아아, 아까는 우리 모두 차분하지 않았어." 미셸 아르당이 대꾸했다.

이 철학적인 의견이 제시된 뒤, 세 친구는 포탄 내부의 질서를 회복하기 시작했다. 암탉과 수탉은 둥우리로 복귀했다. 그런데 이 작업을 진행하면서 바비케인과 두 친구는 한 가지 새로운 현상을 알아차렸다. 지구를 떠난 순간부터 그들 자신의 무게와 포탄의 무게, 포탄 속에 갇혀 있는 물건의 무게가 점점 줄어들고 있었던 것이다. 포탄의 무게가 줄어든 것은 입증할 수 없다 해도, 그들 자신과 그들이 쓰는 용구와 기구의 무게 감소는 분명히 느낄 수 있는 순간이 올 것이다.

저울에 재보아도 무게 감소를 알 수 없는 것은 말할 나위도 없다. 무게의 기준이 되는 저울추의 무게도 똑같이 줄어들 것이기 때문이다. 하지만 용수철 대저울의 장력은 인력과 무관하기 때문에 무게가 얼마나 줄었는지를 정확히 산출해주었을 것이다.

알다시피 '중량'이라고도 부르는 인력은 밀도에 비례하고 거리의 제곱에 반비례한다. 그래서 이런 결론이 나온다. 지구가 우주 공간에 혼자 떠 있었다면, 그리고 다른 천체가 갑자기 모두 사라져버렸다면, 포탄은 뉴턴의 법칙에 따라 지구에서 멀어질수록 무게가 줄어들 것이다. 하지만 무게를 '완전히' 잃어버리지는 않을 것이다. 지구의 인력은 거리가 아무리 멀어도 항상 작용하기 때문이다.

하지만 실제로는 영향력을 '0'으로 볼 수 없는 다른 천체들을 고려하면, 포탄이 더 이상 중력의 법칙에 따르지 않는 순간이 반드시 오게 마련이다. 실제로 포탄은 지구에서 달을 향해 나아가고 있었다. 포탄이 지구에서 멀어질수록 지구의 인력은 줄어들었지만, 달의 인력은 같은 비율로 증가했다. 이윽고 두 인력이 상쇄되는 순간이 오면, 포탄은 더 이상 무게를 갖지 않게 될 것이다. 달과 지구의 밀도가 같았다면, 이 중립점은 두 천체와 같은 거리에 있었을 것이다. 하지만 두 천체의 밀도가 다른 것을 고려하면, 이 중립점이 전체 거리의 52분의 47, 즉 지구에서 약 31만 킬로미터 떨어진 곳에 있다는 것을 쉽게 산출할 수 있다. 속도나 이동의 원동력을 자체적으로 갖지 못한 물체가 이 중립점에 이르면, 두 천체의 인력이 똑같이 작용하기 때문에 어느 쪽으로도 끌려가지 않고 영원히 그 자리에 머물러 있게 될 것이다.

그런데 포탄의 추진력을 올바로 계산했다면, 포탄 안에 있는 물체만이 아니라 포탄 자체도 무게를 모두 잃어버리고 속도도 없이 이 중립점에 다다를 것이다.

그러면 무슨 일이 일어날까? 세 가지 가설이 제시되었다.

1. 포탄이 약간의 운동량을 보유하고 있어서, 지구와 달의 인력이 같아지는 중립점을 통과할 경우. 그러면 지구보다 달의 인력이 강해지기 때문에 포탄은 달로 떨어질 것이다.

2. 포탄의 속도가 떨어져, 지구와 달의 인력이 같아지는 중립점에 도달하지 못할 경우. 그러면 달보다 지구의 인력이 강해지기 때문에 포탄은 다시 지구로 떨어질 것이다.

3. 포탄이 중립점에 도달할 수는 있지만 중립점을 통과할 만한 속도는 유지하지 못할 경우. 그러면 포탄은 천구의 꼭대기와 바닥 사이에 떠 있다는 마호메트의 관처럼 그 중립점에 영원히 떠 있을 것이다.

그들이 놓인 상황은 그러했다. 바비케인은 이 결과를 두 친구에게 분명히 설명했고, 두 사람은 거기에 큰 흥미를 보였다. 하지만 포탄이 그 거리에 있는 중립점에 언제 도달할지, 그리고 그들 자신만이 아니라 포탄 안에 갇혀 있는 다른 물건들도 더 이상 중력의 법칙에 따르지 않게 될 때가 언제인지 어떻게 알겠는가?

지금까지 여행자들은 중력의 작용이 꾸준히 줄어들고 있는 것을 인정하면서도, 중력이 완전히 사라진 무중력 상태는 아직 감지하지 못했다.

하지만 그날 오전 11시쯤 우연히 니콜의 손에서 미끄러진 유리잔이 바닥으로 떨어지지 않고 허공에 떠 있었다.

"아아!" 미셸이 외쳤다. "이건 재미있는 물리 실험이군."

그러고는 당장 다양한 물건과 화기와 술병들을 허공에 던졌다. 그 물건들은 마법에라도 걸린 것처럼 허공에 둥둥 떠 있었다. 미셸은 다이애나도 허공에 띄워놓았다. 개는 로베르 우댕*이 연출한 놀라운 공중 부양 마술을 속임수도 쓰지 않고 재현했다. 실제로 개는 자기가 허공에 떠 있다는 것도 모르는 듯했다.

세 모험가는 그 이유를 과학적으로 추론할 수는 있었지만, 그래도 놀라서 망연자실했다. 그들은 이상한 나라에 끌려 들어가고 있는 듯한 기분을 느꼈다. 몸이 정말로 '무게'를 잃은 듯한 느낌이 들었다. 팔을 앞으로 쭉 뻗으면 팔은 내려오려 하지 않았다. 머리는 어깨 위에서 흔들거리고, 발은 이제 포탄 바닥에 달라붙어 있지 않았다. 그들은 술에 취해 몸의 안정성을 잃은 주정뱅이 같았다.

인간의 상상력은 거울에 모습이 비치지 않는 사람과 그림자가 없는 사람들을 묘사했다. 하지만 여기서는 '현실'이 인력의 중립화에 따라 무게를 잃은 인간을 만들어냈다.

갑자기 미셸이 펄쩍 뛰어올랐다. 그러자 그의 몸은 바닥을 떠나 무리요†의 〈천사들의 주방〉에 묘사된 수도사처럼 공중에 떠다녔다.

두 친구도 당장 그를 흉내냈다. 세 사람은 포탄 객차 한복판에서 기적적인 '승천'의 대형을 이루었다.

* 로베르 우댕(1805~71): 프랑스의 마술사. 근대 마술의 아버지.
† 무리요(1617~82): 17세기 스페인에서 가장 인기를 누렸던 바로크 양식의 대표적인 종교화가.

"믿을 수 있어? 이게 도대체 있을 법한 일이야? 가능한 일이야?" 미셸이 소리쳤다. "하지만 가능해. 아아! 라파엘로가 이런 우리를 보았다면 어떤 '성모 승천'을 화폭에 담았을까."

"'승천'은 오래 지속될 수 없어." 바비케인이 받았다. "포탄이 중립점을 지나면 달의 인력이 우리를 그쪽으로 끌어당길 거야."

"그러면 우리 발이 천장에 닿겠군." 미셸이 말했다.

"아니." 바비케인이 대꾸했다. "포탄은 무게 중심이 아주 낮으니까 조금씩 천천히 돌 거야."

"그럼 우리 비품은 꼭대기에서 바닥까지 완전히 거꾸로 뒤집히겠군."

"진정하게, 미셸." 니콜이 말했다. "뒤집혀도 전혀 걱정할 것 없네. 포탄의 회전은 감지할 수 없을 만큼 천천히 이루어지니까 어떤 물건도 움직이지 않을 걸세."

"그래." 바비케인이 말을 이었다. "그리고 지구와 달의 인력이 같아지는 중립점을 지나면, 더 무거운 포탄 바닥이 달을 향해 수직으로 포탄을 끌고 갈 거야. 하지만 이 현상이 일어나기 위해서는 중립점을 통과해야 돼."

"중립점을 통과한다고?" 미셸이 소리쳤다. "그러면 우리도 선원들이 적도를 통과할 때처럼 축배를 드세."

몸을 조금 옆으로 움직이자 미셸은 완충재를 댄 측면 쪽으로 돌아갔다. 그는 술병과 유리잔을 가져와서 두 친구 앞의 '허공'에 늘어놓았다. 그들은 유쾌하게 술을 마시면서 만세 삼창으로

"라파엘로가 이런 우리를 보았다면……"

중립점에 경의를 표했다. 이런 무중력 상태는 한 시간도 지속되지 않았다. 여행자들은 감지할 수 없을 만큼 천천히 바닥 쪽으로 끌려 내려가는 것을 느꼈다. 원뿔형 포탄의 끝은 달을 향하고 있는 것이 정상인데, 바비케인은 그것이 방향을 조금씩 바꾸고 있다고 생각했다. 반대로 포탄 바닥이 먼저 달에 접근하고 있었다. 달의 인력이 지구의 인력을 이기고 있었다. 포탄은 달을 향해 떨어지기 시작했다. 아직은 거의 감지할 수 없을 정도지만, 달의 인력은 조금씩 더 강해질 것이고, 낙하는 더욱 분명해질 것이고, 바닥을 달 쪽으로 돌린 포탄은 원뿔 끝을 지구 쪽으로 돌리고 달 표면을 향해 점점 빠른 속도로 떨어질 것이다. 그러면 그들은 목적지에 도달할 것이다. 이제 그들의 계획이 성공할 것은 분명했다. 어떤 것도 성공을 막을 수는 없을 것이다. 니콜과 미셸도 바비케인과 기쁨을 함께 나누었다.

그후 세 사람은 그들을 놀라게 한 모든 현상에 대해 이야기를 나누었다. 특히 중력의 법칙이 무효가 된 것은 놀라웠다. 언제나 열정적인 미셸 아르당은 기상천외한 결론을 끌어냈다.

"아아, 친구들. 지구에서 우리를 묶어놓고 있는 그 중력의 일부를 떨쳐버릴 수 있다면 얼마나 큰 진보를 이룰 수 있을까. 해방된 죄수나 마찬가지일 거야. 팔다리도 피로를 모르게 될 거야. 단순히 근육만 움직여서 지표면 위를 날거나 허공에 떠 있기 위해서는 우리가 가지고 있는 것보다 150배나 강한 힘이 필요하다지만, 인력이 존재하지 않는다면 언제든지 마음만 먹으면 자유롭게 공중으로 떠오를 수 있을 거야."

"그래." 니콜이 빙긋 웃으면서 말했다. "마취제로 통증을 억제하듯 중력을 억제할 수만 있다면 근대 사회의 얼굴이 달라지겠지."

"그래." 미셸은 제 이야기에 열중하여 소리쳤다. "중력을 타도하라! 그러면 무거운 물건이 사라지고, 따라서 기중기도 권양기도 핸들도 사라질 거야. 존재 이유가 없으니까."

"잘 말했네." 바비케인이 받았다. "하지만 아무것도 무게를 갖지 않게 되면, 아무것도 제자리에 있지 않게 돼. 모자도 자네 머리 위에 얌전히 놓여 있지 않을 걸세. 자네 집도 마찬가지야. 집을 이루는 석재는 단지 무게 때문에 서로 달라붙어 있으니까. 배가 물 위에 안정되게 떠 있는 것도 단지 무게 때문이야. 바다의 물결도 지구의 인력이 사라지면 더 이상 균형을 유지하지 않게 돼. 끝으로 '공기'의 원자들은 제자리에 있지 못하고 우주 공간으로 흩어질 거야!"

"따분하군." 미셸이 바비케인의 말을 되받아쳤다. "실제적인 사람들은 팔을 잡고 질질 끌어서라도 우리를 무미건조한 현실로 돌려놓는다니까."

"하지만 낙심하지는 말게, 미셸." 바비케인이 말했다. "모든 중력의 법칙이 사라지는 천체는 존재하지 않는다 해도, 지구보다 중력이 훨씬 적은 천체를 이제 곧 방문하게 될 테니까."

"달 말인가?"

"그래. 달 표면에서는 물체의 무게가 지구의 6분의 1밖에 안 돼. 이것은 쉽게 증명할 수 있는 현상이지."

"우리가 그 현상을 느낄 수 있을까?"

"틀림없어. 200킬로그램의 물체가 달 표면에서는 30킬로그램밖에 안 되니까."

"그런데 우리 근력은 줄어들지 않을까?"

"전혀 줄어들지 않아. 달 표면에서 뛰어오르면, 자네는 1미터가 아니라 6미터 높이까지 올라갈 걸세."

"그럼 달에서는 우리가 헤라클레스 같은 천하 장사겠군."

"물론이지." 니콜이 대답했다. "달나라 사람들의 키가 달의 밀도에 비례한다면 30센티미터밖에 안 될 테니까."

"소인국의 난쟁이들!" 미셸이 별안간 소리를 질렀다. "그럼 나는 걸리버 역할을 맡게 되겠군. 우리는 거인들의 우화를 실현하게 될 거야! 이게 바로 지구를 떠나 태양계를 돌아다니는 즐거움이지."

"잠깐만, 미셸." 바비케인이 대꾸했다. "걸리버 역할을 맡고 싶으면, 우리 지구보다 밀도가 조금 작은 수성이나 금성이나 화성 같은 안쪽 행성만 방문하고 목성이나 토성, 천왕성이나 해왕성 같은 큰 행성에는 감히 들어가지 말게. 거기서는 상황이 달라져서 자네가 오히려 난쟁이가 될 테니까."

"그럼 태양에서는?"

"태양은 밀도가 지구의 4분의 1이라 해도 부피는 132만 4천배나 돼. 따라서 인력은 지구 표면 인력의 27배나 되지. 그런 곳에서 모든 것이 균형을 이루고 있다면, 태양의 주민들은 키가 적어도 50미터는 될 게 분명해."

"맙소사!" 미셸이 소리쳤다. "거기에 가면 나는 난쟁이에 불과하겠군!"

"거인국에 간 걸리버지." 니콜이 말했다.

"맞아." 바비케인이 받았다.

"그러면 우리 자신을 지키려고 대포를 몇 문 가져가도 쓸모가 없겠구먼."

"그래." 니콜이 대답했다. "자네 포탄은 태양에 아무 영향도 주지 못할 걸세. 태양에서는 포탄을 쏘자마자 겨우 몇 미터 앞에 떨어져버릴 테니까."

"그건 너무 심한 말인데."

"아니, 확실해." 바비케인이 받았다. "그 거대한 천체는 인력이 너무 커서, 지구에서는 70킬로그램밖에 안 되는 물체가 태양 표면에서는 약 1900킬로그램이나 돼. 자네 모자는 약 10킬로그램. 담배 한 개비는 200그램. 만약 자네가 태양 표면에서 넘어지기라도 하면 자네 몸무게는—어디 보자—약 2500킬로그램쯤 나갈 테니까 다시는 일어나지 못할 거야."

"제기랄!" 미셸이 말했다. "그럼 휴대용 기중기가 필요하겠군. 하지만 지금은 달로 만족하기로 하세. 달에서는 적어도 우리가 거인일 테니까 말이야. 과연 태양에 갈 필요가 있는지 어떤지는 나중에 다시 생각해보기로 하세. 컵을 입까지 들어 올려주는 권양기가 있어야만 물을 마실 수 있는 곳이라면!"

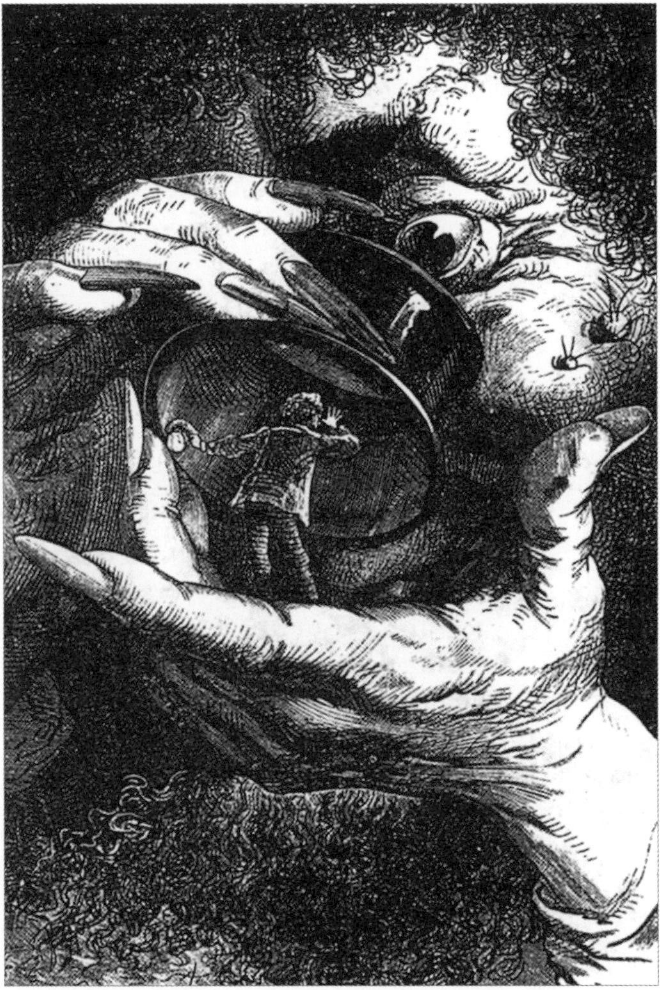

“거기에 가면 나는 난쟁이에 불과하겠군!”

9
방향 전환의 결과

바비케인은 이제 여행의 결과에 대해, 적어도 포탄의 추진력에 대해서는 아무런 불안도 품지 않았다. 포탄은 자체의 속력으로 중립점을 넘어설 것이다. 포탄은 절대 지구로 돌아가지 않을 것이고, 지구와 달의 인력이 상쇄되는 중립점에 꼼짝없이 머물러 있지도 않을 것이다. 그렇다면 실현될 가능성이 있는 가설은 이제 하나밖에 남지 않았다. 달의 인력이 포탄에 작용하여 포탄이 목적지에 도달한다는 가설이었다.

실제로 그것은 약 3만 3200킬로미터의 거리를 낙하하는 것이었다. 비록 달의 중력이 지구의 6분의 1밖에 안 된다 해도 그것은 만만찮은 낙하였고, 따라서 지금 당장 모든 예방 조치를 취할 필요가 있었다.

예방 조치는 두 종류였다. 포탄이 달 표면에 닿는 순간의 충격을 줄이는 조치와 낙하 속도를 늦추어 결과적으로 낙하를 좀 더 부드럽게 만드는 조치였다.

포탄이 발사될 때의 충격을 효과적으로 약화시킨 것은 용수철 구실을 한 물과 칸막이였지만, 유감스럽게도 바비케인은 이제 그 수단을 쓸 수가 없었다.

칸막이는 아직 있었지만 물이 없었다. 저장되어 있는 물을 그 용도로 쓸 수는 없었다. 달에 도착한 초기에 달 표면에서 물을 찾지 못할 경우, 포탄에 저장되어 있는 물은 더없이 소중하기 때문이다.

사실 저장된 물은 용수철 구실을 하기에는 부족했을 것이다. 출발할 때 방수 원판 밑에 저장된 물은 깊이가 1미터에 표면적은 5평방미터, 부피는 5입방미터, 무게는 5톤이었다. 그런데 지금은 여러 용기에 남아 있는 물을 모두 합해도 그 5분의 1밖에 안 되었다. 그래서 낙하의 충격을 효과적으로 줄여주는 이 수단은 포기할 수밖에 없었다. 다행히 바비케인은 물을 사용하는 것만으로 만족하지 않고 수평 칸막이가 깨진 뒤 바닥에 대한 충격을 줄이기 위해 강력한 용수철 마개를 이동식 원판에 달아두었다. 그 마개는 아직 남아 있었다. 그것을 다시 조정하여 이동식 원판을 제자리에 돌려놓기만 하면 되었다. 이동식 원판은 다루기 쉽고 이제 무게도 거의 느껴지지 않아서 금방 설치할 수 있었다.

다른 부품은 볼트와 나사만 조이면 되었기 때문에 쉽게 조립되었다. 연장은 부족하지 않았고, 곧 원판은 다리 위에 놓인 탁자 상판처럼 강철 마개 위에 다시 설치되었다. 원판을 제자리로 돌려놓았기 때문에 한 가지 불편이 초래되었다. 바닥의 유리창이 막혀버린 것이다. 그래서 여행자들은 달을 향해 수직으로 떨어지는 동안 그 창문으로 달을 관찰할 수 없게 되었다. 하지만 그것은 체념해야 했다. 그리고 비행선에서 지구를 내려다보듯 양쪽 현창으로도 달을 꽤 넓게 볼 수 있었다.

원판을 이렇게 다시 돌려놓는 데 적어도 한 시간은 걸렸다. 모든 준비가 끝났을 때는 12시가 지나 있었다. 바비케인은 포탄의 기울기를 다시 관측했지만, 달로 낙하하기에 충분할 만큼 방향이 뒤집히지 않은 것을 알고 당황했다. 포탄은 달 표면과 평행한 곡선을 그리고 있는 것 같았다. 달은 우주 공간에서 휘황하게 빛나고, 반대쪽에서는 태양이 이글이글 타오르고 있었다.

그들은 이런 상황에 불안해지기 시작했다.

"과연 목적지에 도착할까?" 니콜이 물었다.

"이제 곧 도착한다고 보고 대비하세." 바비케인이 대답했다.

"자네들은 회의적이군." 미셸 아르당이 반박했다. "우리는 틀림없이 도착할 거야. 그것도 우리가 바라는 것보다 더 빨리."

이 대답을 듣고 바비케인은 다시 착륙 준비를 시작했다. 그는 낙하 속도를 늦추기 위한 장치를 설치하는 일에 몰두했다. 여러분은 플로리다 주 탬파 시에서 열린 집회*에서 캡틴 니콜이 바비케인의 라이벌이자 미셸 아르당의 상대로 나선 장면을 기억할 것이다. 그때 니콜은 포탄이 유리처럼 산산조각날 거라고 주

* 집회: 이 소설의 전편인 《지구에서 달까지》의 제20장 '갑론을박' 참조.

장했고, 미셸은 제때에 로켓을 역분사해서 낙하 속도를 늦추겠다고 대꾸했다.

강력한 폭탄을 포탄 바닥에서 발사하여 포탄 밖에서 폭발시키면 반동이 일어나 포탄의 낙하 속도를 어느 정도 줄일 수 있을 것이다. 이 로켓들이 진공 속에서 타야 하는 것은 사실이다. 하지만 산소가 없지는 않을 것이다. 로켓들은 달의 화산처럼 스스로 산소를 공급할 수 있을 것이기 때문이다. 달 주위에 대기층이 없어도 달의 화산들은 끊임없이 폭발하고 타올랐다.

그래서 바비케인은 포탄 바닥에 나사로 고정시킬 수 있는 작은 강철 대포들 속에 폭탄을 장전해두었다. 이 대포들은 포탄 안쪽에서 보면 바닥면과 같은 높이였고, 포탄 바깥쪽으로는 15센티미터쯤 튀어나와 있었다. 그런 대포가 20개 있었다. 원판에 뚫린 구멍으로 각 대포의 도화선에 불을 붙일 수 있었다. 실제로 모든 일은 포탄 밖에서 일어났다. 가연성 혼합물은 이미 각 대포 속에 채워져 있었다. 따라서 이제 남은 일은 바닥에 고정된 금속 완충기를 들어올리고 그 자리에 꼭 들어맞는 대포들을 돌려놓는 것뿐이었다.

이 새로운 작업은 3시쯤 끝났다. 이런 예방 조치가 모두 끝나자 이제 기다리는 일만 남았다. 포탄은 눈에 띄게 달과 가까워지고 있었다. 그리고 분명 달의 영향력에 어느 정도 굴복하고 있었다. 하지만 포탄 자체의 속력은 비스듬한 방향으로 포탄에 작용하고 있었다. 서로 충돌하는 이 두 가지 영향력이 합쳐져서 만들어지는 선은 아마 접선이 될 것이다. 포탄이 달에 곧바로 떨어지지 않을 것은 확실했다. 포탄이 달로 곧장 떨어지려면, 포탄의 아랫부분이 무게 때문에 달 쪽으로 돌려져야 하기 때문이다.

포탄이 중력의 작용에 저항하는 것을 보고 바비케인의 불안은 더욱 커졌다. 미지의 세계가 그의 앞에 열리고 있었다. 그것은 행성간 공간 너머에 있는 미지의 세계였다. 과학자는 실현될 가능성이 있는 가설은 세 가지뿐이고, 그 세 가지 가설을 모두 예견했다고 생각했다. 첫째는 지구로 돌아가는 것, 둘째는 달로 떨어지는 것, 셋째는 중립점에 영원히 정지하는 것. 그런데 뜻밖에도 네 번째 가설이 무한한 공간에 대한 공포와 함께 불쑥 떠올랐다. 움찔하지 않고 그 네 번째 가설에 직면하려면 바비케인처럼 굳은 의지를 가진 과학자이거나 니콜처럼 냉정한 인간이거나 미셸 아르당처럼 대담한 모험가여야 했다.

이 문제를 놓고 대화가 시작되었다. 다른 사람들이라면 실제적인 관점에서 문제를 생각했을 것이다. 포탄이 그들을 어디로 데려가고 있는지를 자문했을 것이다. 하지만 이들 세 사람은 달랐다. 그들은 이런 결과를 낳은 원인을 찾았다.

"그러니까 우리가 항로를 벗어났군." 미셸이 말했다. "하지만 왜 그랬을까?"

"모든 예방 조치를 취했는데도 콜럼비아드의 조준이 정확하지 않았던 것 같아." 니콜이 대답했다. "아무리 작은 오차라도 우리를 달의 인력권 밖으로 내던지기에는 충분하니까."

"그럼 조준이 잘못됐군?" 미셸이 물었다.

"나는 그렇게 생각지 않네." 바비케인이 대답했다. "대포는 정확히 수직이었어. 그 지점의 천정을 향하고 있었던 것은 분명해. 우리는 달이 천정을 지나는 보름달일 때 달에 도착해야 돼. 또 다른 이유도 있지만, 그건 잊어버렸어."

"우리가 너무 늦게 도착한 건 아니겠지?" 니콜이 물었다.

"너무 늦게?" 바비케인이 되물었다.

"그래." 니콜이 말을 이었다. "케임브리지 천문대의 편지엔 97시간 13분 20초에 여행이 끝나야 한다고 적혀 있어. 우리가 그보다 빠르면 달은 정해진 위치에 아직 오지 않았을 테고, 그보다 늦으면 달은 그 위치를 벌써 지나쳤을 거라는 뜻이지."

"맞아." 바비케인이 받았다. "하지만 우리는 12월 1일 밤 열시 46분 35초에 출발했어. 그리고 5일 밤 열두 시, 보름달이 되는 순간에 달에 도착할 예정이야. 오늘은 12월 5일. 지금 시각은 오후 세 시 반. 앞으로 여덟 시간 반 뒤에는 목적지에 도착해야 돼. 그런데 왜 도착하지 않을까?"

"속도가 너무 빨랐던 건 아닐까?" 니콜이 되받았다. "포탄의 초속도가 예상보다 훨씬 빨랐다는 것을 지금 우리는 알고 있으니까."

"아니! 그건 절대 아니야!" 바비케인이 대답했다. "포탄의 방향이 옳았다면, 속도가 너무 빨라도 달에 도착할 수 있었을 거야. 아니, 포탄이 항로를 이탈한 게 분명해. 진로에서 벗어났어."

"누구 때문에? 무엇 때문에?" 니콜이 물었다.

"그건 나도 모르지." 바비케인이 대답했다.

"좋아, 바비케인." 미셸이 말했다. "이 항로 이탈의 원인을 찾는 문제에 대해 내 의견을 듣고 싶나?"

"말해보게."

"나는 그걸 알기 위해 반 달러도 내지 않을 걸세. 우리가 항로에서 벗어난 것은 사실이야. 우리가 어디로 갈지는 별로 중요하지 않아. 그건 곧 알게 될 테니까. 우리는 우주 공간을 날아가고 있으니까 언젠가는 어떤 천체의 인력권에 들어가 착륙하겠지."

미셸 아르당의 초연함은 바비케인을 만족시키지 않았다. 바비케인이 미래에 대해 불안을 느꼈다는 뜻은 아니다. 다만 그는 포탄이 항로를 벗어난 '이유'를 무슨 수를 써서라도 알고 싶었다.

그러는 동안에도 포탄은 밖에 던져진 물건들을 거느린 채 여전히 달을 향해 비스듬히 날아가고 있었다. 바비케인은 이제 8000킬로미터밖에 떨어져 있지 않은 달에서 기준점 구실을 하는 산을 보고, 포탄의 속도가 점점 일정해지고 있는 것을 확인할 수 있었다. 이것은 포탄이 달로 낙하하지 않는다는 새로운 증거였다. 포탄의 추진력은 아직 달의 인력보다 우세했지만, 포탄의 진로는 분명 달에 가까워지고 있었다. 좀더 가까워지면 달의 인력이 우세해져서 결정적인 낙하가 일어나기를 기대할 수도 있었다.

세 친구는 달리 할 일도 없었기 때문에 관측을 계속했다. 하지만 아직도 달의 지형적 위치를 확정할 수가 없었다. 햇빛의 반사 때문에 땅의 기복이 모두 평준화되어 있었다.

그들은 밤 8시까지 옆 창문을 통해 그런 식으로 관측을 계속했다. 8시쯤 되자 달이 너무 커져서 하늘의 절반을 가득 메웠다. 한쪽에서는 태양, 반대쪽에서는 달이 포탄 안을 빛으로 가득 채웠다.

그 순간, 바비케인은 목적지와의 거리가 기껏해야 2800킬로미터밖에 떨어지지 않았다고 추산할 수 있었다. 포탄의 속도는 초속 200미터, 시속으로는 720킬로미터 정도로 여겨졌다. 구심력이 작용하여 포탄 바닥이 달 쪽으로 향했다. 하지만 여전히 원심력이 우세했다. 포탄의 직선 진로가 곡선으로 바뀔 가능성도 있었지만, 지금 단계에서는 그 곡선의 성질을 확인할 수 없었다.

바비케인은 아직도 풀리지 않는 문제의 해답을 찾고 있었다. 몇 시간이 아무 성과도 없이 지나갔다. 포탄은 분명 달에 '가까워지고' 있었지만, 달에 영원히 '도착하지' 않으리라는 것도 분명했다. 포탄이 달에 얼마나 가까이 다가갈 것인지는 포탄의 운동에 영향을 미치는 달의 인력과 척력*에 달려 있었다.

"내가 바라는 건 한 가지뿐이야." 미셸이 말했다. "달의 비밀을 꿰뚫어볼 수 있을 만큼 달 가까이를 지나가는 것."

"우리 포탄을 항로에서 벗어나게 만든 것은 저주받아라!" 니콜이 소리쳤다.

그때 마음속에 갑자기 한 줄기 빛이 비쳐 들어온 것처럼 바비케인이 대답했다.

* 인력(引力)은 두 물체가 서로 끌어당기는 힘이고, 척력(斥力)은 두 물체가 서로를 떨쳐버리려고 밀어내는 힘이다.

"그러면 우리 진로를 가로지른 그 운석이 저주를 받겠군."

"뭐라고?" 미셸이 되물었다.

"그게 무슨 소린가?" 니콜이 소리쳤다.

"내 말은……" 바비케인이 단호한 어조로 말했다. "우리 포탄이 진로에서 벗어난 것은 오로지 그 못된 천체를 만난 탓이라는 뜻일세."

"하지만 그 운석은 지나가면서 우리를 스치지도 않았어." 미셸이 말했다.

"그게 무슨 상관인가? 그 운석의 질량은 우리 포탄에 비하면 엄청났고, 따라서 운석의 인력은 우리 진로에 충분히 영향을 미칠 수 있었네."

"영향을 미쳐봤자 아주 조금이야!" 니콜이 소리쳤다.

"그래." 바비케인이 대꾸했다. "하지만 방향이 아무리 조금 틀어졌어도, 거리가 30만 킬로미터나 되면 충분히 과녁을 벗어날 수 있지."

10

달의 관측자들

바비케인이 항로 이탈의 원인을 알아낸 것은 분명했다. 그럴듯한 이유는 그것뿐이었다. 운석의 영향이 아무리 작았다 해도 포탄의 진로를 바꾸기에는 충분했다. 불운한 재난이었다. 대담한 시도가 우연한 사정 때문에 실패로 끝나버렸다. 특별한 사건이라도 일어나지 않는 한, 그들은 이제 달에 착륙할 수 없게 되었다.

그때까지 해결하지 못한 물리적 · 지리적 문제를 풀 수 있을 만큼 달 가까이를 지나갈까? 이것이 여행자들의 마음을 차지하고 있는 유일한 문제였다. 그들을 기다리고 있는 운명에 대해서는 생각해보려고도 하지 않았다.

하지만 이 무한한 고독 속에서 그들은 어찌 될까? 이제 곧 공기도 바닥날 터였다. 며칠 뒤에는 정처 없이 헤매는 포탄 속에서 질식해 쓰러질 것이다. 하지만 이 대담한 여행자들에게 며칠은 1세기나 마찬가지였다. 그들은 이제 도달할 가망이 없어진 그 달을 관찰하는 데 남은 시간을 모두 바칠 것이다.

그때 포탄과 달의 거리는 약 800킬로미터로 추산되었다. 이런 상황에서는 여행자들보다 지구에서 성능 좋은 망원경으로 달을 관찰하는 사람들이 달의 세부를 더 잘 볼 수 있을 것이었다. 그런 관점에서 보면 여행자들이 지구의 주민들보다 달에서 훨씬 멀리 떨어져 있었다.

실제로 우리는 로스 경*이 파슨스타운에 설치한 망원경으로 달을 관찰하면 6500배로 확대된 달은 60킬로미터 거리에 있는 것처럼 보인다는 것을 알고 있다. 롱스피크에 설치된 망원경은 그보다 훨씬 강력해서, 달을 4만 8000배로 확대해서 보여준다. 그러면 달은 8킬로미터도 떨어지지 않은 것처럼 보이고, 지름이 10미터밖에 안 되는 물체도 아주 또렷이 보인다. 이 거리에서 망원경 없이 달의 지형을 관찰하면 세부를 정확히 판별할 수 없었다. 눈은 적절치 못하게 '바다'라고 불리는 거대한 저지대의 윤곽을 포착했지만, 그 지형의 성질을 확인할 수는 없었다. 솟아오른 산들은 햇빛의 반사로 생긴 눈부신 빛 속으로 사라졌다. 녹은 은을 들여다보고 있는 것처럼 눈이 부셔서 그들은 저도 모르게 눈길을 돌렸다.

하지만 달의 타원형은 분명하게 보였다. 달은 뾰족한 끝을 지

* 로스 경: 제3대 로스 백작 윌리엄 파슨스(1800~67)를 말한다. 1845년에 아일랜드의 파슨스타운에 설치한 망원경의 반사경은 지름이 1.8m로 사상 최대의 것이었다.

로스 경이 파슨스타운에 설치한 망원경

구 쪽으로 돌린 거대한 달걀 같았다. 사실 달은 생성된 초기에는 액체나 유연한 고체로서 완전한 공 모양을 하고 있었다. 하지만 곧 지구의 인력권 안으로 끌려 들어가 중력의 영향으로 길쭉해졌다. 지구의 위성이 되면서 달은 원래의 순수한 형태를 잃어버렸다. 달의 무게 중심은 형태의 중심보다 앞쪽으로 옮겨졌다. 이 사실에서 일부 학자들은 지구에서 보이지 않는 달 표면에 공기와 물이 모여 있다는 결론을 끌어냈다.

달의 원래 형태에 일어난 이 변화는 몇 초 동안밖에 감지할 수 없었다. 달과 포탄 사이의 거리는 급속히 줄어들었다. 포탄의 속도는 이제 초속도보다 훨씬 줄어들었지만, 그래도 지구의 급행열차보다 여덟 배 내지 아홉 배나 빨랐다. 포탄의 진로가 비스듬히 기울었기 때문에 미셸 아르당은 포탄이 어딘가에서 달과 부딪칠지도 모른다고 기대했다. 포탄이 달에 영원히 도착하지 못할 거라고는 생각할 수 없었다. 아니! 믿을 수가 없었다. 그리고 미셸 아르당은 이 의견을 자주 입 밖에 냈다. 하지만 더 뛰어난 재판관인 바비케인은 항상 무자비한 논리로 그에게 응수했다.

"아닐세, 미셸, 아니야! 낙하해야만 달에 도착할 수 있는데, 우리는 지금 낙하하고 있지 않아. 구심력은 우리를 계속 달의 영향권 안에 묶어두고 있지만, 원심력은 저항할 수 없는 힘으로 우리를 달에서 밀어내고 있다네."

바비케인의 말투는 미셸 아르당의 마지막 희망을 꺾어버렸다.

포탄은 달의 북반구를 향해 다가가고 있었다. 월면도(月面圖)

에서는 아래쪽에 놓이는 부분이다. 월면도는 대개 망원경으로 보이는 윤곽에 따라 그려지고, 누구나 알고 있듯이 망원경으로 보면 물체가 거꾸로 보이기 때문이다. 바비케인이 참고한 베어와 뫼들러*의 《월면도》도 그러했다. 이 북반구에는 드넓은 평원이 펼쳐져 있고, 군데군데 산들이 외따로 솟아 있었다.

달은 자정에 보름달이 되었다. 공교롭게도 그 운석이 포탄의 진로를 바꿔놓지 않았다면, 바로 그 순간 여행자들은 달에 착륙했어야 한다. 달은 케임브리지 천문대가 측정한 상태와 정확히 일치했다. 달은 태양과 가장 가까운 근일점에 있었고, 지구의 북위 28도선 위에 해당하는 천정에 있었다. 지평선에 대해 수직 방향을 겨누고 있는 콜럼비아드 바닥에서 관측했다면, 포문 속에 달이 쏙 들어와 있는 것을 보았을 것이다. 포신의 축을 지나는 직선을 길게 연장하면 달의 중심을 지나갔을 것이다. 12월 5일에서 6일로 넘어가는 밤중에 여행자들은 잠시도 쉬지 않았다. 새로운 세계가 그렇게 가까이 있는데 눈을 감을 수 있을까? 천만에! 그들의 감정은 한 가지 생각에만 집중되어 있었다. 보라! 그들은 지구의 대표자, 과거와 현재의 인류를 대표하는 사절이었다. 인류는 그들의 눈을 통해 이 달나라를 바라보고, 지구의 위성인 달의 비밀을 꿰뚫어본다. 이쪽 창에서 저쪽 창으로 오락가락하는 그들의 마음은 야릇한 감정으로 가득 찼다.

바비케인이 기록한 관측 결과는 엄밀하게 확인되었다. 관측

* 은행가인 빌헬름 베어(1797~1850)와 천문학자인 요한 폰 뫼들러(1794~1874)는 베를린의 티어가르텐에 있는 사설 천문대에서 600일 동안 달 표면을 관측하여 《월면도》를 작성했다.

할 때는 망원경을 사용했고, 그 결과를 수정할 때는 지도를 이용했다.

달을 최초로 관측한 사람은 갈릴레이였다. 그의 빈약한 망원경으로는 달을 30배로 확대하는 게 고작이었다. '공작 꼬리에 반점이 점점이 박혀 있듯' 달 표면에 점점이 박혀 있는 오점들을 그는 산으로 생각했고, 지독한 과장이기는 하지만 그 높이를 표면 지름의 20분의 1, 즉 8800미터로 측정했다. 갈릴레이는 관측을 통한 월면도는 만들지 않았다.

몇 년 뒤, 단치히의 천문학자 헤벨리우스*가 달이 상현과 하현일 때에만 정밀해지는 현상을 활용하여 갈릴레이가 측정한 산들의 높이를 달 지름의 26분의 1까지로 줄였다. 이번에는 반대쪽으로 극단이 된 것이다. 하지만 월면도를 처음 그린 사람은 그였다. 그 지도에서 옅은 색으로 칠해진 둥근 점은 원형의 산을 나타내고, 짙은 색 점은 실제로는 평원에 불과하지만 넓은 바다를 나타낸다. 그리고 이 산이나 바다에 그는 지구상의 지명을 붙였다. 아라비아에 시나이 산이 있고, 시칠리아 섬에 에트나 화산이 있고, 알프스 산맥과 아펜니노 산맥, 카르파티아 산맥, 지중해, 아조프 해, 카스피 해도 있었다. 하지만 이것은 결코 잘 지은 이름이 아니었다. 달의 산과 강들은 그것과 같은 이름을 가진 지구의 산이나 강들의 지형을 연상시키는 것이 아니었기 때문이다. 남쪽 끝이 넓은 대륙과 이어져 있고 불쑥 튀어

* 요한네스 헤벨리우스(1611~87): 독일의 천문학자. 단치히(폴란드의 그단스크)에서 출생.

나온 곳으로 끝나는 커다란 흰색 반점 속에서 인도 반도와 벵골만과 코친차이나*의 뒤집힌 형태를 발견하기는 어려울 것이다. 그래서 이 이름은 쓰이지 않게 되었다. 인간의 심리를 좀더 잘 아는 다른 제도학자가 새로운 용어를 제시했고, 인간의 허영심은 이 지명을 열심히 채택하려고 했다. 그 사람은 헤벨리우스와 동시대 사람인 리촐리†였다. 그는 틀린 곳이 많은 조잡한 지도를 작성했다. 하지만 그는 달의 산들에 고대의 위인이나 동시대의 학자들 이름을 붙였다. 그후 사람들은 이것을 많이 흉내냈다.

세 번째 지도는 17세기에 조반니 카시니#가 만들었다. 그의 지도 제작법은 리촐리보다 훌륭했지만 숫자는 부정확했다. 이것을 축소한 지도는 몇 번 인쇄되었지만, 왕실 인쇄소에 오랫동안 보관되어 있던 동판은 자리를 많이 차지해서 곤란하다는 이유로 헐값에 팔려버렸다.

그후 18세기 중엽에 독일의 천문학자 토비아스 마이어‡는 직접 정밀하게 측정한 수치를 토대로 훌륭한 월면도를 간행하기 시작했다. 하지만 1762년에 세상을 떠나는 바람에 그 훌륭한 사업을 완수하지 못했다.

그후 월면도를 간단한 약도로 많이 그린 릴리엔탈의 슈뢰터

* 코친차이나: 베트남 남부, 메콩 강 삼각주 지역.

† 조반니 리촐리(1598~1671): 이탈리아의 천문학자. 《신(新)알마게스트》(1651)에서 달의 지형에 이런저런 명칭을 붙였는데, 그 이름들 대부분이 오늘날에도 쓰이고 있다.

조반니 카시니(1625~1712): 4대에 걸쳐 파리 천문대를 맡은 카시니 가문의 첫 번째 인물로, 목성의 자전을 발견하고 그 위성의 움직임을 표로 정리했다.

‡ 토비아스 마이어(1723~62): 독일의 천문학자.

가 나타난 데 이어 드레스덴의 로르만*이라는 사람이 25개 구획으로 나뉜 판형을 만들었고, 그 가운데 네 개는 동판으로 만들었다.

1830년에 베어와 뫼들러는 정사도법에 따라 유명한 월면도를 제작했다. 이 지도는 달 표면을 눈에 보이는 대로 정확하게 나타내고 있다. 산이나 평원의 지형은 중앙부만 옳았다. 그밖에 동서남북 부분의 지형은 축소되어 보이기 때문에 중앙부 지형과는 비교할 수 없다. 네 부분으로 나뉜 이 95센티미터 높이의 지형도는 월면 제도법의 걸작이었다.

이들 두 학자에 이어 다음과 같은 사람들이 나타났다. 독일의 천문학자 율리우스 슈미트는 달 표면을 돋을새김한 부조 지도를 만들었고, 이탈리아의 천문학자 안젤로 세키는 지형학적인 업적을 남겼다. 영국의 천문학자 워런 드 라 뤼†의 훌륭한 시도에 이어, 마지막으로 르쿠튀리에와 샤퓌가 정사도법으로 만든 지도는 1860년에 명확한 데생과 확실한 처치로 제작된 훌륭한 모형이었다.

이상이 달나라에 관한 여러 가지 지도의 목록이다. 바비케인은 이 가운데 베어와 뫼들러가 만든 지도와 샤퓌와 르쿠튀리에가 만든 지도를 가지고 있었다. 이 두 지도 덕분에 그는 더 쉽게 달을 관측할 수 있었다.

또한 그들이 사용하고 있는 광학기구는 이 여행을 위해 특별

* 요한 슈뢰터(1745~1816), 빌헬름 로르만(1796~1840): 독일의 천문학자.
† 율리우스 슈미트(1825~84): 독일의 천문학자. 피에트로 안젤로 세키(1818~78): 이탈리아의 천문학자. 워런 드 라 뤼(1815~89): 영국의 천문학자.

제작된 훌륭한 해상용 쌍안경이었다. 이것은 대상을 100배로 확대해주었기 때문에, 지상에서 이것을 사용하면 달을 4000킬로미터 정도까지 접근시켜 보여주었을 것이다. 하지만 오전에 세 시간 동안은 달과 포탄의 거리가 120킬로미터를 넘지 않고, 게다가 공기의 방해가 전혀 없는 진공 속이었기 때문에, 그런 광학기구는 달 표면과 포탄의 거리를 1500미터 이내로 줄일 수 있을 터였다.

11
공상과 현실

어느 교수가 학생에게 빈정거리듯 물었다.

"자네는 지금까지 달을 본 적이 있나?"

그러자 학생은 더욱 빈정거리는 투로 대답했다.

"아니요. 남들이 달에 대해 이야기하는 것을 들은 적은 있다고 말씀드릴 수밖에 없습니다."

어떤 의미에서 이 학생의 재치있는 대답은 지상의 대다수 인간이 할 수 있는 대답이다. 얼마나 많은 사람들이 달을—적어도 쌍안경이나 망원경 렌즈를 통해—한 번도 보지 않고 달에 대한 이야기만 들었을까! 지구의 위성인 달의 지도를 들여다본 적도 없는 사람이 얼마나 많은가!

월면도를 보면 우선 한 가지 특색이 눈에 띈다. 지구나 화성과는 달리 달의 대륙들은 특히 남반구에 몰려 있다. 이 대륙들은 지구의 남아메리카나 아프리카나 인도의 윤곽을 이루는 그 분명하고 규칙적인 경계선을 갖고 있지 않다. 모서리가 많고 변덕스럽고 불규칙한 해안선에는 만과 반도가 많다. 톱니 모양으로 들쭉날쭉하고 복잡하게 얽힌 인도네시아 순다 열도를 연상시킨다. 달 표면을 항해하는 것은 매우 어렵고 위험한 일일 게 분명하다. 달나라의 위험한 해안선 근처를 항해하는 선원과 사납게 날뛰는 해안 근처에서 수심을 재는 수로 측량기사는 동정을 받아 마땅하다.

달에서는 남극이 북극보다 훨씬 대륙성이라는 것도 주목할 만하다. 북극에는 넓은 바다*로 다른 대륙과 격리된 작고 둥근 육지가 있을 뿐이다. 남반구는 거의 전체가 대륙으로 덮여 있다. 그래서 프랭클린, 로스, 케인, 뒤몽 뒤르빌, 랑베르 같은 탐험가들은 지구에서 미지의 영역인 극지에 도달하지 못했지만, 달나라 사람들이 달의 극지에 이미 텐트를 쳤을 가능성은 충분하다.

달 표면에는 섬도 헤아릴 수 없이 많다. 그 섬들 대부분이 원형이거나 타원형이고, 마치 컴퍼스로 그려진 것처럼 하나의 거대한 군도를 이루고 있다. 그리스와 소아시아 사이에 있는 매력적인 군도는 고대 신화에서 지극히 우아한 전설로 장식되었지만, 달의 군도도 그것과 맞먹는다. 그래서 밀로나 낙소스, 테네도스, 카르파도스 같은 지명이 자연히 머리에 떠오르고, 오디세

* [원주] 여기서 '바다'는 옛날에는 물로 덮여 있었지만 지금은 드넓은 평원에 불과한 거대한 공간을 가리킨다.

우스의 배나 '아르고' 호*를 헛되이 찾으려고 한다. 적어도 미셸 아르당의 눈에는 그렇게 보였다. 그가 월면도에서 본 것은 그리스 군도였다. 하지만 그만큼 공상적이지 않은 친구들이 보기에 그 해안선은 오히려 뉴브런즈윅과 노바스코샤†의 해안선을 연상시켰다. 프랑스 사람인 미셸이 신화에 나오는 영웅들의 흔적을 발견한 곳에서 실제적인 두 미국인은 달나라의 상업과 산업을 위해 지점을 내기 좋은 곳을 점찍고 있었다.

달의 대륙 부분을 완전히 기술하기 위해 산악지대에 대해 좀 더 이야기하자. 거기에서는 산맥과 외따로 떨어져 있는 산들, 분화구와 골짜기들을 분간할 수 있다. 달 표면의 기복은 모두 이런 식으로 분류된다. 달의 지형은 이상하게 기복이 심하다. 커다란 스위스 같다. 화성작용이 모두 끝난 넓은 노르웨이 같다. 이렇게 깊은 골짜기와 높은 산들이 있는 것은 생성기에 지각이 연속적으로 수축했기 때문이다. 달 표면은 주요한 지리적 현상을 연구하기에 편리하다. 어떤 천문학자들의 고찰에 따르면, 달 표면은 지구 표면보다 오래되었지만 지구보다 훨씬 새로운 상태를 유지하고 있다고 한다. 태고의 지형을 파괴하고 대지를 전체적으로 균등화하는 작용을 하는 물도 없고, 산의 윤곽을 바꾸는 분해작용을 하는 공기도 없기 때문이다. 달에서는 화성

* 오디세우스: 그리스 신화에 나오는 영웅으로, 호메로스의 《오디세이아》의 주인공. '아르고' 호: 그리스 신화에서 이아손을 비롯한 영웅들이 금빛 양모를 찾아서 원정을 떠날 때 타고 간 배.

† 뉴브런즈윅은 캐나다 남동부 대서양 연안에 있는 주이고, 노바스코샤는 그 밑에 있는 반도.

작용의 결과가 물의 작용으로 변모하지 않은 채 순수하게 천연 그대로의 상태를 유지하고 있다. 바다의 조수나 강물이 실어온 침전물에 뒤덮이기 전의 지구와 똑같다.

넓은 대륙을 헤매고 있던 시선은 다음에는 더욱 광대한 바다로 끌려간다. 달의 바다는 구조와 위치와 모양이 지구의 바다를 연상시킬 뿐만 아니라, 지구의 바다처럼 달 표면의 대부분을 차지하고 있다. 하지만 달의 바다를 채우고 있는 것은 액체가 아니라 여행자들이 그 성질을 밝히고 싶어하는 평원이다.

천문학자들이 이런 바다에 야릇한 이름을 붙인 것은 인정해야 한다. 그리고 과학은 지금까지 그런 이름들을 존중했다. 미셸 아르당이 이 월면도를 마들렌 드 스퀴데리나 시라노 드 베르주라크*가 만든 '사랑의 지도'에 비유한 것은 일리가 있었다.

그래서 미셸은 이렇게 말했다.

"다만 이것은 17세기에 만들어진 것과 같은 감정의 지도는 아닐세. 남성적인 부분과 여성적인 부분으로 뚜렷이 구별된 생활의 지도야. 여성은 우반구, 남성은 좌반구!"

미셸의 말에 산문적인 두 친구는 어깨만 으쓱했을 뿐이다. 바비케인과 니콜은 월면도를 이 공상적인 친구와는 전혀 다른 견지에서 보고 있었다. 하지만 이 공상적인 친구도 조금은 옳았다. 그것은 독자들이 알아서 판단할 일이지만.

* 마들렌 드 스퀴데리(1607~1701): 프랑스의 여류 시인 · 작가. 시라노 드 베르주라크(1619~55): 프랑스의 작가. 《달나라 여행기》와 《해나라 여행기》는 공상과학소설의 선구적 작품으로 꼽힌다.

이 좌반구에는 인간의 이성이 자주 빠지는 '구름의 바다'가 펼쳐져 있다. 거기서 멀지 않은 곳에 힘겨운 생활의 흔적을 보이고 있는 '비의 바다'가 있다. 그 옆에는 '폭풍의 바다'가 있고, 여기서는 인간이 거의 이길 수 없는 정열과 맞서서 끊임없이 싸우고 있다. 기만과 배신과 부정, 지구상의 온갖 불행에 지쳐버린 인간이 생애의 막바지에 이르러 발견하는 것은 무엇인가? 그것은 거대한 '우울의 바다'다. 이 우울은 '이슬 만'에서 들어오는 몇 방울의 물로는 가라앉지 않는다. 구름, 비, 폭풍, 우울—인간의 한살이에 그 밖의 것이 또 있을까? 이 네 개의 낱말 속에 인간의 삶이 요약되어 있는 것은 아닐까?

'여성에게 바쳐진' 우반구에는 여자의 일생에 일어나는 온갖 사건을 포함하는 의미심장한 이름의 작은 바다들이 있다. 젊은 처녀가 들여다보고 있는 '맑음의 바다'와 웃음을 던지고 있는 미래를 비추는 '꿈의 호수', 애정의 파도가 일렁이고 사랑의 산들바람이 부는 '감로의 바다', '풍요의 바다'와 '위난의 바다', 아주 작은 '안개의 바다', 그리고 모든 일시적인 열정과 부질없는 꿈과 채워지지 않는 소망을 삼키는 '고요의 바다'를 거친 파도는 '죽음의 호수'로 조용히 흘러든다!

이 얼마나 야릇한 이름들의 연속인가! 두 반구로 묘하게 나뉘어 있고, 남자와 여자처럼 서로 묶여 우주 공간을 운행하는 달! 생명의 구체를 이루고 있는 달! 옛날 천문학자들의 공상을 미셸이 이런 식으로 해석한 것은 잘못일까?

그의 상상력이 이런 '바다' 사이를 뛰어다니고 있을 때, 실제적인 그의 친구들은 좀더 지리적인 사정을 고찰하고 있었다. 그들은 이 신세계를 암기하고 있었다. 그리고 그 각도와 지름을 측정하고 있었다.

바비케인과 니콜에게 '구름의 바다'는 산들이 고리 모양으로 점점이 흩어져 있는 광대한 저지대였다. 남반구 서쪽의 대부분을 차지하는 이 바다는 295만 6800평방킬로미터의 넓이를 차지하고, 중심은 남위 15도 · 서경 20도였다. 달 표면에서 가장 넓은 '폭풍의 바다'는 525만 2800평방킬로미터에 이르고, 중심은 북위 10도 · 동경 45도였다. 그 바다의 깊은 바닥에서 방사형(放射形: 바퀴살 모양)으로 빛을 던지고 있는 아름다운 케플러 산과 아리스타르코스 산이 나타나 있었다.

그 북쪽에는 높은 산맥으로 '구름의 바다'와 분리되어 있는 '비의 바다'가 펼쳐져 있었다. 중심점은 북위 35도 · 동경 20도였다. 원형에 가까운 이 바다는 308만 8000평방킬로미터의 넓이를 차지하고 있었다. 거기서 그리 멀지 않은 곳에 70만 7200평방킬로미터 넓이의 작은 샘에 불과한 '우울의 바다'가 자리잡고 있었다. 중심점은 남위 25도 · 동경 40도였다. 그리고 끝으로 좌반구의 연안 지역에는 '더위 만', '이슬 만', '무지개 만'이 떠올라 있었고, 높은 산맥 사이에 작은 평원이 몇 개나 갇혀 있었다.

여성에게 바쳐진 우반구는 물론 좌반구보다 훨씬 변덕스러웠고, 좌반구보다 크기는 작고 수는 많은 바다가 특징이었다. 북쪽엔 북위 55도 · 경도 0도에 넓이가 121만 6000평방킬로미터인

'얼음의 바다' 가 있고, 거기에 인접하여 '죽음의 호수' 와 '꿈의 호수' 가 있었다. '맑음의 바다' 는 북위 25도 · 서경 20도에 있고, 넓이는 137만 6000평방킬로미터였다. 경계가 분명하고 모양이 둥근 '위난의 바다' 는 북위 17도 · 서경 55도에 있고, 넓이는 64만 평방킬로미터를 차지하고 있다. 산악지대 속에 움푹 들어가 있는 카스피 해 같은 느낌이다. 적도 부근인 북위 5도 · 서경 25도에는 194만 4000평방킬로미터의 넓이를 차지하고 있는 '고요의 바다' 가 있고, 그 남쪽에는 '감로의 바다' 가, 동쪽에는 '풍요의 바다' 가 이어져 있다. '감로의 바다' 는 남위 15도 · 서경 25도에 있고, 넓이는 460만 평방킬로미터다. 우반구에서 가장 큰 '풍요의 바다' 는 넓이가 350만 8800평방킬로미터에 이르고, 남위 3도 · 서경 50도에 자리잡고 있다. 끝으로 북쪽 끝과 남쪽 끝에 두 개의 바다가 눈에 띈다. 10만 4000평방킬로미터 넓이의 '훔볼트의 바다' 와 41만 6000평방킬로미터 넓이의 '남쪽 바다' 다.

달 표면의 한복판에는 적도와 경도 9도에 걸쳐 '중앙만' 이 있다. 이 만은 두 반구 사이에서 일종의 연결선 구실을 맡고 있다.

니콜과 바비케인의 눈에는 달이 평소에 보이고 있는 면이 이런 식으로 분해되어 보였다. 그 다양한 넓이를 합하면 이 반구는 통틀어 7580만 9600평방킬로미터인데, 그 가운데 5308만 1600평방킬로미터가 분화구나 산맥이나 골짜기나 섬처럼 달의 고체 부분을 이루고 있고, 나머지인 2272만 8000평방킬로미터가 바다와 호수와 늪 같은 액체 부분을 이루고 있다. 하지만 이런 것은 미셸과는 아무 상관도 없었다.

이 반구는 보다시피 지구 반구의 13분의 1이다. 하지만 월리학자*들은 그 좁은 곳에서 이미 4만 개 이상의 분화구를 찾아냈다. 영국인들은 여기에 '그린 치즈'(생치즈)라는 이름을 붙였지만, 그 이름에 어울리게 부풀어 오르고 구멍이 숭숭 뚫린 진짜 곰보 얼굴이다.

바비케인의 입에서 이 멋대가리 없는 이름이 나오자 미셸 아르당은 펄쩍 뛰었다.

"그렇다니까! 19세기의 앵글로색슨인은 달을 그런 식으로 다루지. 아름다운 디아나, 금발의 포이베, 사랑스러운 이시스, 밤의 여왕, 레토와 제우스의 딸, 눈부시게 빛나는 아폴론의 누이를!"†

* 월리학(月理學, selenography): 달 표면의 지형과 지세(地勢)를 연구하는 학문.
† 디아나: 로마 신화의 여신으로, 그리스 신화에 나오는 달의 여신 아르테미스와 동일시된다. 포이베: 그리스 신화에서 티탄족 여신의 하나로, 후대에 내려오면서 아르테미스와 동일시되었다. 이시스: 고대 이집트에서 숭배된 최고의 여신으로, 그리스 신화의 아르테미스와 동일시된다. 레토: 그리스 신화에서 티탄족 여신의 하나로, 제우스 신의 사랑을 받아 쌍둥이인 아폴론과 아르테미스를 낳았다.

아름다운 디아나, 금발의 포이베, 밤의 여왕……

12

산악 지형에 대한 보고

포탄은 앞에서도 말했듯이 달의 북반구를 향해 날아가고 있었다. 돌이킬 수 없는 방향 전환이 일어나지 않았다면 당연히 도착해야 할 중심점에서 점점 멀리 벗어나고 있었다.

오전 0시 30분. 바비케인은 달까지의 거리를 1400킬로미터로 추정했다. 이것은 달의 반지름보다 조금 길고, 북극을 향해 나아갈수록 이 거리는 줄어들 터였다. 그때 포탄은 적도 상공이 아니라 북위 10도선에 직각으로 나아가고 있었다. 지도에서 주의 깊게 측정한 이 위도에서 북극까지 가는 동안, 바비케인과 두 친구는 달을 가장 좋은 조건 아래에서 관측할 수 있었다. 사실 망원경을 사용하면 1400킬로미터의 거리는 14킬로미터로 줄어든다. 로키 산맥의 롱스피크 관측소에 설치된 망원경으로 보면 달은 그보다 훨씬 가깝게 보였을 테지만, 지구상의 공기는

묘하게 시력을 약화시키는 법이다. 그래서 포탄 속에 자리잡은 바비케인은 망원경을 이용하여 지구의 관측자들이 거의 포착할 수 없는 세세한 점을 벌써 몇 가지 포착했다.

"이보게, 친구들." 바비케인이 진지한 목소리로 말했다. "우리가 어디로 갈지는 아무도 몰라. 지구로 다시 돌아갈 수 있을 것인지도 나는 몰라. 하지만 이 일이 언젠가는 인류에게 도움이 되리라 믿고 행동하세. 모든 걱정을 떨쳐버리자고. 우리는 천문학자이고, 이 포탄은 케임브리지 천문대의 방 하나를 우주 공간으로 가져온 걸세. 자, 어서 관측하세!"

이 말이 끝나기가 무섭게 정밀한 관측이 시작되어, 시시각각 변하는 달과 포탄 사이의 거리에 따라 달의 다양한 모습이 충실하게 묘사되었다.

포탄은 북위 10도선 상공에서 동경 20도선을 따라 나아가고 있는 듯했다.

관측에 사용하고 있는 지도와 관련하여 주의할 점이 한 가지 있다. 망원경으로 보면 물체가 거꾸로 보이기 때문에 월면도에서는 남쪽이 위이고 북쪽이 아래다. 남북이 뒤집히면 동쪽은 왼쪽이고 서쪽은 오른쪽인 것이 당연하게 여겨지지만, 실제로는 그렇지 않다. 월면도를 거꾸로 뒤집어 육안으로 보는 달과 똑같이 보이게 하면, 지구의 지도와는 반대로 동쪽이 왼쪽이고 서쪽이 오른쪽이다. 이렇게 이상한 일이 일어나는 원인은 다음과 같다. 관측자가 북반구의 유럽에 있다면, 달은 그의 남쪽에 있다. 달을 볼 때 그는 북쪽에 등을 돌린다. 이것은 지구의 지도를 볼 때와는 정반대되는 자세다. 그는 북쪽으로 등을 돌리니까 동쪽이 왼쪽이고 서쪽이 오른쪽이 된다. 반대로 관측자가 남반구의 파타고니아*에 있다면, 달의 서쪽은 그의 왼쪽이 되고 동쪽은 오른쪽이 된다. 남쪽이 그의 뒤쪽이기 때문이다.

방위의 두 기점이 역전된 이유는 이것이다. 바비케인 회장의 관측을 따라가기 위해서는 이 점을 염두에 두어야 한다.

베어와 뫼들러의 월면도 덕분에 여행자들은 망원경 시야에 포착된 부분이 어디인지를 당장 알아볼 수 있었다.

"지금 우리가 보고 있는 게 뭐지?" 미셸이 물었다.

"'구름의 바다' 북쪽 부분일세." 바비케인이 대답했다. "아직 거리가 너무 멀어서 그 성질을 확인할 수는 없어. 저 평원은 최초의 천문학자가 주장했듯이 메마른 모래로 이루어져 있을까? 아니면 워런 드 라 뤼의 견해처럼 거대한 숲에 불과할까? 워런 씨는 달의 저지대에 밀도 높은 대기층이 있다고 주장하지. 그것은 이제 곧 알게 될 걸세. 단언할 수 있는 권리를 얻기 전에는 아무것도 단언하면 안 돼."

지도에 그려진 '구름의 바다'의 경계선은 매우 의심스러운 것이었다. 이 바다 오른쪽 부분에 인접해 있는 프톨레마이오스 · 푸르바흐 · 아르자켈 같은 화산에서 뿜어져 나온 용암 덩어리가 이 광대한 평원에 흩어져 있다고 사람들은 생각한다. 하지만 포탄이 가까이 다가가자 이윽고 이 바다의 북쪽을 막고 있는 산들의 정상이 나타났다. 앞쪽에 아름답게 빛나는 산 하나가 우

* 파타고니아: 아르헨티나와 칠레 두 나라의 남부 지역.

뚝 솟아 있었다. 그 봉우리는 비스듬히 비치는 햇빛 속으로 사라진 것처럼 보였다.

"저건 뭐지?" 미셸이 물었다.

"코페르니쿠스 산일세." 바비케인이 대답했다.

"코페르니쿠스를 보세."

북위 9도 · 동경 20도에 위치해 있는 이 산은 달의 수평면에서 3438미터 높이로 우뚝 솟아 있다. 지구에서도 잘 보이기 때문에 천문학자들은 이 산을 충분히 연구할 수 있었다. 특히 하현달과 초승달 사이에는 산 그림자가 동쪽에서 서쪽으로 길게 뻗어 있어서 산의 높이를 측정할 수 있었다.

코페르니쿠스 산은 달에서 남반구에 있는 티코 산 다음으로 중요한 방사형 산계(山系)를 이루고 있다. '폭풍의 바다'와 '구름의 바다'가 만나는 경계에 거대한 등대처럼 외따로 솟아 있는 이 산은 눈부신 빛으로 두 개의 넓은 바다를 비추고 있었다. 보름달일 때 눈부신 빛줄기가 길게 뻗어 나와 인접한 산맥을 넘어 '비의 바다'에서 사라지는 광경은 비할 데 없이 아름다웠다. 지구 시각으로 오전 1시, 포탄은 공중에 떠 있는 기구처럼 이 웅장한 산을 내려다보고 있었다.

바비케인은 코페르니쿠스 산의 주요 지형을 정확히 확인할 수 있었다. 이 산은 분화구의 분류 가운데 제1급인 환형(環形: 고리 모양) 산계에 포함되어 있다. '폭풍의 바다'가 내려다보이는 케플러 산과 아리스타르코스 산처럼 이 코페르니쿠스 산도 어스름 속에서 이따금 반짝반짝 빛나는 점처럼 보였고, 그 때문에 활화산으로 오인되기도 했다. 하지만 이 산도 달 표면의 모든 화산과 마찬가지로 사화산일 뿐이다. 고리 모양을 이룬 외벽의 지름은 80킬로미터였다. 망원경으로 보면, 잇달아 일어난 분화로 생긴 층리가 보였다. 그 주위에는 분화에 따른 파편들이 흩어져 있고, 일부는 아직도 분화구를 메우고 있었다.

바비케인이 말했다.

"달 표면에는 몇 종류의 분화구가 있다네. 코페르니쿠스 산이 방사형 산계에 속한다는 것은 쉽게 알 수 있지. 거리가 좀더 가까웠다면, 원뿔 모양으로 우묵한 분화구를 볼 수 있었을 텐데. 달 표면에 예외 없이 나타나는 기묘한 지형은 분화구 내부가 지구의 분화구와는 반대로 바깥 평원보다 낮다는 걸세. 그래서 이런 분화구 바닥의 둘레를 합한 것은 달보다 지름이 작은 구체가 되지."

"그런데 왜 그런 특수한 지형이 생기지?" 니콜이 물었다.

"그건 아직 몰라." 바비케인이 대답했다.

"정말 멋지군! 이보다 더 아름다운 장관은 보기 힘들 거야." 미셸이 말했다.

그러자 바비케인이 말했다.

"우리가 달의 남반구 쪽으로 갔다면 자네는 뭐라고 말할까?"

"이쪽이 훨씬 더 아름답다고 말하겠지." 미셸 아르당이 대답했다.

이 순간 포탄은 분화구 바로 위에 떠 있었다. 코페르니쿠스 분화구의 테두리는 거의 완벽한 동그라미를 이루고, 그 깎아지른 외곽이 또렷이 떠올라 있었다. 이중 고리를 이룬 벽까지도 식별할 수 있었다. 그 바깥 주위에는 황량한 회색 평원이 펼쳐져 있고, 기복은 노란색으로 떠올라 보였다. 보석상자처럼 닫혀 있는 이 분화구 바닥에 눈부시게 빛나는 거대한 보석 같은 원뿔형 분출물 두세 개가 반짝거리고 있었다. 북쪽은 외곽이 함몰되어 낮아져 있었다. 그곳을 통해 분화구 안으로 들어갈 수 있을 것이다.

주위에 펼쳐진 평원 위를 지나는 동안, 바비케인은 별로 중요하지 않은 산들을 여럿 기록할 수 있었다. 그 가운데 너비 23킬로미터의 게이뤼삭 산이라는 고리 모양의 작은 분화구가 있었다. 남쪽은 평원이 아주 평탄해서 높은 곳도 없고 튀어나온 곳도 없었다. 반대로 북쪽은 평원이 끝나고 '폭풍의 바다' 가 시작되는 곳까지 폭풍에 휘저어진 수면 같았다. 그 높은 봉우리들과 융기한 부분은 그 거센 파도가 갑자기 얼어붙은 듯한 모양을 하고 있었다. 그리고 그 모든 것 위에 모든 방향으로 빛줄기가 달리고, 그 모든 빛줄기는 모든 방향에서 코페르니쿠스 산꼭대기로 모여들고 있었다. 개중에는 너비가 30킬로미터나 되는 것도 있고, 길이는 측정할 수 없을 정도였다.

여행자들은 이 기묘한 빛줄기의 원인을 토론했다. 하지만 지구의 관측자들과 마찬가지로 그 성질을 확정할 수는 없었다.

"어쩌면 저 빛줄기는 햇빛을 더욱 선명하게 반사하는 산들의 지맥이 아닐까?" 니콜이 말했다.

"그렇게는 말할 수 없어." 바비케인이 받았다. "만약 그렇다면 달이 어떤 상태가 되었을 때 산등성이의 그림자가 생길 텐데, 그런 그림자는 생기지 않아."

사실 이 빛줄기는 달이 태양과 맞서는 위치에 있을 때에만 나타나고, 햇빛이 비스듬히 비치게 되면 당장 사라져버린다.

"하지만 저 빛줄기를 설명하기 위해서 인간은 뭔가 상상을 하지 않았을까?" 미셸이 물었다. "학자들이 설명을 다는 것을 잊었다고는 도저히 믿을 수 없으니까 말이야."

"그래." 바비케인이 받았다. "허셜*이 한 가지 의견을 내놓긴 했지만, 그 의견이 옳다고 단언하지는 않았네."

"그건 상관없어. 그 의견이라는 게 뭐였지?"

"저 빛줄기는 용암류가 냉각된 것이고, 보통으로 햇빛이 비치면 빛난다고 허셜은 생각했지. 이것은 있음 직한 일이야. 하지만 역시 확실치는 않아. 티코 산 옆을 지금보다 더 가까이 지나가면 저 빛줄기의 원인을 알아내기에 훨씬 좋은 위치가 되겠지만……."

"이 높이에서 내려다보는 저 평원이 무언가와 비슷하다고 생각지 않나?" 미셸이 물었다.

"글쎄." 니콜이 대답했다.

"방추처럼 용암 덩어리가 늘어서 있는 모양은 마구잡이로 내던져진 막대놀이 기구와 비슷하지 않나? 막대기를 하나씩 치우는 데 필요한 갈고리가 없을 뿐이지."

"좀 진지해지게." 바비케인이 말했다.

* 존 허셜(1792~1872): 영국의 천문학자.

"좋아. 그럼 진지해지세." 미셸이 조용히 대꾸했다. "막대기 대신 해골이라고 하세. 이 평원은 거대한 묘지일 뿐이야. 절멸해버린 태곳적 세대의 유해가 잠들어 있는 곳. 자네는 과장된 인상을 주는 이 비교가 더 마음에 드나?"

"마찬가지야." 바비케인이 대꾸했다.

"쳇! 까다로운 사람이군." 미셸이 받았다.

"이보게." 실제적인 바비케인이 말을 이었다. "저게 '무엇인지' 도 모르는데 무엇과 '비슷한지' 가 뭐 그리 중요한가?"

"좋은 대답이야." 미셸이 소리쳤다. "학자들과 토론하는 게 어떤 건지 알겠어."

그러는 동안에도 포탄은 달 표면을 따라 거의 일정한 속도로 나아가고 있었다. 쉽게 짐작할 수 있겠지만, 여행자들은 잠시도 휴식을 취할 생각을 하지 않았다. 눈 아래를 지나가는 풍경은 시시각각 달라졌다. 오전 1시 30분경, 여행자들은 또 다른 산꼭대기를 희미하게 보았다. 월면도와 비교해본 바비케인은 그 산을 에라토스테네스 산으로 확인했다.

그 산은 4500미터 높이의 환형 산으로, 달에 수없이 많은 분화구 가운데 하나였다. 바비케인은 분화구 형성에 관한 케플러의 기묘한 의견을 친구들에게 말했다. 그 저명한 수학자에 따르면, 분화구 모양의 이 구덩이는 인간이 손으로 판 게 분명하다는 것이었다.

"어째서?" 니콜이 물었다.

"아주 자연스러운 이유지. 반달일 때 계속 비치는 햇빛으로

이 평원은 거대한 묘지일 뿐이야

부터 몸을 지키려고 달나라 사람들은 그 거대한 사업을 계획하고 구덩이를 팠다네."

"달나라 사람들도 바보는 아니군!" 미셸이 말했다.

"정말 기묘한 생각이야." 니콜도 말했다. "하지만 저 분화구의 실제 크기를 케플러는 아마 몰랐을 거야. 저 구덩이를 파는 건 거인족이나 할 수 있는 일이니까. 달나라 사람들은 절대로 할 수 없어."

"왜? 달 표면에서는 중력이 지구의 6분의 1밖에 안 돼." 미셸이 말했다.

"하지만 달나라 사람의 몸집도 지구인의 6분의 1밖에 안 된다면?" 니콜이 대꾸했다.

"그리고 달나라 사람이라는 존재가 없다면?" 바비케인이 덧붙였다. 이 한마디에 토론이 끝나버렸다.

포탄이 정확한 관찰을 할 수 있을 만큼 가까이 다가가지도 않았는데 에라토스테네스 산은 곧 지평선 너머로 사라져버렸다. 이 산은 아펜니노 산맥과 카르파티아 산맥을 갈라놓고 있었다.

달의 산들을 연구한 결과, 산맥은 대부분 북반구에 있다는 사실이 알려졌다. 하지만 그 가운데 일부는 남반구의 일부분을 차지하고 있었다.

다음은 여러 산맥의 일람표인데, 첫 번째 숫자는 그 산맥의 남쪽 끝의 위도, 두 번째 숫자는 북쪽 끝의 위도, 마지막 숫자는 그 산맥에서 가장 높은 산의 높이다.

되르펠 산맥	남위 84도	—	7603미터
라이프니츠 산맥	남위 65도	—	7600미터
루크 산맥	남위 20도	30도	1600미터
알타이 산맥	남위 17도	28도	4047미터
코르디예라 산맥	남위 10도	20도	3898미터
피레네 산맥	남위 8도	18도	3631미터
우랄 산맥	남위 5도	13도	838미터
알랑베르 산맥	남위 4도	10도	5847미터
에뮈 산맥	북위 8도	21도	2021미터
카르파티아 산맥	북위 15도	19도	1939미터
아펜니노 산맥	북위 14도	27도	5501미터
타우루스 산맥	북위 21도	28도	2746미터
리페 산맥	북위 25도	33도	4171미터
에르시니앵 산맥	북위 17도	33도	1170미터
카프카스 산맥	북위 32도	41도	5567미터
알프스 산맥	북위 42도	49도	3617미터

이 산맥들 가운데 가장 중요한 것은 아펜니노 산맥이다. 그 길이는 지구의 큰 산맥들보다는 짧지만 약 600킬로미터에 이른다. 이 산맥은 '비의 바다' 동쪽 연안을 따라 뻗어나가 카르파티아 산맥과 이어진다. 카르파티아 산맥의 길이는 약 400킬로미터에 이른다.

여행자들은 서경 10도에서 동경 16도에 걸쳐 있는 아펜니노 산맥을 어렴풋이밖에 볼 수 없었다. 하지만 카르파티아 산맥은 그들의 눈 아래인 동경 18도에서 30도까지 뻗어 있었다. 그들은 이 산맥의 배열 상태를 측정할 수 있었다.

지극히 지당한 가설이 그들의 머리에 떠올랐다. 높은 봉우리가 몇 개 솟아 있고 여기저기가 둥근 형태를 띠고 있는 카르파티아 산맥을 보고, 그들은 이 산맥이 과거에는 매우 중요한 분화구를 형성하고 있었을 거라고 결론지었다. 이 산들의 외곽은 '비의 바다'를 만든 용암류 때문에 일부가 파괴되었다. 카르파티아 산맥의 이런 모습은 푸르바흐 · 아르자켈 · 프톨레마이오스 같은 분화구의 왼쪽 외곽이 지각 변동 때문에 허물어져 하나의 산맥으로 이어진 것과 마찬가지였다. 이 산맥의 평균 높이는 3200미터. 이것은 피레네 산맥의 피네드 항과 비슷한 높이다. 남쪽은 가파른 경사로 거대한 '비의 바다'처럼 낮아져 있었다.

오전 2시경, 북위 20도선 상공, 높이 1559미터인 피티아스 산에서 그리 멀지 않은 곳에 포탄이 있다는 것을 바비케인은 알았다. 포탄과 달의 거리는 이제 1200킬로미터에 불과하고, 망원경으로 보면 달은 10킬로미터 거리까지 다가와 있었다.

'비의 바다'는 여행자들의 눈 아래에 커다란 함몰 지역으로 펼쳐져 있었지만, 자세한 점은 여전히 포착할 수 없었다. 그 왼쪽에 높이가 1813미터로 추정되는 랑베르 산이 우뚝 솟아 있고, 멀리 북위 23도 · 동경 29도, '폭풍의 바다'와의 경계에 방사형의 오일러 산이 빛나고 있었다. 높이가 1815미터밖에 안 되는 이 산은 천문학자 슈뢰터의 흥미로운 연구 대상이었다. 이 산의 생성 기원을 알려고 애쓴 슈뢰터는 분화구의 용적과 그것을 이루고 있는 외곽의 부피가 눈으로 보기에 같은지 어떤지를 항상 자문했다. 그런데 일반적으로는 이 관계가 존재한다. 여기에서 슈뢰터는 화산 물질이 한 번만 분출해도 외곽을 만들기에는 충분하다는 결론을 끌어냈다. 분출이 연속해서 일어났을 경우에는 이 관계가 달라져버리기 때문이다. 다만 오일러 산은 이 일반적인 법칙에 어긋났다. 오일러 산이 생겨나기 위해서는 화산 물질이 몇 차례나 연속하여 분출할 필요가 있었다. 그 분화구의 용적은 주변 산들의 부피를 합한 것보다 두 배나 컸기 때문이다.

이런 가설은 모두 도구가 불완전한 지구의 관측자들에게만 허용되는 것이었다. 이런 가설에 만족하지 않는 바비케인은 포탄이 달 표면에 꾸준히 접근해가는 것을 보고, 비록 달에 도착할 수는 없다 해도 최소한 달의 형성에 얽힌 비밀을 포착할 수는 있을지 모른다는 희망을 버리지 않았다.

13
달나라 풍경

오전 2시 30분, 포탄은 북위 30도선을 가로지르고 있었다. 달까지의 실제 거리는 1000킬로미터, 망원경으로 보면 그 거리는 10킬로미터로 단축되었다. 달의 어느 지점에 도착하는 것은 여전히 불가능한 일로 여겨졌다. 비교적 느린 이 이동 속도는 바비케인도 설명할 수 없었다. 달과의 거리가 이 정도면, 달의 인력에 맞서서 포탄을 지탱하기 위해서는 속도가 상당히 빨라야 할 터였다. 이유를 알 수 없는 현상이었다. 하지만 이유를 찾고 있을 시간은 없었다.

요철을 이룬 지형이 차례로 눈 아래를 지나갔고, 세 사람은 아무리 사소한 점도 놓치지 않으려고 했다.

달은 망원경으로는 10킬로미터 거리에 있는 것처럼 보였다. 지구에서 10킬로미터 상공까지 올라온 비행선의 승무원들은 지구 표면에서 어떤 것을 알아볼 수 있을까? 이 질문에는 대답할 수 없다. 가장 높이 상승했을 때에도 인간은 고작 8000미터를 넘지 못하기 때문이다.

하지만 다음은 그 높이에서 바비케인과 친구들이 본 것에 대한 기술이다.

상당히 다채로운 색채는 달 표면에 있는 커다란 금속판 때문인 것으로 여겨졌다. 이 색채의 성질에 대한 월리학자들의 의견은 일치하지 않는다. 색채는 다양하고 뚜렷이 분간할 수 있다. 지구의 관측자들은 달의 바다와 평원 사이에서 여러 가지 미묘한 차이를 분간할 수 있지만, 지구의 바다가 말랐다 해도 달의 천체 관측자는 지구의 메마른 바다와 육지의 평원을 그만큼 뚜렷이 분간할 수는 없을 거라고 율리우스 슈미트는 주장하고 있다. 슈미트에 따르면 '바다'라는 이름으로 불리는 이 평원의 공통점은 녹색과 갈색이 섞인 칙칙한 회색이다. 커다란 분화구 몇 개도 이 색채를 띠고 있다.

베어와 뫼들러도 지지하는 이 독일 천문학자의 의견을 바비케인은 알고 있었다. 일부 천문학자들이 달 표면에는 회색밖에 없다고 주장하는 반면, 그들은 실제 관측을 통해 확신을 얻었다고 바비케인은 인정했다. '고요의 바다'나 '우울의 바다'의 일부 지점에서는 초록색이 두드러지게 눈에 띄었다. 율리우스 슈미트에 따르면 그런 곳은 바다가 갈라진 틈새였다.

바비케인은 안쪽에 원뿔형 구덩이가 없는 커다란 분화구들이 방금 광택을 낸 강철판의 반사광처럼 푸르스름한 색조를 띠고 있는 것도 알아차렸다. 일부 천문학자들은 그런 색채가 망원경의 대물렌즈에 결함이 있거나 지구 대기층의 간섭 때문에 생긴다고 말하지만, 사실은 달 표면에 정말로 존재하는 색깔들이다. 여기에 관해서는 바비케인도 전혀 의심하지 않았다. 그는 진공 속에서 달을 관찰하고 있었고, 시각적으로 잘못을 저지를 가능성은 전혀 없었다. 그 초록색은 가까운 곳에 모여 있는 밀도 높은 공기 속에서 열대식물이 자라고 있는 탓일까? 아직은 확실한 의견을 말할 수 없었다.

더 먼 곳에 붉은색이 또렷이 눈에 띄는 것을 바비케인은 알아차렸다. 달 가장자리의 에르시니앵 산맥 근처에 있는 리히텐베르크라는 외딴 분화구 바닥에서도 바비케인은 이미 그와 비슷한 색채를 발견했다. 하지만 그 색채의 성질을 확인할 수는 없었다.

또한 바비케인은 달 표면의 또 다른 성질에 관해서도 그 원인을 확정할 수 없었기 때문에 전보다 성공했다고는 말할 수 없었다.

바비케인 옆에서 관측을 계속하고 있던 미셸 아르당은 태양의 직사광선을 받아 눈부시게 빛나는 하얗고 기다란 선을 발견했다. 코페르니쿠스 산에서 본 방사형 빛줄기와는 전혀 다르다. 마치 빛나는 밭고랑이 이어져 있는 듯했다. 그것은 평행으로 길게 뻗어 있었다.

미셸은 여전히 침착성을 잃지는 않았지만 서둘러 소리를 지르는 것도 잊지 않았다.

"저것 보게! 저건 밭이 아닌가!"

"밭이라고?" 니콜이 어깨를 으쓱하면서 받았다.

"어쨌든 경작되어 있어." 미셸이 말했다. "달나라 사람들은 정말 대단한 일꾼이군! 저런 밭을 갈려면 엄청나게 거대한 황소를 쟁기에 묶어야 할 거야."

"저건 밭이 아니라 홈이라네." 바비케인이 말했다.

"홈? 제기랄!" 미셸이 대꾸했다. "하지만 과학 세계에서 '홈'이란 대체 무슨 뜻이지?"

바비케인은 달의 홈*에 대해 알고 있는 것을 모두 친구에게 알려주었다. 그것은 달 표면에서 산악지대를 제외하고는 어디에서나 볼 수 있는 골짜기라는 것, 대개 외따로 떨어져 있는 그 홈들은 길이가 1500킬로미터 내지 2000킬로미터에 이른다는 것, 폭은 1킬로미터에서 2킬로미터까지 다양하고, 경계는 정확한 평행선이라는 것을 바비케인은 알고 있었다. 하지만 그 홈들의 형성 과정이나 성질에 대해서는 알지 못했다.

바비케인은 망원경을 통해 그 홈들을 주의 깊게 관찰했다. 그 홈들의 가장자리가 갑자기 비탈져 있는 것을 알아차렸다. 이것은 평행한 긴 성벽이고, 상상력을 발휘하면 달의 토목기사들이 쌓은 요새의 진지라고 생각할 수도 있었다.

이런 홈들 가운데 일부는 먹줄로 그은 것처럼 완전한 직선이었다. 나머지는 완만한 곡선을 그리고 있었지만, 양쪽 가장자리

* 홈: 달 표면에 움푹 파인 부분. 요한 슈뢰터는 갈라진 벽이 깎아지른 듯 솟아 있다는 의미를 담아 그것을 '열구(裂溝)'라고 불렀다.

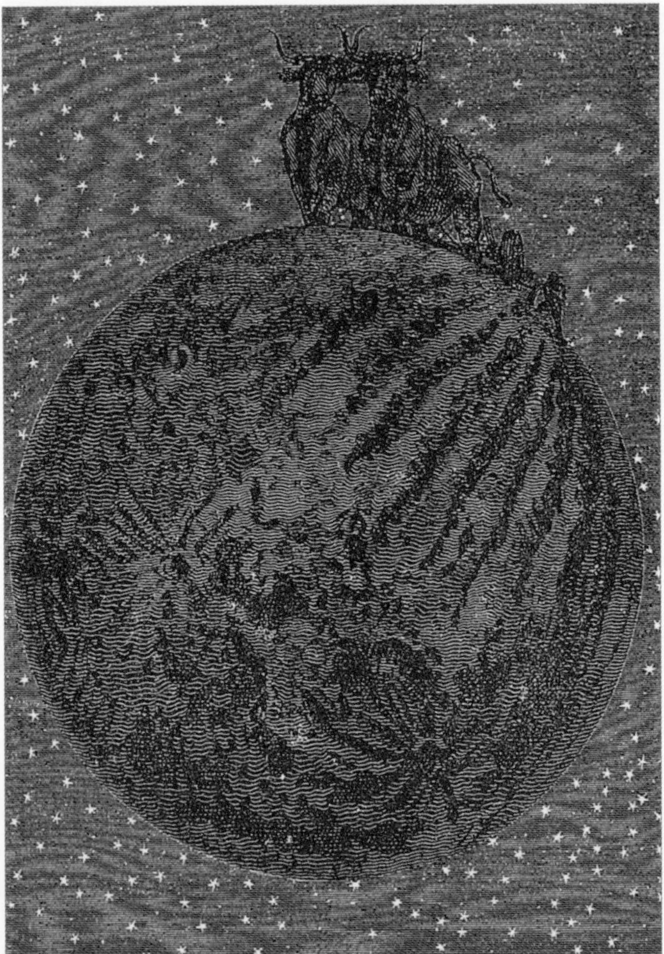

엄청나게 거대한 황소……

는 평행을 유지하고 있었다. 곡선은 서로 교차하면서 포시도니우스 산이나 페타비우스 산처럼 고리 모양의 구덩이에 홈을 만들고, 직선은 분화구를 가로질러 '고요의 바다' 같은 바다에 줄무늬를 그리고 있었다.

자연히 생긴 이 기복은 필연적으로 지구의 천문학자들의 상상력을 자극했다. 초기 관측에서는 이런 홈이 발견되지 않았다. 헤벨리우스도 카시니도 허셜도 그 홈을 알지 못했다. 1789년에 처음으로 이것을 지적하여 학자들의 주의를 끈 사람은 요한 슈뢰터였다. 파스토르프와 그루이튀젠*도 그의 뒤를 이어 그 홈을 연구했다. 현재 그 수는 70개에 이른다. 하지만 수는 헤아렸을지 몰라도 그 성질은 아직 확정되지 않았다. 요새가 아닌 것은 확실하다. 말라버린 강바닥도 아니다. 달 표면에 조금밖에 없는 물이 이렇게 깊은 도랑을 팔 수는 없었을 것이고, 그것이 높은 산의 분화구를 가로지르는 경우가 많기 때문이다.

하지만 미셸 아르당은 여기에 대해 한 가지 생각을 가지고 있었다. 미셸 자신은 미처 몰랐지만, 그의 생각은 율리우스 슈미트의 의견과 일치했다.

"이 설명할 수 없는 광경은 단순히 식물의 작용이 아닐까?" 미셸이 말했다.

"그게 무슨 소린가?" 바비케인이 물었다.

"제방을 이루고 있는 저 검은 선은 나무가 줄지어 심어진 게

* 요한 빌헬름 파스토르프(1767~1838): 독일의 천문학자. 프란츠 폰 그루이튀젠: 달 분화구의 운석 기원설을 맨 먼저 주장한 사람이며, 달의 지형물 가운데 일부는 달 주민들이 세운 건축물의 폐허가 아닐까 하고 말한 인물이기도 하다.

아닐까?"

"그럼 자네는 아직도 식물 가설을 고집하고 있나?" 바비케인이 물었다.

"나는 자네 같은 학자들이 설명하지 않는 것을 설명하고 싶네!" 미셸이 대꾸했다. "적어도 내 가설은 저 홈이 왜 규칙적으로 사라지는지, 또는 사라지는 것처럼 보이는지를 알려주는 이점이 있어."

"무슨 이유로?"

"나뭇잎이 다 떨어졌을 때는 보이지 않게 되고, 잎이 무성해지면 다시 보이게 되는 거지."

"훌륭한 설명이군. 하지만 그 설명은 인정할 수 없네."

"왜?"

"왜냐하면 달 표면에는 이른바 계절이라는 게 없기 때문이지. 따라서 자네가 말하는 식물 현상은 일어날 수 없어."

사실 달의 지축은 조금도 기울어져 있지 않기 때문에, 달 표면에서는 어느 위도에서나 태양의 높이가 일정하다. 적도에서는 태양이 변함없이 천정에 있고, 북극과 남극에서는 태양이 절대 지평선 위로 나타나지 않는다. 그래서 지축이 궤도에 대해 조금도 기울어져 있지 않은 목성과 마찬가지로 달에서는 곳에 따라 봄이나 여름이나 가을이나 겨울이 영원히 계속된다.

이런 홈의 생성 원인은 무엇일까? 이것은 해결하기 어려운 문제다. 분화구가 형성된 뒤에 생긴 것은 확실하다. 이런 홈들은 대부분 분화구를 둘러싸고 있는 고리 모양의 외벽을 뚫고 분화구 안으로 들어가고 있기 때문이다. 따라서 이것은 최후의 지질시대에 만들어진 것이고, 자연력이 팽창하여 외부로 나타났기 때문이라고 볼 수도 있다.

그러는 동안 포탄은 북위 40도선 상공에 이르렀고, 달까지의 거리는 800킬로미터를 넘지 않았던 게 분명하다. 달 표면의 물체들은 망원경의 시야 속에서는 8킬로미터 거리에 있는 것처럼 보였다. 그들의 발 아래에는 500미터 높이의 헬리콘 산이 솟아 있고, 왼쪽에는 '비의 바다'의 일부를 에워싸고 있는 '무지개 만'이라는 이름의 언덕이 있었다.

지구의 천문학자들이 달 표면을 완전히 관측하려면 지구의 대기층을 지금보다 170배나 투명하게 만들어야 할 것이다. 하지만 지금 포탄이 떠 있는 진공 속에서는 관측자의 눈과 관측 대상 사이에 어떤 유동체도 존재하지 않았다. 게다가 바비케인은 지금 로스 경의 망원경이나 로키 산맥의 망원경처럼 가장 정교한 망원경을 통해 달을 보았을 때보다 훨씬 달과 가까운 거리에 와 있었다. 따라서 달에 사람이 살 수 있는가 하는 중대한 문제를 해결하기에는 더없이 좋은 조건이었다.

하지만 바비케인은 아직 그 문제를 해결할 수 없었다. 그의 눈은 넓고 황량한 평원밖에 분간할 수 없었다. 북쪽에 메마른 산들이 보였다. 조금이라도 인간의 손길이 닿은 흔적을 보여주는 증거는 하나도 없었다. 인간이 그곳을 지나갔다는 증거인 폐허도 없었다. 하등생물이라도 생명체가 거기에서 살 수 있나는 것을 알려주는 동물 집단도 보이지 않는다. 움직이는 것은 어디

그의 눈은 넓고 황량한 평원밖에 분간할 수 없었다

에도 없었다. 식물의 흔적도 없다. 지구를 차지하고 있는 세 가지 요소 가운데 달에 나타나 있는 것은 광물계뿐이었다.

"이거야 정말!" 미셸 아르당이 조금 낭패한 얼굴로 말했다. "그럼 아무도 안 보이나?"

"그래." 니콜이 대답했다. "지금까지 사람도 동물도 나무도 전혀 보지 못했네! 결국 구덩이 바닥이나 분화구 안, 또는 달 반대쪽에 공기가 모여 있는지 어떤지는 판단할 수 없어."

"게다가……" 바비케인이 덧붙였다. "아무리 눈이 좋아도 7킬로미터 이상 떨어져 있는 사람을 식별할 수는 없어. 그러니까 달나라 사람이 있다 해도, 그들은 우리 포탄을 볼 수 있지만 우리는 그들을 볼 수 없지."

오전 4시경, 포탄은 북위 50도선 상공에 떠 있었고, 달까지의 거리는 600킬로미터로 줄어들었다.

왼쪽에는 산들이 한 줄로 이어져 있었다. 변덕스러운 모양의 산들은 강렬한 빛 속에 또렷이 떠올라 있었다. 반대로 오른쪽에는 검은 구덩이가 있었다. 그것은 깊이를 헤아릴 수 없는 음침하고 거대한 우물과 비슷했다.

이 구덩이가 '검은 호수'였고, 하현달과 초승달 사이에 그림자가 서쪽에서 동쪽으로 뻗어 지구에서 편리하게 연구할 수 있는 것이 이 플라톤 산이라는 깊은 분화구였다.

달 표면에서는 어두운 색을 좀처럼 만날 수 없다. 어두운 색이 보인 것은 북반구의 '얼음의 바다' 동쪽에 있는 엔디미온 분화구 바닥과 달의 동쪽 가장자리에 가까운 적도상의 그리말디 분화구 바닥뿐이었다.

플라톤 산은 북위 51도 · 동경 9도에 있는 환형 분화구이고, 그 너비는 60킬로미터, 길이는 90킬로미터에 이른다. 바비케인은 그 거대한 구덩이 상공을 지나지 못하는 게 유감스러웠다. 그곳을 통과했다면 심연의 깊이를 측정하고 불가사의한 현상을 포착할 수 있었을지도 모른다. 하지만 포탄의 진로를 바꿀 수는 없었다. 진로를 정확하게 따라가지 않으면 안 된다. 인간은 열기구도 운전할 수 없는데, 하물며 포탄 속에 갇힌 상태에서 어떻게 포탄을 운전할 수 있겠는가.

오전 5시경, 포탄은 마침내 '비의 바다'의 북쪽 경계를 지났다. 콩다민 산과 퐁트넬 산이 왼쪽과 오른쪽에 남아 있었다. 북위 60도선에서 시작되는 달 표면의 이 부분에서는 산이 많아지고 있었다. 망원경으로 보면 달까지의 거리는 4킬로미터로 좁혀져 있었다. 이것은 몽블랑 산 정상과 해수면 사이의 거리보다도 짧다. 주위는 우뚝한 봉우리와 우묵한 구덩이로 뒤덮여 있었다. 북위 70도선 부근에는 긴 지름이 28킬로미터, 짧은 지름이 16킬로미터인 타원형 분화구를 가진 3700미터 높이의 필로라우스 산이 다른 산들보다 높이 솟아 있었다.

이 정도 거리에서 보면 달 표면은 아주 기묘한 양상을 띠고 있었다. 그 풍경은 지구에서 바라보는 풍경과는 사뭇 달랐고, 보기가 괴롭다고 해도 좋을 정도였다.

달에는 공기라는 기체 상태의 덮개가 없기 때문에 앞에서 말한 결과가 일어난다. 어스름이 전혀 없고, 깊은 암흑 속에서 점멸하는 등불처럼 밤은 갑자기 낮이 되고 낮은 밤이 된다. 또한 추위와 더위의 중간 과정도 없고, 타는 듯이 뜨거운 온도가 순식간에 얼음처럼 차가워진다.

공기가 전혀 없는 것은 또 다른 결과도 낳는다.

햇빛이 닿지 않는 곳은 완전한 암흑이 지배하고 있다는 것이다. 지구에서 공기 때문에 일어나는 빛의 산란은 밤과 낮의 중간 상태인 황혼과 새벽을 만들고, 짙은 그림자와 옅은 그림자, 빛과 그늘의 온갖 마술을 만들어낸다. 그런 빛을 내는 물질이 달에는 존재하지 않는다. 그래서 흑과 백이라는 두 가지 색의 극단적인 대조가 생겨난다. 달나라 사람이 눈에 손을 대고 햇빛을 가리면 그에게는 하늘이 완전히 캄캄해 보일 것이고, 어두운 밤처럼 별들이 빛날 것이다.

이 이상한 광경이 바비케인과 친구들에게 어떤 인상을 주었을지 생각해보라. 그들의 눈은 어두워지고 말았다. 그들은 이제 다양한 평면의 거리를 파악할 수가 없었다. 지구의 풍경화가는 '명암' 현상으로 부드러워지지 않은 달의 풍경을 절대로 표현할 수 없을 것이다. 하얀 종이 위에 떨어진 잉크 얼룩, 단지 그것뿐이었다.

포탄이 북위 80도선 상공에 이르고 달까지의 거리가 100킬로미터로 좁혀졌어도 이 광경은 조금도 달라지지 않았다. 오전 5시에 포탄이 조야 산의 상공 50킬로미터, 망원경으로 보면 500미터 거리에 있는 것처럼 보이는 곳을 통과할 때에도 이 광경은 여전히 달라지지 않았다. 달은 손에 닿을 것처럼 가까워 보였다. 포탄이 달에 착륙하지 못하는 것은 있을 수 없는 일로 여겨졌다. 검은 하늘을 배경으로 또렷이 보이는 눈부신 아치 모양의 북극에 착륙한다 해도, 어쨌든 착륙할 것은 분명해 보였다. 미셸 아르당은 현창을 열고 달 표면으로 뛰어내릴까 생각했을 정도다. 40여 킬로미터만 떨어지면 된다! 그 정도 거리는 그에게 아무것도 아니었다. 하지만 그것은 부질없는 시도였다. 포탄이 달에 착륙하지 못한다면, 포탄과 함께 움직이는 미셸도 포탄과 마찬가지로 달에 착륙할 수 없을 것이기 때문이다.

6시에 달의 북극이 자태를 드러냈다. 여행자들의 눈에는 눈부시게 빛나는 달의 반쪽밖에 보이지 않았다. 나머지 반쪽은 어둠 속으로 사라져버렸다. 갑자기 포탄은 강렬한 빛과 완전한 어둠 사이의 경계를 지나 깊은 어둠 속으로 급속히 가라앉았다.

14

354시간 30분 동안의 밤

이 현상이 갑자기 일어난 그때, 포탄은 북극에서 50킬로미터도 채 떨어지지 않은 곳을 통과했다. 그리고 불과 몇 초 사이에 캄캄한 암흑 속으로 돌입했다. 변화는 빛이 점점 사라지거나 약해지는 중간 단계를 거치지 않고 눈 깜짝할 사이에 일어났기 때문에, 거센 바람이 달빛을 꺼버린 듯 느껴졌다.

"달이 녹아서 사라져버렸어!" 미셸 아르당이 깜짝 놀라 소리쳤다.

실제로 조금 전까지 찬란하게 빛나고 있던 달은 흔적도 보이지 않았다. 거기에 있는 것은 완전한 어둠뿐이었다. 별빛 때문에 그 어둠이 더욱 깊게 느껴졌다. 이 '어둠'은 달의 위치 때문에 354시간 30분 동안이나 계속되는 달나라의 밤, 달의 공전 주기와 자전 주기가 같기 때문에 생겨나는 기나긴 밤이었다. 달의 그림자 속에 들어간 포탄은 이제 햇빛의 작용을 전혀 받을 수 없었다.

포탄 내부도 캄캄했다. 아무것도 보이지 않았다. 그래서 이 어둠을 몰아낼 필요가 있었다. 바비케인은 저장량이 한정되어 있는 가스를 쓰고 싶지 않았지만, 햇빛이 차단되면 값비싼 인공 불빛에 의존할 수밖에 없었다.

"태양이 공짜로 빛을 보내주지 않으니까 가스를 써야 하잖아!" 미셸 아르당이 소리쳤다.

"태양을 탓하면 안 돼." 니콜이 대답했다. "태양의 책임이 아니야. 책임은 달에 있어. 태양과 우리 사이에 차폐물처럼 끼어든 달이 나빠."

"아니야. 태양이 나빠!"

"아니야. 달이 나빠!"

무익한 논쟁은 끝이 없기 때문에, 바비케인은 이런 말로 결말을 지었다.

"그건 태양의 책임도 아니고 달의 책임도 아닐세. 정해진 진로를 따라가지 않고 거기서 벗어나버린 포탄의 책임이지. 좀더 공정하게 말하면, 우리 포탄의 방향을 바꾸어버린 그 못된 운석 탓이야."

"알았네." 미셸 아르당이 말했다. "문제가 해결되었으니 식사나 하세. 밤새도록 달을 관찰했으니까 조금은 쉬어야지."

미셸의 제안에 아무도 이의를 제기하지 않았다. 미셸은 몇 분 만에 식사를 준비했다. 하지만 그들은 단지 먹기 위해 먹었고,

"태양과 우리 사이에 차폐물처럼 끼어든 달……"

건배도 없이 술을 마셨다.

이 용감한 여행자들도 익숙한 햇빛의 보호를 받지 못하고 어둠 속에 끌려 들어왔기 때문에 한 가닥 불안을 느끼지 않을 수 없었다. 빅토르 위고*의 펜 끝에 달라붙었던 '으스스한 그림자'가 사방팔방에서 그들을 옥죄고 있었다.

이윽고 그들은 거의 15일에 가까운 354시간 30분 동안의 기나긴 밤에 대해 이야기하고, 그동안 달나라 주민들은 어떤 육체적 규율에 따르고 있을까에 대해 이야기를 나누기 시작했다. 바비케인은 친구들에게 이 야릇한 현상의 원인과 결과를 간단히 설명했다.

"확실히 이상한 일이지만, 달의 각 반구는 15일 동안 햇빛을 받지 않는다네. 지금 우리가 방황하고 있는 달의 표면은 그 기나긴 밤 동안 아름답게 빛나는 지구를 볼 수 없어. 한마디로 말해서 달의 반쪽에는 지구가 존재하지 않아. 이런 현상을 지구에 적용해보면, 유럽에서는 달을 전혀 보지 못하고 그 대척점에서만 달을 볼 수 있는 셈이지. 유럽인이 오스트레일리아에 갔을 때의 놀라움을 상상할 수 있겠나?"

"단지 달을 보기 위해 거기까지 여행을 가다니!" 미셸이 외쳤다.

"그 놀라움은 달이 지구를 등지고 있는 쪽, 그러니까 지구인들이 영원히 볼 수 없는 달의 뒷면에 살고 있는 달나라 사람들을 위해 남겨두게." 바비케인이 말을 이었다. "달나라에서는,

* 빅토르 위고(1802~85): 프랑스의 시인 · 작가. 인용문은 《벌레의 서사시》에 나오는 구절.

지구에서 잘 보이는 앞쪽의 주민이 보이지 않는 뒤쪽 주민의 희생으로 자연의 혜택을 누리며 살고 있지. 한쪽에서는 354시간 동안 깊은 밤이 계속되는데, 다른 한쪽에서는 반대로 15일 동안 태양이 내리쪼이고, 해가 지평선으로 가라앉으면 반대쪽 지평선에서 빛나는 천체가 떠오르는 것을 볼 수 있지. 따라서 앞쪽은 아주 살기 좋은 곳이라네. 보름달일 때는 태양이 보이고 초승달일 때는 지구가 보이니까."

"하지만 빛과 함께 견디기 어려운 더위가 찾아올 테니까 그런 편리함은 상쇄될 거야." 니콜이 말했다.

"하지만 사실은 양쪽 다 불편해. 지구의 반사광은 분명 열이 없고, 뒷면은 앞면보다 훨씬 강한 열을 느끼지. 미셸은 이해할 수 없겠지만."

"일러줘서 고맙군." 미셸이 말했다.

"지구에서 보이지 않는 뒷면이 태양의 빛과 열을 동시에 받고 있을 때, 달은 초승달이고 태양과 지구 사이에 있네. 달이 반대쪽 위치에 있는 보름달일 때에 비하면, 달이 초승달일 때는 지구와의 거리의 두 배만큼 태양에 가까워지게 되지. 그런데 그 거리는 태양과 지구 사이의 거리의 200분의 1인 80만 킬로미터라네."

"맞아." 니콜이 말했다.

"반대로……." 바비케인이 말을 이었다.

그때 미셸이 그의 말을 가로막았다.

"잠깐만!"

"왜 그러나?"

"내가 그 설명을 계속하고 싶은데?"

"왜?"

"나도 이해하고 있다는 걸 보여주기 위해서."

"그럼 해보게." 바비케인은 빙긋이 웃으면서 말했다.

"반대로……" 미셸은 바비케인의 목소리와 몸짓을 흉내내어 말했다. "지구에서 보이는 앞면이 햇빛을 받고 있을 때 달은 보름달이고, 지구를 사이에 두고 태양과 마주보고 있지. 그래서 태양과 달의 거리는 80만 킬로미터쯤 멀어지고, 달이 받는 열은 조금 줄어들게 되지."

"잘했어!" 바비케인이 말하고는 익살스러운 친구의 손을 잡았다. 그러고는 다시 달의 앞쪽 주민들이 어떤 이익을 누릴 수 있는지를 열거하기 시작했다.

그는 특히 달 표면의 이쪽에서만 일어나는 일식을 언급했다. 달에서 일식이 일어나기 위해서는 달이 '충'*의 위치에 있어야 하기 때문이다. 달과 태양 사이에 지구가 들어가서 일어나는 일식은 두 시간 동안 계속되고, 대기층에서 햇빛이 굴절하기 때문에 지구는 태양 위에 찍힌 검은 점으로밖에 나타나지 않는다.

"우리 눈에 보이지 않는 반구는 조물주의 노여움을 산 모양이군." 니콜이 말했다.

"정말 그래." 바비케인이 받았다. "중심에 대한 일종의 평형

* 충(衝): 어떤 행성이나 위성이 지구에서 볼 때 태양과 정반대 위치에 오는 것. 달은 충의 위치에서 만월이 되는데, 이때는 '망(望)'이라고 한다.

운동인 달의 칭동* 작용으로 지구에서는 달의 절반보다 조금 많은 부분을 볼 수 있지. 달은 시계추처럼 규칙적으로 흔들리고 중심이 지구 쪽으로 이동하고 있네. 달의 자전 운동은 속도가 일정한 반면 지구 주위를 도는 공전 운동은 속도가 일정하지 않은 것이 이 진동의 원인이지. 근지점에서는 공전 속도가 빨라져서 달의 서쪽 끝부분이 보이고, 원지점에서는 반대로 자전 속도가 빨라져서 동쪽 끝부분이 보인다네. 때에 따라 나타나는 이 서쪽과 동쪽 부분은 약 8도의 둥근 활 모양이고, 그 결과 달 표면 전체를 1000이라고 하면 지구에서 보이는 달의 부분은 569가 되지."

"그런 건 아무래도 좋아. 앞으로 우리가 달나라에 살게 되면 지구에서 보이는 앞쪽에 살면 돼. 나는 빛이 좋아!" 미셸이 말했다.

"하지만 일부 천문학자들이 주장하듯 뒤쪽에는 공기가 농축되어 있을지도 몰라." 니콜이 받았다.

"그건 한번 고려해볼 문제로군." 미셸이 무뚝뚝하게 말했다.

곧 식사가 끝나고, 관찰자들은 각자의 자리로 돌아갔다. 그들은 포탄 내부의 불을 끄고 어두운 현창으로 밖을 내다보려고 했다. 하지만 그 어둠을 뚫고 나가는 빛은 하나도 보이지 않았다.

해결되지 않은 의문 하나가 바비케인을 괴롭혔다. 그것은 포

* 칭동(秤動): 천체의 자전 또는 공전에 대하여 1주기마다 그 회전에 과부족이 생기는 현상을 말한다. 예를 들면 달은 그 공전 주기와 자전 주기가 완전히 일치하므로 항상 같은 면이 지구를 향하고 있으나, 칭동에 의해서 극히 적은 부분이나마 뒷면의 일부가 보인다.

탄이 달에서 50킬로미터밖에 안 되는 거리를 지나면서도 왜 달로 낙하하지 않았는가 하는 의문이었다. 포탄의 속력이 빨랐다면 낙하하지 않은 이유를 이해할 수도 있었을 것이다. 하지만 속력이 그리 빠르지도 않은데 달의 인력에 저항한 이유를 알 수가 없었다. 포탄은 외부의 영향을 받고 있을까? 어떤 천체가 포탄을 에테르 속에 떠받치고 있을까? 이제 포탄은 달의 어디에도 도착하지 않으리라는 것이 분명했다. 포탄은 어디로 갈까? 달에서 멀어질까? 아니면 가까워질까? 이 깊은 어둠을 뚫고 무한한 허공으로 날아가는 것은 아닐까? 이 어둠 속에서 어떻게 그것을 알고, 어떻게 그것을 계산할 수 있을까? 이런 문제를 생각하자 바비케인은 불안해졌다. 게다가 그는 그 문제를 해결할 수 없었다.

눈에 보이지 않는 천체는 바로 거기, 겨우 몇 킬로미터 떨어진 곳에 있을 것이다. 그런데 그 천체는 바비케인에게도, 친구들에게도 보이지 않는다. 그 천체의 표면에서 무슨 소리가 났다 해도 그에게는 들리지 않았을 것이다. 소리의 매개물인 공기가 없기 때문에, 아라비아 전설이 '이미 반쯤 돌이 되었지만 아직도 심장이 뛰고 있는 사람'이라고 부르는 그 달의 신음소리가 전달되지 않는다.

이 참을성 있는 관찰자들이 얼마나 초조해하고 있었는지는 독자들도 납득할 수 있을 것이다. 그들의 눈에 보이지 않는 달의 뒤쪽 반구야말로 미지의 세계였다. 보름 전이나 보름 뒤에 왔다면 찬란한 햇빛을 받고 있었을 그 반구가 지금은 캄캄한 어둠 속에 묻혀 있었다. 보름 동안 포탄은 어떻게 될까? 우연히 어떤 천체의 인력이 작용하여 포탄을 어딘가로 끌고 가지는 않을까? 그건 누구도 알 수 없는 일이었다.

월면도에 따르면, 보이지 않는 뒤쪽 반구는 앞쪽 반구와 비슷한 구조를 가진 것으로 되어 있다. 지금 바비케인이 말했듯이 칭동 작용으로 뒤쪽 반구의 7분의 1은 볼 수 있다. 언뜻 보이는 이 활 모양의 부분은 이미 지도에 실려 있는 평원이나 봉우리, 구덩이나 골짜기와 비슷했다. 그래서 사람들은 달의 뒷면도 앞면과 마찬가지로 메마른 불모지라고 단정한다. 하지만 공기가 그쪽으로 피난한 건 아닐까? 물이 공기와 함께 그쪽에서 재생되고 있는 대륙에 생명을 준 건 아닐까? 동물이 그쪽 대륙과 바다에 살고 있는 건 아닐까? 생명이 존재할 수 있는 이런 조건 아래에서 인간이 살고 있는 건 아닐까? 해결을 기다리고 있는 흥미로운 문제가 얼마나 많은가! 달의 뒤쪽 반구를 볼 수 있다면 얼마나 많은 결론을 얻을 수 있을까! 아직까지 인간의 눈길이 닿은 적이 없는 세계에 눈길을 던지는 것은 얼마나 유쾌한 일인가!

따라서 이런 암흑 속에서 여행자들이 얼마나 낙심했을지는 짐작할 만하다. 달의 뒷면을 관측하는 것은 절대로 불가능했다. 그들이 볼 수 있는 것은 별뿐이었다. 파예, 샤코르나크, 세키* 같은 천문학자들도 그보다 유리한 상황에서 별을 관측하지는

* 에르브 파예(1814~1902): 프랑스의 천문학자. 장 샤코르나크(1823~73): 프랑스의 천문학자. 안젤로 세키(1818~78): 이탈리아의 천문학자.

못했다.

실제로 투명한 에테르 속에 잠겨 있는 별들의 세계는 무엇과도 비길 수 없을 만큼 아름다웠다. 천구에 아로새겨진 이 다이아몬드들은 눈부신 섬광을 발하고 있었다. 남십자성에서 북극성에 이르는 하늘이 한눈에 보인다. 이 두 별은 세차 운동* 때문에 1만 2000년 뒤에는 극성(極星)의 역할을 다른 별에게 양보할 것이다. 남반구에서는 카노푸스(노인성)가 남십자성을 대신할 테고, 북반구에서는 베가(직녀성)가 북극성을 대신할 것이다.† 상상력은 그 숭고한 무한에 넋을 잃고 몰두한다. 포탄은 그 무한한 공간 속을 마치 인간의 손으로 만들어진 새로운 별이라도 되는 양 중력의 작용을 받으면서 운행하고 있었다.

여행자들은 별들이 아로새겨진 허공을 오랫동안 말없이 바라보았다. 달은 차폐막처럼 그 허공에 거대한 검은 구멍을 만들고 있었다. 하지만 그들은 이윽고 관찰을 단념할 수밖에 없었다. 추위가 심해서 현창 안쪽에 두꺼운 성에가 끼기 시작했기 때문이다. 태양은 이제 직사광선으로 포탄을 덥혀주지 않았다. 포탄도 외벽 사이에 축적한 열을 조금씩 잃고 있었다. 그 열은 급속히 우주 공간으로 증발하여 포탄 내부의 온도가 떨어졌다. 포탄 속의 습기는 유리창에 닿으면 성에가 되어 관찰을 방해했다.

니콜이 온도계로 재보니 섭씨 영하 17도였다. 그래서 어떻게든 가스를 절약해야 하지만, 바비케인은 빛에 이어 열도 가스에

* 세차 운동: 적도면과 황도면의 교차점인 춘분점이 황도를 따라 천천히 서쪽으로 이동하는 현상. 한 주기는 약 2만 6000년 소요.

† 카노푸스: 용골자리의 알파 별. 베가: 거문고자리의 알파 별.

무엇과도 비길 수 없을 만큼 아름다웠다

의존할 수밖에 없었다. 포탄 내부의 온도도 더는 견디기 어려울 만큼 내려가 있었다. 이대로 가면 탑승자들은 얼어 죽었을 것이다.

"여행이 단조롭다고 불평할 수는 없겠군." 미셸 아르당이 말했다. "적어도 온도에서는 변화무쌍해. 팜파스*의 인디오들처럼 눈부신 햇빛에 눈이 멀고 더위로 몸을 태우는가 했더니, 지금은 북극의 에스키모처럼 혹한 속에서 깊은 어둠에 잠겨 있으니 말이야. 정말로 우리는 아무것도 불평할 권리가 없어. 자연이 우리를 위해 기적을 행하고 있으니까."

"그런데 바깥 온도는 어느 정도일까?" 니콜이 물었다.

"우주 공간의 온도겠지." 바비케인이 대답했다.

"그럼 우리가 햇빛 속에 잠겨 있었을 때 감히 시도해보지 못한 실험을 하기에 마침 좋은 기회가 아닐까?" 미셸이 물었다.

"지금이야말로 절호의 기회야!" 바비케인이 받았다. "우리는 지금 우주 공간의 온도를 확인해서 푸리에와 푸예의 계산이 정확한지를 조사하기에 더없이 좋은 입장에 있으니까."

"어쨌든 춥군." 미셸이 말했다. "저것 보게! 내부의 습기가 현창에 엉겨붙고 있어. 이대로 온도가 계속 떨어지면, 우리가 내쉬는 입김이 눈으로 변해서 우리 주위에 떨어질 거야."

"온도계를 준비하세." 바비케인이 말했다.

독자들도 짐작하겠지만, 보통 온도계는 이런 경우에 쓸모가 없다. 영하 42도가 되면 수은의 수분이 얼어버리기 때문이다.

* 팜파스: 아르헨티나를 중심으로 하는 대초원. 인디오 말로 평원을 뜻한다.

"우리가 내쉬는 입김이 눈으로 변해서……"

하지만 바비케인은 발페르댕식* 온도계를 가져왔기 때문에 최저 온도도 잴 수 있었다.

바비케인은 이제 그 온도계를 사용할 준비를 하고 있었다.

"바깥 온도를 어떻게 재지?" 니콜이 물었다.

"그거야 어렵지 않지." 절대 당황하는 법이 없는 미셸 아르당이 대답했다. "재빨리 현창을 열고 온도계를 밖으로 내던지면 얌전히 포탄을 따라올 테니까, 15분 뒤에 다시 끌어들이면……."

"손으로?" 바비케인이 물었다.

"그럼. 손으로." 미셸이 대답했다.

"그러면 큰일나. 손을 밖에 내놓으면 지독한 추위 때문에 꽁꽁 얼어서 떨어져 나가고, 보기 흉하게 뭉툭한 부분만 남게 될 테니까."

"정말인가?"

"손에 심한 화상을 입은 것처럼 느껴질 거야. 게다가 우리가 포탄 밖에 내던진 물건들이 아직까지 우리를 따라오고 있는지도 확실치 않아."

"왜?" 니콜이 물었다.

"우리가 대기권을 통과하고 있다면, 대기의 밀도가 그리 높지 않더라도 포탄 밖의 물체는 속도가 느려질 테니까. 그리고 밖은 캄캄하니까 그 물체들이 우리 주위에 떠 있는지 어떤지 확인할 수도 없어. 그러니까 온도계를 잃고 싶지 않으면 온도계를

* 프랑수아 이폴리트 발페르댕(1795~1880): 프랑스의 물리학자.

끈으로 묶어서 안으로 쉽게 끌어들일 수 있도록 해야 돼."

그들은 바비케인의 제안에 따르기로 했다. 재빨리 현창을 열고 니콜이 온도계를 던졌다. 금방 끌어들일 수 있도록 짧은 끈으로 온도계를 묶었다. 현창은 1초도 열리지 않았지만, 그 1초 동안 지독한 냉기가 포탄 안으로 흘러들었다.

"정말 지독하군! 북극곰도 얼어버리겠어!" 미셸이 외쳤다.

바비케인은 30분이 지날 때까지 기다렸다. 30분이면 온도계의 눈금이 우주 공간의 온도 수준까지 내려갈 수 있었다. 이윽고 시간이 되었기 때문에 온도계를 재빨리 끌어들였다.

바비케인은 온도계 아래쪽의 작은 유리병 속으로 흘러든 알코올의 높이를 조사했다.

"섭씨 영하 140도."

푸예 씨가 맞았고 푸리에 씨가 틀렸다. 이것이 별이 총총한 하늘의 진짜 온도였고, 달이 15일 동안 축적한 태양열을 방사작용으로 모두 잃었을 때의 온도일 것이다.

15
쌍곡선이냐 포물선이냐

바비케인과 친구들은 금속 우리 속에 갇힌 채 무한한 공간 속을 날아가고 있는데, 앞으로 어떻게 될지 조금도 걱정하지 않는 것은 누가 보아도 이상하게 생각될 것이다. 그들은 어디로 가고 있을까 하고 불안해하는 대신, 연구실에 조용히 틀어박혀 있기라도 한 것처럼 실험에 여념이 없었다.

하지만 사실 그들의 힘으로는 포탄을 어떻게 해볼 도리가 없었다. 포탄을 세울 수도 없고 방향을 바꿀 수도 없었다. 선원은 배의 항로를 마음대로 바꿀 수 있고, 비행선에 탄 사람은 기구의 상승을 제어할 수 있다. 그런데 그들은 포탄을 전혀 조작할 수 없었다. 그래서 포탄이 가는 대로 내버려둘 수밖에 없었다. 항해 용어로 말하면 '파도에 내맡길' 뿐이었다.

지구 시각으로 12월 6일 오전 8시인 지금, 그들은 정확히 어디에 있었을까? 확실한 것은 허공에 거대한 장막처럼 쳐진 달 바로 옆이라는 것뿐이었다. 그 검은 장막에서 얼마나 떨어져 있는지는 알 수 없었다. 포탄은 설명하기 어려운 힘으로 달의 인력에 저항하면서 50킬로미터도 채 안 되는 거리를 두고 달의 북극을 스쳐 지나갔다. 하지만 달의 그늘 속에 들어온 지 두 시간이 지난 지금, 포탄은 달에서 멀어졌을까 아니면 더 가까워졌을까. 거리나 포탄의 속력을 재는 데 필요한 기준점이 전혀 없었다. 어쩌면 그늘 밖으로 재빨리 뛰쳐나가려고 달에서 급속히 멀어진 게 아닐까? 아니면 반대로 지구에서 보이지 않는 달의 뒷면에 우뚝 솟아 있는 봉우리에 하마터면 부딪칠 만큼 접근한 건 아닐까? 그렇게 되면 이 여행은 여행자들의 희생으로 마침표를 찍게 될 것이다.

이 점에 대해 토론이 시작되었다. 여전히 수다스러운 미셸 아르당은 포탄이 달의 인력에 끌려 운석이 지구에 떨어지듯 달에 떨어질 거라고 주장했다. 거기에 대해 바비케인은 이렇게 대꾸했다.

"우선 모든 운석이 반드시 지구에 떨어진다고는 할 수 없어. 떨어지는 것은 극소수에 불과해. 따라서 우리가 운석과 같은 상태에 있다 해도 반드시 달 표면에 도달한다고는 할 수 없네."

"달에 아주 가까이 가 있어도?" 미셸이 물었다.

"그건 아니야." 바비케인이 대답했다. "자네는 수천 개의 유성이 하늘에 줄무늬를 그리면서 날아가는 것을 본 적이 있겠지?"

토론이 시작되었다

"물론."

"그런 유성이나 입자는 대기층 위를 미끄러지면서 뜨거워졌을 때에만 빛을 낸다네. 그런 유성들은 지구에서 최소한 64킬로미터 떨어진 거리를 달리고, 지구 표면에는 거의 떨어지지 않아. 우리 포탄도 마찬가지야. 포탄이 달에 아주 가까이 접근해도 달 표면에는 떨어지지 않을 걸세."

"그러면 우리 포탄이 우주 공간을 어떤 식으로 방황할지 궁금하군." 미셸이 물었다.

바비케인은 잠시 생각한 뒤에 대답했다.

"나는 두 가지 가설밖에 생각할 수 없네."

"뭔데?"

"포탄은 두 가지 수학적 곡선 가운데 하나를 택할 거야. 포탄은 속력에 따라 둘 중 하나를 선택하겠지만, 아직은 어느 쪽인지 알 수 없어."

"그래." 니콜이 말했다. "포탄은 쌍곡선이나 포물선을 그릴 거야."

"나는 그런 거창한 말을 무척 좋아한다네." 미셸 아르당이 말했다. "그러면 그게 무슨 뜻인지 알고 싶어지는군. 포물선이란 게 도대체 뭐지?"

그러자 니콜이 대답했다.

"포물선은 원뿔을 하나의 옆면에 평행한 평면으로 자를 때 나타나는 곡선이야."

"아아, 그렇군!" 미셸은 만족스러운 투로 말했다.

"그건 박격포에서 발사된 포탄이 그리는 탄도와 아주 비슷하지." 니콜이 덧붙여 말했다.

"잘 알았네. 그럼 쌍곡선은?"

"쌍곡선은 원뿔면과 그 축에 평행한 평면의 교점으로 생기는 제2급 곡선이라네. 서로 떨어져 있는 두 개의 지선(支線)으로 이루어져 있고, 이 두 지선은 두 방향으로 무한히 뻗어나갈 수 있지."

"그런 일이 있을 수 있나?" 미셸 아르당은 중대한 사건 이야기라도 들은 것처럼 진지한 어조로 소리쳤다. "이건 잘 기억해 두어야겠군. 쌍곡선의 정의에서 특히 내 마음에 드는 건, 자네의 정의가 쌍곡선이라는 낱말 자체보다 훨씬 더 이해하기 어렵다는 거야."

니콜과 바비케인은 미셸 아르당의 농담에 별로 관심을 두지 않았다. 둘 다 과학적인 논쟁에 열중해 있었기 때문이다. 포탄은 어떤 곡선을 그렸을까? 이것이 문제였다. 한 사람은 쌍곡선이라고 주장했고 또 한 사람은 포물선이라고 주장했다. 그들은 x를 많이 사용하여 논쟁을 벌였다. 그 논쟁의 격렬함은 미셸도 놀랄 정도였다. 둘 다 자기가 그은 곡선을 위해 한 걸음도 물러서지 않았다.

이 과학적인 논쟁이 너무 오래 계속되었기 때문에 미셸은 초조해지기 시작했다.

"둘 다 그만하게! 쌍곡선과 포물선을 상대의 머리에 내던지는 짓은 그만둬. 이 문제에서 내가 알고 싶은 건 하나뿐이야. 우리 포탄이 자네들 말대로 쌍곡선이나 포물선 가운데 하나를 따르다고 하세. 그러면 그 곡선은 우리를 어디로 데려갈까?"

"어디로도 데려가지 않아." 니콜이 대답했다.

"뭐? 어디로도 데려가지 않는다고?"

"그래." 바비케인도 말했다. "그 두 곡선은 무한히 연장되는 끝없는 곡선이니까."

"아아, 학자들이란!" 미셸이 소리쳤다. "쌍곡선이든 포물선이든 우리를 끝없는 공간으로 데려가는 건 마찬가지니까, 어느 쪽을 택하든 상관없잖아!"

바비케인과 니콜은 웃지 않을 수 없었다. 그들은 '예술을 위한 예술' 같은 일을 하고 있었던 것이다. 가장 부적당한 시기에 그런 부질없는 논쟁을 벌이다니. 진실은 포탄이 쌍곡선을 그리든 포물선을 그리든 지구와도 달과도 결코 만나지 않는다는 것이었다.

그런데 이 용감한 여행자들은 가까운 장래에 어떻게 될까? 굶어 죽지 않아도, 목이 말라 죽지 않아도, 며칠 뒤에 가스가 바닥나면 공기가 없어져서, 추위 때문에 얼어 죽지 않는다면 질식해서 죽을 것이다.

그런데 가스를 절약하는 것이 아무리 중요하다 해도, 주위 온도가 급격히 떨어졌기 때문에 어느 정도는 가스를 소비해야 했다. 하지만 열은 그렇다 쳐도 빛은 없으면 없는 대로 견딜 수 있었다. 그리고 다행히도 레제와 르뇨의 기구에서 만들어진 열이 포탄 내부의 온도를 조금 높여주었기 때문에, 가스를 많이 쓰지 않아도 그럭저럭 견딜 만한 온도를 유지할 수 있었다.

하지만 이제는 관측을 계속하기가 무척 어려워졌다. 포탄 내부의 습기가 유리창 위에 엉겨붙어 순식간에 두꺼운 얼음층이 생겼기 때문이다. 그래서 몇 번이나 유리창을 문질러 불투명한 성에를 제거해야 했다. 어쨌든 그들은 흥미로운 현상을 발견할 수 있으리라고 기대했다.

지구에서는 보이지 않는 이 달의 뒷면에 공기가 있다면, 유성이 달에 줄무늬를 그리며 달리는 것이 보이지 않을까? 포탄 자체가 달의 대기층을 지나고 있다면 달의 메아리가 되어 들려오는 소리, 예를 들면 태풍이 휘몰아치는 소리나 눈사태 소리, 화산이 폭발하는 소리가 들려오지 않을까? 분화하는 산이 불을 내뿜고 있다면 그 빛이 보이지 않을까? 이런 사실을 주의 깊게 확인할 수 있다면 달의 구성에 대해 불확실한 부분이 분명하게 해명된다. 그래서 바비케인과 니콜은 천문학자처럼 현창에 달라붙어 참을성 있게 달을 관찰하고 있었다.

하지만 지금까지 달은 침묵을 지켰고, 빛도 보이지 않았다. 열성적인 여행자들이 던진 다양한 의문에 전혀 대답해주지 않았다. 미셸이 이런 감상을 말한 것은 당연했다.

"이 여행을 처음부터 다시 한다면, 달이 초승달일 때에 맞추는 게 좋겠군."

"옳은 말일세." 니콜이 말했다. "물론 햇빛 속에 잠겨 있는 달은 포탄이 날고 있는 동안은 보이지 않을 거야. 그 대신 보름달 모양의 지구가 보이겠지. 게다가 지금처럼 달의 인력에 끌려 달 주위를 돈다면, 적어도 우리는 지구에서 보이지 않는 이 뒷면이 햇빛을 받는 것을 볼 수 있다는 이점이 있어."

"말 잘했네, 니콜." 미셸 아르당이 대답했다. "바비케인, 자네는 어떻게 생각하나?"

"나는 이렇게 생각하네." 바비케인 회장이 엄숙하게 대답했다. "이 여행을 처음부터 다시 한다 해도 역시 같은 시기에 같은 조건으로 출발할 거라고. 우리가 목적지에 도달했다고 가정하면, 이런 캄캄한 어둠에 잠겨 있는 것보다 밝은 햇빛을 받고 있는 달나라를 보는 편이 훨씬 나으니까 말일세. 우리의 원래 설정이 가장 좋은 상태에서 이루어지지 않았던 게 아닐까? 분명히 그래. 지구에서 '보이지 않는' 달의 뒷면은 달을 탐험 여행할 때 방문할 수도 있었을 거야. 그러니까 보름달일 때를 선택한 것은 옳은 선택이었어. 하지만 우리는 목적지에 도착했어야 하고, 목적지에 도착하기 위해서는 진로를 벗어나지 말았어야 해."

"거기에 대해서는 할 말이 없네." 미셸 아르당이 대답했다. "하지만 우리가 달의 뒷면을 관측할 절호의 기회를 놓친 건 사실이야. 그런데 다른 천체의 주민들은 자기네 위성에 대해서 지구의 학자들보다 훨씬 진보해 있을까?"

미셸의 의문에는 쉽게 대답할 수 있었다. 다른 행성의 위성을 간단히 설명하면 다음과 같다. 토성과 목성과 천왕성에 주민이 살고 있다면, 자기네 달과 쉽게 왕래할 수 있을 것이다. 목성의 위성은 네 개인데, 목성과의 거리는 각각 43만 3040킬로미터, 68만 8400킬로미터, 869만 8800킬로미터, 192만 1520킬로미터였다. 하지만 이 거리는 행성의 중심에서 잰 것이므로, 거기에서 목성의 반지름을 뺀 것이 실제 거리였다. 목성의 반지름은 6만 8000킬로미터 내지 7만 2000킬로미터이므로, 첫 번째 위성과 목성의 거리는 지표면과 달의 거리보다 가깝다. 토성의 달은 여덟 개인데, 그 가운데 네 개와 토성의 거리는 지표면과 달의 거리보다 훨씬 가깝다. 디오네는 33만 8400킬로미터, 테티스는 25만 1864킬로미터, 엔켈라두스는 19만 2764킬로미터, 미마스는 13만 8000킬로미터밖에 떨어져 있지 않다. 천왕성의 위성 여덟 개 가운데 첫 번째인 아리엘은 천왕성에서 20만 6080킬로미터밖에 떨어져 있지 않다.*

따라서 이 세 개의 천체에 관해서는 바비케인 회장이 시도한 것과 같은 실험을 별로 어렵지 않게 할 수 있었다. 물론 그곳의 주민들이 모험을 시도하지 않았다면 그들은 자기네 위성을 절반밖에 볼 수 없고, 위성은 영원히 그 모습을 감추고 있을 것이다.† 그들이 자기네 천체를 떠나지 않는 한, 지구의 천문학자보다 진보할 수는 없다.

그러는 동안에도 포탄은 어둠 속에서 예상할 수 없는 탄도를

* 우주과학의 발달로 위성이 많이 발견되어, 오늘날 확정된 수를 보면 목성은 112개, 토성은 33개, 천왕성은 15개이다. 또한 행성과 위성의 거리도 많이 다르다.

† [원주] 허셜은 위성의 자전 주기는 항상 행성 주위를 도는 공전 주기와 같다는 것을 입증했다. 그 결과 위성은 항상 같은 면을 행성 쪽으로 돌리고 있다. 천왕성 계통만 뚜렷한 차이를 보인다. 천왕성의 주위를 도는 달들은 궤도면과 거의 직각을 이루는 면을 따라 자전하고, 운동 방향은 역행이다. 다시 말해서 천왕성의 위성들은 어떤 의미에서는 태양계의 다른 천체들과 반대 방향으로 움직인다.

그리고 있었다. 기준점이 전혀 없었기 때문에 포탄의 진로를 확인할 도리가 없었다. 포탄은 달의 인력이나 다른 천체의 작용으로 방향을 바꾸었을까? 바비케인은 이 의문에 대답할 수 없었다. 하지만 포탄의 상대적 위치에 변화가 일어난 것을 바비케인은 오전 4시쯤 확인할 수 있었다.

포탄 바닥이 달 표면 쪽으로 돌려져 있었기 때문이다. 포탄은 달에 대해 수직으로 선 채 날고 있었다. 달의 인력, 즉 중력이 이런 변화를 일으켰다. 포탄에서 가장 무거운 부분이 달로 떨어지려는 것처럼 지구에서 보이지 않는 달의 뒷면 쪽으로 기울어진 것이다.

그러면 포탄은 달로 떨어질까? 여행자들은 마침내 대망의 목적을 달성할 수 있을까? 아니, 그렇지는 않았다. 기준점을 관측해본 결과, 포탄은 달에 가까이 가지 않고 중심점이 거의 같은 곡선 궤도를 그리고 있었다.

그 기준점은 검은 원반 같은 달의 지평선 끝에서 니콜이 갑자기 발견한 밝은 점이었다. 그 빛을 별과 혼동할 수는 없었다. 조금씩 커져가는 그 불그레한 백열은 포탄이 그쪽으로 방향을 돌리고 있지만 달 표면으로 떨어지고 있지는 않다는 것을 입증하는 결정적인 증거였다.

"화산이다! 분화하고 있는 활화산이야!" 니콜이 외쳤다. "달의 내부에서 불이 뿜어져 나오고 있어! 저 세계는 아직 불이 꺼지지 않았어."

"그래. 정말로 분화로군" 바비케인이 야간용 망원경으로 그 불빛을 주의 깊게 바라보면서 말했다. "저게 화산이 아니라면 도대체 뭐겠어?"

"하지만……" 미셸 아르당이 말했다. "저렇게 계속 타기 위해서는 공기가 필요해. 따라서 공기가 달의 저 부분을 둘러싸고 있는 게 분명해."

"아마 그렇겠지." 바비케인이 받았다. "하지만 반드시 공기가 필요하다고 할 수는 없네. 화산은 어떤 물질의 분해작용으로 스스로 산소를 공급해서 공중으로 불길을 내뿜을 수도 있지. 연소되는 물질의 강렬한 밝기로 보아 저 폭발적인 연소는 순수한 산소 속에서 이루어지는 것 같네. 따라서 달에 공기가 있다고 성급하게 단정하면 안 돼."

분화하고 있는 활화산은 지구에서 보이지 않는 이 달의 뒷면에서 남위 45도선에 자리잡고 있을 터였다. 하지만 포탄이 그리고 있는 곡선은 포탄을 분화 지점에서 멀리 데려가고 있었기 때문에 바비케인은 속이 상했다. 그래서 그는 분화의 성질을 정확히 확인할 수가 없었다. 그 빛은 보이기 시작한 지 30분 만에 어두운 지평선 너머로 사라져버렸다. 하지만 이 현상을 인지했다는 것은 달을 연구할 때 중대한 문제였다. 그것은 달 내부에서는 아직 열기가 완전히 사라지지 않은 것을 증명하고, 거기에 아직 열이 존재한다면 식물만이 아니라 동물까지도 지금까지 온갖 파괴적인 영향력에 저항하면서 살아남았을지 모른다. 그럴 가능성이 없다고 누가 단언할 수 있겠는가? 지구의 학자인 이들이 틀림없이 목격한 이 활화산의 존재는 달에서 인간이 살 수 있는가 하는 중대한 문제에 유리한 이론을 많이 낳을 것이다.

바비케인은 이런 생각에 몰두하여, 달세계의 신비로운 운명에 대한 깊은 상념에 잠겼다. 그가 지금까지 관찰한 사실들을 종합하려 하고 있을 때 갑자기 새로운 사건이 일어나 그를 다시 현실로 데려왔다. 이 사건은 단순한 우주 현상이 아니라 심각한 재난을 초래할 수도 있는 위험한 사건이었다.

그 깊은 어둠 속, 에테르 한복판에 갑자기 거대한 덩어리가 나타난 것이다. 그것은 달과 비슷했지만 백열광을 내는 달이었다. 그 빛은 우주 공간의 무시무시한 어둠을 날카롭게 가르고 있어서 더욱 강렬해 보였다. 그 둥근 덩어리가 던진 빛이 포탄 안을 가득 채웠다.

바비케인, 캡틴 니콜, 미셸 아르당의 얼굴은 모두 그 하얀 빛을 받아 마치 유령처럼 창백하고 흐릿해 보였다.

"맙소사!" 미셸 아르당이 소리쳤다. "우리 꼴이 소름끼치는군. 저 심술궂은 달은 도대체 뭐지?"

"운석일세." 바비케인이 대답했다.

"우주 공간에서 타고 있는 운석?"

"그래."

그 불덩어리는 정말로 운석이었다. 바비케인은 틀리지 않았다. 우주의 유성을 지구에서 관찰하면 그 빛은 달보다 약하지만, 에테르로 가득 찬 어둠 속에서는 상당히 밝았다. 유성은 그 자체에 백열의 원천을 지니고 있었다. 유성이 타는 데에는 반드시 주위에 공기가 있어야 할 필요는 없었다. 지구에서 10킬로미터쯤 떨어진 대기층을 지나는 유성도 있지만, 대기권 밖에서 궤도를 그리는 유성도 있었다. 이런 유성은 1844년 10월 27일 500킬로미터 상공에 나타난 적이 있고, 1841년 8월 15일에는 또 다른 유성이 지구에서 700킬로미터나 떨어진 공중에서 사라진 적이 있었다. 이런 유성들 가운데에는 너비가 3~4킬로미터나 되는 것도 있고, 지구의 회전 방향과는 반대 방향으로 초속 75킬로미터까지 달릴 수도 있었다.*

기껏해야 400킬로미터밖에 떨어지지 않은 어둠 속에 불쑥 나타난 유성은 바비케인이 보기에 지름이 2000미터는 되어 보였다. 유성은 1초에 2킬로미터 정도의 속도로 다가오고 있었다. 포탄의 진로를 가로지른 유성은 몇 분 만에 포탄에 도달할 게 분명했다. 다가올수록 유성은 어마어마하게 커졌다.

여행자들이 놓인 처지를 상상해보라. 말로 묘사하기는 불가능하다. 그들은 용감하고 냉정하고 위험에 초연했지만, 이 위험 앞에서는 무서운 공포에 사로잡혀 팔다리가 마비되고 말았다. 그들은 그 자리에 못 박힌 듯 옴짝달싹도 못하고 말없이 서 있었다. 진로를 바꿀 수 없는 포탄은 입을 벌린 화덕처럼 뜨거운 불덩어리를 향해 곧장 나아가고 있었다. 까마득한 절벽에서 불구덩이로 곤두박질치고 있는 것만 같았다.

바비케인은 두 친구의 손을 잡았다. 셋 다 하얗고 뜨거운 그 유성을 반쯤 감은 눈으로 바라보고 있었다. 아직 생각할 기력이 남아 있었다면, 그들은 이제 드디어 끝장이구나 하고 체념했을

* [원주] 황도를 운행하는 지구의 공전 속도는 평균 1초에 30킬로미터밖에 안 된다.

바비케인은 두 친구의 손을 잡았다

것이다.

유성이 갑자기 출현한 지 2분—그들에게는 그 2분이 고통의 2세기처럼 느껴졌다—뒤, 포탄은 유성과 금방이라도 충돌할 것 같았다. 바로 그때 그 불덩어리가 폭탄처럼 터졌다. 하지만 우주 공간에서는 아무 소리도 나지 않았다. 소리는 공기의 진동에 불과하니까, 진공 속에서는 소리가 생기지 않기 때문이다.

니콜이 무심코 소리를 질렀다. 모두 서둘러 현창으로 달려갔다.

얼마나 놀라운 광경인가! 필설로는 이루 다 형언할 수 없다는 말은 이를 두고 한 말이다. 어떤 팔레트도 이 장엄한 광경을 재현할 수 있을 만큼 색채가 풍부하지는 못할 것이다.

그것은 분화구의 폭발 같기도 하고, 큰 화재의 불길과도 비슷했다. 수많은 장작에 불이 붙어, 불길이 우주 공간에 줄무늬를 그리고 있었다. 온갖 색채와 그것이 만들어내는 음영이 보였다. 노란색 · 주황색 · 붉은색 · 초록색 · 청회색의 빛, 그것은 가지각색의 불꽃을 쏘아올린 것 같았다. 그 거대하고 무시무시한 덩어리는 산산조각이 났고, 이번에는 그 조각들 하나하나가 운석이 되어 사방팔방으로 흩어져 날아갔다. 어떤 것은 칼날처럼 번쩍거리고, 어떤 것은 하얀 구름에 둘러싸이고, 또 어떤 것은 반짝이는 우주의 먼지를 뒤에 꼬리처럼 길게 끌고 있었다.

이 백열화한 덩어리들은 서로 부딪쳐서 더욱 작은 파편이 되어 흩어졌다. 어떤 것은 포탄에 부딪치기도 했다. 좌현 유리창이 격렬한 충격을 받고 금이 갔다. 포탄은 우박처럼 쏟아져 내리는 총알 속을 떠다니고 있는 듯했다. 가장 작은 총알에 맞아도 포탄은 박살이 나버릴 것이다.

에테르 속에 가득 차 있는 빛은 점점 농도가 짙어졌다. 그것은 작은 운석이 사방팔방으로 날아가고 있었기 때문이다. 그 빛이 너무 강렬해서, 미셸은 바비케인과 니콜을 유리창으로 끌고 가면서 소리쳤다.

"지금까지 보지 못한 달의 뒷면을 마침내 볼 수 있게 됐어!"

세 사람은 몇 초 동안 지속된 빛 속에서 인간의 눈이 처음 보는 그 신비로운 달의 뒷면을 언뜻 보았다.

그들은 측정할 수 없는 그 거리에서 도대체 무엇을 보았을까? 둥근 달의 가장자리를 따라 지극히 제한된 대기권 속에 만들어진 진짜 구름 덩어리가 몇 개 떠 있고, 그런 구름장 사이로 산과 기복들이 얼굴을 내밀고 있었다. 달 표면에는 높고 낮은 분화구들이 멋대로 흩어져 있었다. 나머지는 불모의 들판이 아니라 드넓은 진짜 바다였다. 끝없이 펼쳐진 해수면은 우주 공간에서 벌어지는 눈부신 불꽃놀이를 거울처럼 반사하고 있었다. 끝으로 대륙의 표면에는 급속히 달리는 빛을 받아 거대한 숲처럼 보이는 검은 덩어리가 펼쳐져 있었다.

이것은 환영일까? 아니면 시각의 착각일까? 이런 피상적 관찰을 과학적으로 승인할 수 있을까? 지구에서 볼 수 없는 달의 뒷면을 이렇게 조금 보았다고 해서, 달에 인간이 살 수 있는가 하는 문제에 대해 의견을 말할 수 있을까?

우주 공간의 섬광은 점점 약해지고, 돌발적인 빛은 잦아들었

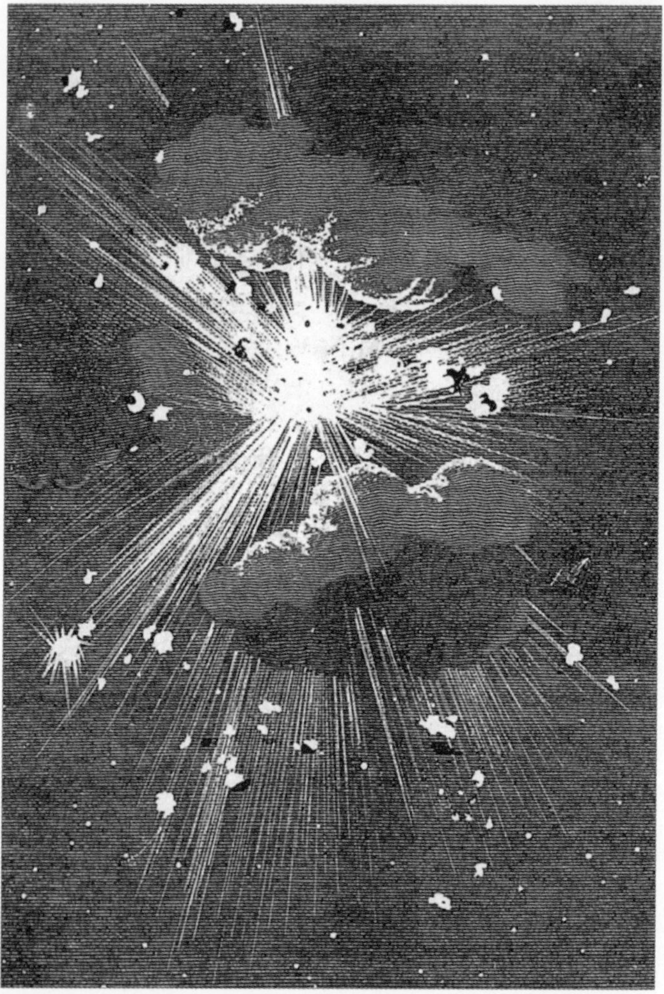

얼마나 놀라운 광경인가!

다. 운석은 사방팔방으로 흩어져 멀리 사라졌다. 에테르는 익숙한 어둠을 되찾았다. 순간적으로 빛을 잃었던 별들은 다시 빛나기 시작했고, 잠깐 얼굴을 내밀었던 달의 뒷면은 또다시 깊은 어둠 속에 묻혀버렸다.

16

남반구

포탄은 예기치 못한 무서운 위험에서 벗어났다. 이런 유성을 만나게 될 줄이야 누가 알았겠는가? 유성은 여행자들에게 심각한 위험을 초래할 수 있었다. 그것은 에테르의 바다에 박힌 수많은 암초나 마찬가지였지만, 선원들보다 불운한 그들은 암초를 피할 수도 없었기 때문이다. 하지만 이 우주 모험가들은 자신의 불운을 한탄하고 있을까? 아니다. 자연은 운석이 무시무시한 폭발로 눈부시게 빛나는 광경을 그들에게 보여주었기 때문이다. 그리고 뤼지에리* 같은 사람도 흉내낼 수 없는 그 독특한 불꽃놀이 덕분에 몇 초 동안이나마 달의 뒷면을 볼 수 있었기 때문이다. 그 순간적인 빛 속에서 달 뒷면의 대륙과 바다와

* 뤼지에리 형제: 프랑스의 불꽃놀이 기술자. 이들이 18세기에 세운 불꽃놀이 제조 공장은 오늘날까지 명성을 이어오고 있다.

숲이 그들의 눈앞에 나타났다. 그런데 달의 대기층은 이 미지의 뒷면에 생명을 주는 분자를 가져왔을까? 이것은 아직도 해결되지 않은 문제였고, 영원히 인류의 호기심을 차단하고 있는 문제였다!

지금은 오후 3시 반이었다. 포탄은 곡선을 그리며 달 주위를 날고 있었다. 그 궤도는 또다시 유성의 영향을 받았을까? 그럴 가능성은 충분했다. 하지만 포탄은 합리적인 역학 법칙에 따라 확실히 정해진 곡선을 그릴 터였다. 바비케인은 그 곡선을 쌍곡선이 아니라 포물선으로 생각하고 싶어하는 눈치였다. 하지만 포물선이라면 포탄은 태양 맞은편 공간에 던져진 원뿔 모양의 그림자를 벌써 통과했어야 한다. 달의 지름은 태양의 지름에 비하면 아주 작기 때문에, 사실 이 원뿔은 너비가 아주 좁다. 그런데도 포탄은 지금까지 그 그림자 속을 떠돌고 있었다. 포탄의 속도가 어느 정도인지는 모르지만 그렇게 느리지는 않을 터인데 그림자에 갇힌 상태가 너무 오래 지속되었다. 그것은 분명했지만, 포탄이 엄밀히 포물선의 궤도를 따르고 있다면 그렇게 되지는 않았을 것이다. 이것이 바비케인을 괴롭히는 새로운 문제였다. 그는 해결할 수 없는 미지의 문제 속에 갇혀 있었다.

여행자들은 휴식을 취할 생각은 조금도 하지 않았다. 모두 천체학 연구에 새로운 빛을 던져줄 뜻밖의 사실이 나타나기를 기다리고 있었다. 5시쯤 미셸 아르당은 저녁식사라면서 빵과 차가운 고기를 내놓았지만, 수증기가 엉겨붙어 계속 흐려지는 현창 옆을 아무도 떠나지 않고 서둘러 음식을 삼켰다.

오후 5시 45분경, 망원경으로 밖을 관찰하고 있던 니콜이 달의 남극 저편, 포탄이 가고 있는 방향에서 빛나는 무언가가 검은 장막 같은 하늘에 떠 있는 것을 보았다. 뾰족한 점들이 길게 이어져서 바르르 떨리는 하나의 선처럼 보이는 듯했다. 그것은 아주 밝았다. 달을 팔분의로 보았을 때 말단의 윤곽선이 그렇게 보였다.

틀릴 리가 없었다. 그것은 단순한 유성이 아니었다. 그 빛나는 등성이는 색깔도 없고 움직이지도 않았다. 그것은 분화하고 있는 화산도 아니었다. 바비케인은 망설이지 않고 선언했다.

"태양이다!" 그가 소리쳤다.

"뭐! 태양이라고?" 니콜과 미셸 아르당이 되물었다.

"그래, 친구들. 저건 달의 남쪽 경계에 있는 산들의 꼭대기를 비추고 있는 태양이라네. 우리는 분명 남극에 다가가고 있어."

"그럼 우리는 북극을 지난 뒤 우리 위성을 한 바퀴 돌았군?"

"그래, 미셸."

"그럼 포탄의 진로는 쌍곡선도 포물선도 아니고, 끝없이 이어지는 무서운 곡선도 아니겠군?"

"그래. 열린 곡선이 아니라 닫힌 곡선이지."

"그건 어떤 곡선인가?"

"타원이야. 포탄은 우주 공간으로 사라지지 않고 달 주위에서 타원형 궤도를 그리게 될 것 같아."

"정말이야?"

"달의 위성이 되는 거지."

"태양이다!"

"달의 달이 된다고?" 미셸 아르당이 외쳤다.

"하지만 그렇다고 해서 위험이 사라진 건 아닐세."

"그래. 하지만 다른 방법으로, 훨씬 유쾌한 방법으로 죽겠지." 태평스러운 프랑스인은 더없이 상냥한 미소를 지으면서 대꾸했다.

바비케인 회장의 말은 당연했다. 포탄은 달의 인력에 이끌려 위성의 위성이 되어 타원형을 그리면서 달 주위를 영원히 돌게 될 것이다. 포탄은 태양계에 추가된 또 하나의 별이고, 주민이 셋뿐인 아주 작은 우주였지만, 이제 곧 공기가 바닥나면 그 주민들은 소멸할 것이다. 그래서 바비케인은 원심력과 구심력이라는 두 가지 영향력을 받고 있는 포탄의 결정적인 상태를 결코 기뻐할 수는 없었다. 바비케인과 친구들은 달의 밝은 면을 다시 보게 될 것이다. 아마 그 상태는 그들이 햇빛을 받아 아름답게 빛나는 보름달 모양의 지구를 마지막으로 볼 때까지 계속될 것이다. 그들은 지구에 마지막 작별을 고하고, 이제 다시는 지구를 보지 못할 것이다. 그리고 그들의 포탄은 무력한 운석처럼 죽어버린 덩어리가 되어, 에테르 속을 계속 빙글빙글 돌 것이다. 그들에게 유일한 위안은 드디어 헤아릴 수 없는 어둠에서 벗어나 빛의 세계로 돌아가서 햇빛으로 가득 차 있는 지구를 다시 볼 수 있다는 것이었다.

그러는 동안, 바비케인이 본 산들이 점점 어둠의 덩어리에서 떠올라왔다. 그것은 달의 남극지대 부근에 우뚝 솟아 있는 되르펠 산맥과 라이프니츠 산맥이었다.

지구에서 보이는 달의 앞면에 있는 산들은 모두 정확하게 측량되어 있었다. 그 완벽할 정도의 정확성에는 누구나 놀랄 것이다. 산의 높이를 측정하는 방법은 아주 엄격했다. 따라서 달나라 산들의 표고는 지구의 산들보다 정확하게 결정될 수밖에 없었다.

일반적으로 널리 쓰이는 방법은 관찰할 때 태양의 높이를 참작하여 산들의 그림자를 재는 것이다. 달의 지름이 정확히 알려져 있다고 가정하고, 렌즈에 두 줄의 평행선이 있는 망원경을 사용하면 쉽게 계산할 수 있다. 갈릴레이가 이 방법을 사용했고, 베어와 뫼들러도 이 방법을 사용하여 대성공을 거두었다.

또 다른 방법은 접촉광선을 사용하는 것이다. 이 방법으로도 달의 기복을 잴 수 있다. 이것은 산들이 빛과 어둠을 분리하는 선에서 떨어져 달 표면의 어둠 속에서 빛나는 점선이 될 때 쓰이는 방법이다. 이 빛의 점선은 월면의 끝을 보여주는 광선보다 상부의 광선으로 이루어져 있다. 그래서 이 빛의 점선과 거기에 가장 가까운 밝은 부분 사이의 간격을 재면 그 점의 높이를 정확히 알 수 있다. 하지만 이 방법은 빛과 어둠을 분리하는 선 가까이에 있는 산에만 적용된다. 세 번째 방법은 어두운 하늘을 배경으로 떠오른 산의 옆얼굴을 마이크로미터로 재는 방법이다. 하지만 이 방법은 달 가장자리와 가까운 산에만 적용된다.

어쨌든 그림자나 간격이나 옆얼굴을 재는 것은 관측자가 보기에 햇빛이 달에 비스듬히 닿았을 때에만 가능하다는 점을 독자는 알아차렸을 것이다. 햇빛이 달에 똑바로 닿았을 때, 한마디로 말해서 달이 보름달일 때는 달 표면에서 모든 그림자가 사라지기 때문에 관측이 불가능해진다.

달에 산이 존재하는 것을 인정하고 맨 처음 그것을 측정한 갈릴레이는 산의 높이를 계산하기 위해 투영이라는 방법을 사용했다. 그리고 앞에서도 말했듯이 그는 달에 있는 산들의 평균 높이를 8700미터로 계산했다. 헤벨리우스는 이 숫자를 훨씬 줄였고, 리촐리는 두 배로 늘렸다. 이들의 측정은 양쪽 다 극단적이었다. 완성된 기구를 갖춘 허셜은 측량술로 얻을 수 있는 진리에 훨씬 가까이 다가갔다. 하지만 그 진리는 궁극적으로 근대 관측자들의 관측 보고에서 찾아야 한다.

세계에서 가장 완전한 월리학자인 베어와 뫼들러는 달에 있는 1095개의 산을 측정했다. 그 결과, 산들 가운데 여섯 개가 5800미터 이상이고 스물두 개가 4800미터 이상의 높이로 솟아 있다는 것을 알았다. 달의 최고봉은 7603미터이고, 이것은 지구의 일부 산보다는 낮다. 지구의 산들 가운데 일부는 달의 산보다 1000미터 내지 1200미터는 더 높다. 하지만 주의해야 할 점이 하나 있다. 달과 지구의 산을 달과 지구의 부피와 비교하면, 상대적으로는 달의 산이 지구의 산보다 훨씬 높다. 달의 높은 산들은 달 지름의 470분의 1인 반면, 지구의 높은 산들은 지구 지름의 1440분의 1에 불과하다. 지구의 산이 달의 산과 같은 비율에 도달하려면 수직 고도가 무려 25킬로미터가 되어야 한다. 그런데 지구에서 가장 높은 산의 고도는 9킬로미터도 안 된다.

이 점을 인정하고 비교한다면, 히말라야 산맥에는 달의 최고봉보다 높은 산이 열 개도 넘는다. 예컨대 에베레스트 산은 높이가 8848미터, 칸첸중가 산은 8586미터, 다울라기리 산은 8167미터이다. 달에 있는 되르펠 산과 라이프니츠 산의 높이는 히말라야 산맥의 쿨라강그리 산과 같은 7560미터다. 뉴턴 산, 카사투스 산, 쿠르티우스 산, 쇼트 산, 티코 산, 클라비우스 산, 블랑카누스 산, 엔디미온 산, 카프카스 산맥과 아펜니노 산맥의 주요 산들은 높이가 4807미터인 지구의 몽블랑 산보다 높다. 몽블랑과 같은 높이의 산은 모레 산, 테오필 산, 카타르니아 산 등이다. 높이가 4634미터인 몬테로사 산과 비슷한 것은 피콜로미니 산, 베르 산, 하르팔루스 산 등이다. 높이가 4478미터인 마터호른 산과 비슷한 것은 마크로브 산, 에라토스테네스 산, 알바테크 산, 들랑브르 산 등이다. 피레네 산맥의 페르두 산과 같은 3351미터 정도의 높이를 가진 것은 뢰머 산과 보구슬라프스키 산이다. 높이가 3323미터인 에트나 산과 비슷한 것은 헤르쿨레스 산, 아틀라스 산, 푸르네리우스 산 등이다.*

달의 높이를 평가할 수 있도록 비교하는 것은 이런 지점들이다. 그런데 포탄이 그리는 궤도는 달의 산악지대에서도 가장 아름다운 표본인 산들이 우뚝 솟아 있는 남반구의 산악지대로 향하고 있었다.

* 베른 시대에 측량된 높이는 지금과 다소 차이가 있었다. 예컨대 에베레스트 산은 8837m, 몽블랑 산은 4810m로 나와 있다. 그래서 현재의 공식 높이로 고쳐 적었다.

17

티코 산

오후 6시, 포탄은 남극 상공 60킬로미터 지점을 통과했다. 이 거리는 북극에 접근했을 때의 거리와 비슷했다. 따라서 포탄은 타원형 곡선을 정확하게 그리고 있었다.

이 순간, 여행자들은 다시 유익한 햇빛 속으로 들어갔다. 그들은 동쪽에서 서쪽으로 천천히 움직여가는 별들을 다시 보았다. 그들은 만세 삼창으로 태양에 인사를 보냈다. 빛과 함께 태양이 던지는 열은 곧 금속제 벽을 통해 포탄 안으로 들어왔다. 현창의 유리도 다시 여느 때의 투명함을 되찾고 있었다. 두껍게 얼어붙은 성에가 마법에라도 걸린 것처럼 녹아버린 것이다. 그들은 절약하기 위해 곧 가스를 껐다. 공기 조절 장치만은 여느 때와 마찬가지로 가스를 소비하고 있었다.

"아아! 햇빛은 정말 좋군!" 니콜이 말했다. "기나긴 밤 동안 달나라 사람들은 태양이 다시 나타나기를 얼마나 애타게 기다릴까!"

"그래." 그 빛나는 에테르를 빨아들이면서 미셸 아르당이 말했다. "빛과 열! 생명이 모두 거기에 있어!"

그때 포탄은 상당히 길쭉한 타원 궤도를 그리려는 듯 달 표면에서 멀어지려 하고 있었다. 지구가 보름달 위치에 있었다면, 바비케인과 두 친구는 그 지점에서 지구와 재회할 수도 있었을 것이다. 하지만 지구는 햇빛 속에 잠겨 있어서 전혀 보이지 않았다. 달의 남부가 보이는 광경이 당연히 그들의 눈길을 붙잡고 있었다. 달은 망원경을 사용하면 500미터 거리에 있는 것처럼 보였다. 세 사람은 이제 현창 곁을 떠나려고도 하지 않고 이 기괴한 대륙을 자세한 점까지 모두 기록했다.

되르펠 산과 라이프니츠 산은 두 개의 산괴를 형성하며 남극에까지 뻗어 있었다. 되르펠 산은 남극에서 시작하여 달의 동부를 지나 남위 84도선에 이르고, 라이프니츠 산은 남위 65도선에서 시작하여 달의 동부 가장자리를 지나 남극에 이른다.

변덕스러운 윤곽을 그리는 이 산들의 등성이에 세키가 지적한 대로 눈부시게 하얀 것이 나타나 있었다. 바비케인은 그 유명한 로마의 천문학자 세키보다 더욱 강한 확신을 가지고 그 하얀 것의 성질을 확인할 수 있었다.

"저건 눈이야!" 그가 외쳤다.

"눈이라고?" 니콜이 되물었다.

"그래, 니콜. 표면에서 깊숙한 곳까지 얼어버린 눈일세. 얼마

"빛과 열! 생명이 모두 거기에 있어!"

나 강하게 햇빛을 반사하는지 보게나. 용암이 식은 것은 이렇게 강렬히 빛을 반사하지 않네. 그렇다면 달에는 물도 공기도 있는 거야. 양은 적겠지만, 물과 공기가 있다는 사실은 이제 부정할 수 없어!"

그렇다. 이 사실은 부정할 수 없었다. 바비케인이 다시 지구로 돌아가게 되면, 그의 공책은 달에 관한 여러 가지 관찰 기록 중에서도 가장 중요한 이 사실을 증언하게 될 것이다. 되르펠 산맥과 라이프니츠 산맥은 분화구와 고리 모양의 성벽으로 둘러싸인 중간 크기의 평원 속에 우뚝 솟아 있었다. 이 두 산맥만이 분화구 지대에서 마주치고 있는 산맥이다. 비교적 기복이 적은 이 두 산맥에도 군데군데 뾰족한 봉우리가 솟아 있고, 그중에서도 가장 높은 봉우리는 높이가 7603미터에 이른다.

하지만 포탄은 그것들을 모두 내려다보았고, 달 표면의 기복은 강렬한 빛 속에 잠겨 보이지 않았다. 여행자들이 본 것은 흰색과 검은색뿐, 음영의 차이도 없고 물들여진 색깔도 없이 그대로 드러난 달의 본래의 모습이었다. 그 풍경에는 산광, 즉 산란된 빛이 없었기 때문이다. 하지만 이 황량한 세계의 풍경은 그 기괴함 자체로 강렬한 호기심을 자아냈다. 세 사람은 폭풍에 휩쓸리기라도 한 것처럼 이 혼돈 위를 헤매면서, 발 아래를 차례로 지나가는 봉우리들을 바라보고, 구덩이를 찾고, 홈을 따라 내려가고, 외벽을 기어오르고, 신비로운 동굴을 탐색하고, 모든 단층을 측정했다. 하지만 식물의 흔적도 보이지 않고, 시가지를 나타내는 표시 같은 것도 보이지 않았다. 거기에 있는 것은 겹

쳐진 지층과 용암류, 그리고 똑바로 볼 수 없을 만큼 눈부신 빛이었다. 광택이 있는 암석이 거대한 거울처럼 햇빛을 반사하고 있었다. 생명의 세계에 속하는 것은 하나도 없고, 모두 죽음의 세계에 속하는 것이었다. 눈사태는 산꼭대기에서 굴러내려 깊은 골짜기 바닥으로 소리도 없이 삼켜졌다. 움직임은 있어도, 그 눈사태에는 소리가 없었다.

되풀이 관측한 결과, 달의 가장자리 쪽 기복도 중앙부의 기복과 같은 형태를 보이고 있는 것을 바비케인은 확인했다. 똑같이 둥근 모양으로 모여 있고, 지면의 기울기도 같았다. 하지만 당연히 지형은 비슷하지 않을 거라고 생각할 수 있었다. 사실 중앙에서는 달과 지구 사이에 그은 선을 따라 서로 반대 방향을 향하는 달과 지구의 인력이 표층에 작용했다. 이에 반해 가장자리 쪽에서는 달의 인력이 지구의 인력에 대해 수직으로 작용했다. 그 결과 두 가지 조건에서 생겨난 땅의 기복은 서로 다른 형태가 될 것으로 여겨졌다. 그런데 그렇지가 않았다. 따라서 달에는 달 자체의 조성과 형성의 원리가 있었다. 이것은 '달에 작용하는 외부 영향력 가운데 달의 기복 생성에 작용한 것은 하나도 없다' 는 아라고*의 그 주목할 만한 명제를 증명하는 사실이었다.

하지만 현재 상황에서 이 세계는 완전히 죽음의 모습이었고, 과거에도 여기에 생명이 존재했다고는 말할 수 없었다.

하지만 미셸 아르당은 폐허가 밀집해 있는 것을 보았다고 생

* 도미니크 프랑수아 장 아라고(1786~1853): 프랑스의 물리학자.

각하고, 바비케인의 주의를 끌었다. 위도 80도 · 경도 30도 지점이었다. 상당히 규칙적으로 돌을 쌓아올린 산이 거대한 성채의 형태를 하고, 선사시대에는 강바닥이었던 기다란 도랑을 내려다보고 있었다. 그리 멀지 않은 곳에 아시아의 카프카스 산에 필적하는 고리 모양의 쇼트 산이 5646미터 높이로 우뚝 솟아 있었다. 미셸 아르당은 그것이 성채인 것은 '명백한 사실'이라고 여전히 열광적인 태도로 주장했다. 여기저기에 회랑의 둥근 지붕이나 기단 밑에 쓰러진 두세 개의 원기둥이 보이고, 저 멀리에는 고가 수도를 떠받치고 있었을 게 분명한 아치가 이어져 있고, 또 어떤 곳에는 거대한 다리의 교각이 허물어져 골짜기의 깊은 어둠 속에 떨어져 있었다. 미셸은 그 모든 것을 식별했다. 하지만 그것은 상상력이 풍부한 그의 눈길과 공상적인 망원경을 통해 본 것이기 때문에 그의 관측을 섣불리 믿어서는 안 된다. 두 친구는 아예 보려고도 하지 않았지만, 쾌활한 미셸이 실제로 존재하는 것을 보지 않았다고 누가 단언할 수 있겠는가?

시간은 아주 귀중해서, 쓸데없는 논쟁에 소비할 수는 없었다. 상상이든 아니든 그 달의 도시는 벌써 멀리 사라져가고 있었다. 포탄과 달 표면의 거리는 늘어나기 시작했고, 지상의 자세한 점은 뒤죽박죽된 혼란 속에 묻혀 잘 보이지 않았다. 다만 심한 기복, 분화구, 평원의 윤곽은 여전히 또렷하게 떠올라 있었다.

이때 왼쪽에 이 대륙의 명소 가운데 하나로 달의 산들 중에서 가장 아름다운 분화구가 나타났다. 그것은 뉴턴 산이었다. 바비케인은 월면도를 참고하여 그것을 쉽게 확인할 수 있었다.

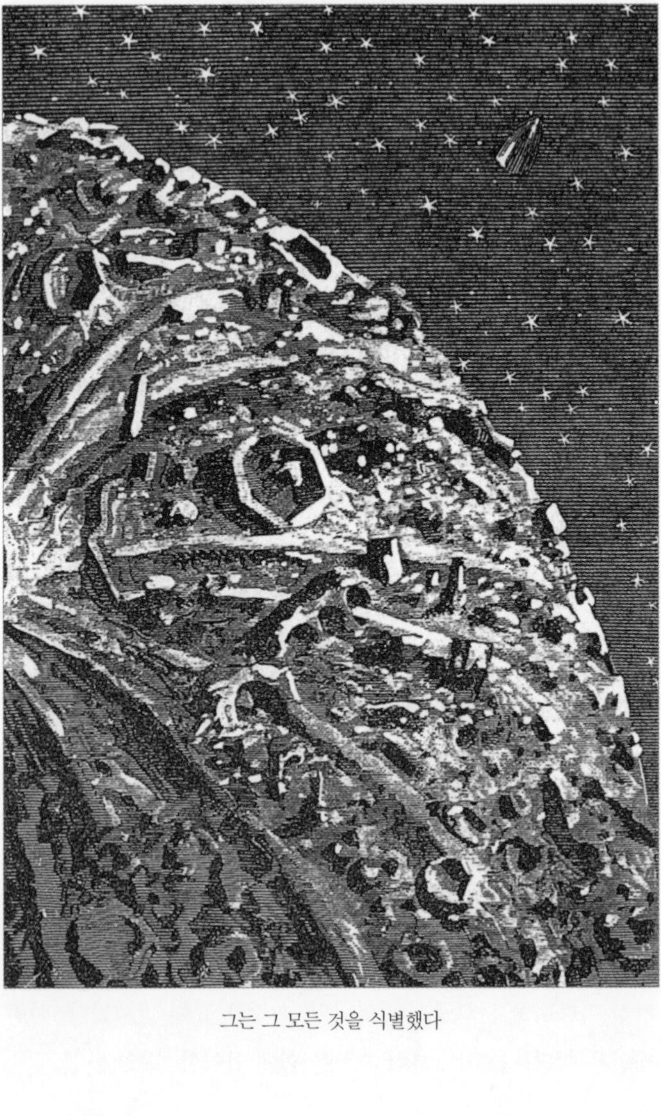

그는 그 모든 것을 식별했다

뉴턴 산은 정확히 말하면 남위 77도 · 동경 16도에 자리잡고 있다. 환형 분화구를 이루고, 그 외벽은 높이가 7264미터여서 쉽게 넘을 수는 없을 것 같았다.

하지만 이 산의 높이는 그 분화구의 깊이에 도저히 필적할 수 없다는 것을 바비케인은 두 친구에게 지적했다. 그 커다란 구덩이는 깊이를 측정할 수 없고, 햇빛조차도 바닥에 닿은 적이 없는 어두운 심연을 이루고 있었다. 훔볼트*의 고찰에 따르면 그곳은 햇빛도 지구의 빛도 깨뜨릴 수 없는 완전한 암흑이 지배하고 있다. 신화학자들은 이것을 지옥의 관문이라고 할지 모르지만, 그것도 이유가 없는 것은 아니다.

바비케인이 말했다.

"뉴턴 산은 고리 모양의 산들 가운데 가장 완전한 형태라네. 지구에는 그 표본이 될 만한 산이 하나도 없지. 이런 형태의 산들은 달이 냉각에 의해 형성되었을 때 매우 격렬한 상황에 있었다는 것을 말해주지. 지상으로 나온 부분은 내부에 있는 불의 압력 때문에 상당한 높이로 튀어나온 반면, 구덩이는 달의 수평면보다 훨씬 낮게 꺼져 있으니까 말이야."

"그건 나도 부정하지 않아." 미셸 아르당이 말했다.

뉴턴 산을 지난 지 몇 분 뒤, 포탄은 고리 모양의 모레 산을 내려다보고 있었다. 그리고 블랑카누스 산맥의 등성이를 어느 정도 거리를 두고 따라가다가 오후 7시쯤 클라비우스 산에 이

* 알렉산더 폰 훔볼트(1769~1859): 독일의 자연과학자 · 지리학자. 1799년부터 5년 동안 라틴아메리카를 탐사하여 이 지역의 자연지리를 밝히는 데 크게 공헌했다.

르렀다.

달 표면에서 가장 주목할 만한 이 분화구는 남위 58도 · 동경 15도에 위치해 있고, 높이는 7091미터로 측정되었다. 포탄과 달의 거리는 400킬로미터. 망원경으로 보면 4킬로미터 거리에 있었기 때문에 여행자들은 이 커다란 구덩이를 감탄하며 바라볼 수 있었다.

바비케인이 말했다.

"지구의 화산은 달의 화산과 비교하면 작은 언덕에 불과해. 베수비오 화산과 에트나 화산의 첫 분출로 생성된 분화구를 측정해보면, 너비가 6000미터밖에 안 돼. 프랑스의 캉탈 주에 있는 분화구는 10킬로미터, 화산섬인 실론 섬은 70킬로미터. 이 실론 섬이 지구에서 가장 큰 분화구로 여겨지고 있지. 지금 우리가 내려다보고 있는 클라비우스 분화구에 비하면 그 정도 지름은 전혀 문제가 안 되겠지?"

"그럼 너비가 얼마나 되는데?" 니콜이 물었다.

"227킬로미터." 바비케인이 대답했다. "사실 이 분화구는 달에서 가장 중요한 분화구지. 하지만 다른 분화구들도 너비가 200킬로미터, 150킬로미터, 100킬로미터나 돼."

"아아!" 미셸이 소리쳤다. "이 모든 분화구에 굉음이 가득 차고 용암이 급류를 이루고 돌멩이가 우박처럼 쏟아지고 연기가 구름처럼 피어 오르고 불길이 치솟았을 때, 이 조용한 달이 어떠했을지 상상할 수 있겠나? 얼마나 놀라운 광경이었을까. 그런데 지금은 어떤 꼴이 되어버렸나! 이 달은 이제 폭죽의 초라

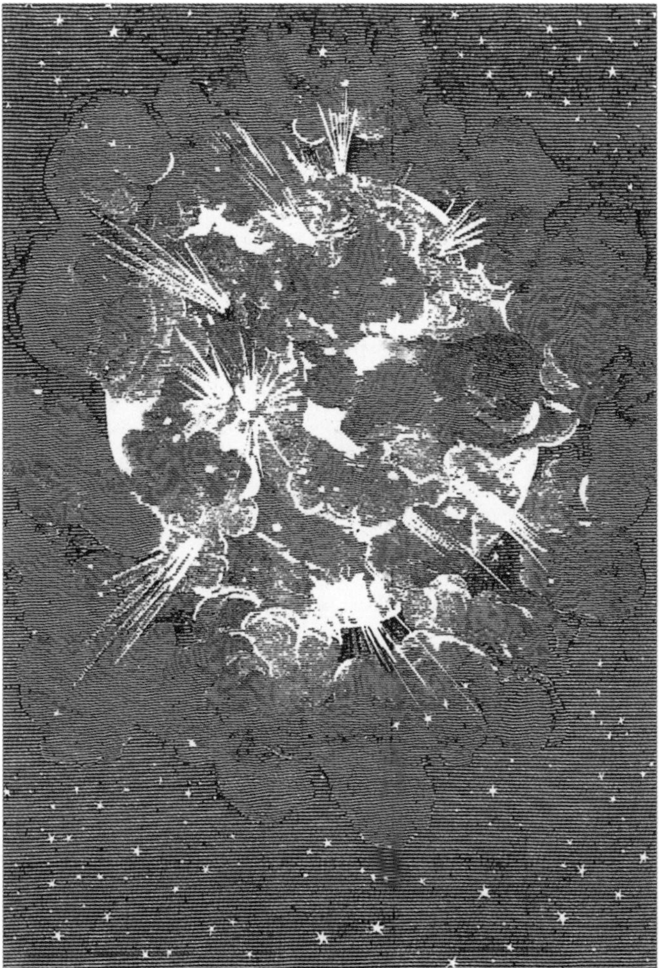

얼마나 놀라운 광경이었을까!

한 잔해일 뿐이야. 폭죽도 봉화도 불꽃도 한번 멋지게 빛난 뒤에는 비참한 꽁지밖에 남지 않아. 이런 대격변의 원인이나 이유나 증거를 누가 말할 수 있을까?"

바비케인은 미셸 아르당의 말을 듣고 있지 않았다. 그는 산들로 이루어진 클라비우스 분화구의 두꺼운 외벽을 응시하고 있었다. 그 넓은 구덩이 바닥에는 작은 분화구가 백 개쯤 있고, 5000미터 높이의 꼭대기가 그물 국자처럼 땅에 뚫린 그 분화구들을 내려다보고 있었다.

주변의 평원은 황량한 양상을 띠고 있었다. 이보다 더 지독한 불모지는 없을 것이다. 대지를 뒤덮고 있는 산들의 폐허나 봉우리들의 단편만큼 슬픈 것은 없다. 달은 이 지점에서 폭발한 것처럼 여겨졌다.

포탄은 여전히 전진을 계속했고, 달의 혼돈은 조금도 변하지 않았다. 성벽과 분화구와 무너진 산이 끊임없이 이어지고 있었다. 이제 평원도 바다도 없었다. 스위스와 노르웨이가 끝없이 이어졌다. 그리고 이 균열이 최고조에 이르렀을 때, 마침내 달 표면에서 가장 눈부시게 빛나는 티코* 산이 나타났다. 후세는 이 유명한 덴마크 천문학자의 이름을 오랫동안 유지할 것이다.

맑은 하늘에 뜬 보름달을 바라볼 때, 달의 남반구에서 빛나는 이 점을 알아차리지 못할 사람은 아무도 없다. 이 산을 묘사하

* 티코 브라헤(1546~1601): 덴마크의 천문학자. 그가 행한 천체 관측은 망원경이 발명(1608)되기 이전에는 가장 훌륭한 것이었으며, 그가 남긴 방대한 관측 자료는 제자이자 조수인 J. 케플러(1571~1630)에게 넘겨져, 케플러가 행성 운동의 세 법칙을 확립하는 기반이 되었다.

기 위해 미셸 아르당은 상상할 수 있는 모든 비유를 동원했다. 그에게 티코 산은 불이 활활 타오르는 화로이고, 빛을 발하는 중심이고, 광선을 토해내는 분화구였다. 또한 반짝이는 수레바퀴의 바퀴통이고, 은빛 촉수로 달 표면을 죄고 있는 불가사리이고, 빛으로 충만한 눈이고, 플루토*의 머리를 위해 새겨진 후광이고, 조물주가 던져서 달의 얼굴에 맞고 부서진 별이었다.

이 티코 산은 지구의 주민이 40만 킬로미터나 떨어져 있어도 망원경 없이 볼 수 있을 만큼 눈부시게 빛나는 빛의 중심을 형성하고 있다. 따라서 겨우 600킬로미터 떨어진 곳에 있는 여행자들 눈에는 그 빛이 얼마나 강렬했을지 상상해보라! 순수한 에테르를 통해 바라보면 그 빛은 견디기 어려울 정도였다. 바비케인과 친구들은 그 빛을 견디기 위해 가스 연기로 망원경의 접안렌즈를 검게 그을려야 했다. 그리고 말없이 감탄사만 연발하면서 티코 산을 응시했다. 강렬한 감동을 받았을 때 생명력이 심장에 완전히 집중하듯, 그들의 모든 감정과 인상은 눈에 집중되어 있었다.

티코 산은 아리스타르코스 산이나 코페르니쿠스 산과 마찬가지로 방사형 산계에 속한다. 하지만 그 계통의 산들 중에서 가장 완전하고 가장 특징이 뚜렷한 이 산은 달을 형성한 그 무서운 화산작용을 분명히 증언하고 있다.

티코 산은 남위 43도 · 동경 12도에 자리잡고 있다. 너비가 87킬로미터나 되는 분화구가 산의 중심을 차지하고 있다. 모양은

* 플루토: 로마 신화에서 저승의 지배자.

타원형이고, 성벽처럼 닫혀 있는 고리 모양의 외벽은 동부와 서부에서는 5000미터 높이로 우뚝 솟아 바깥의 평원을 내려다보고 있다. 이것은 하얗게 빛나는 머리를 뒤집어쓴 몽블랑 산을 몇 개나 모아서 둥글게 늘어놓은 것과 비슷하다. 비할 데 없는 이 산의 자태, 이 산을 향해 모여드는 기복의 총체, 분화구 내부의 불룩한 상태는 사진으로도 표현할 수 없었다. 사실 티코 산이 가장 빛나는 모습을 보이는 것은 보름달일 때였다. 그때는 그림자가 없어지고 원근법에 따른 단축이 사라져서 인화지가 새하얗게 되어버린다. 정말 곤란한 일이다. 이 불가사의한 지역은 사진으로 정확하게 재현하고 싶은 충동을 자극하기 때문이다. 하지만 사실 이것은 구덩이와 봉우리들이 어지럽게 교차하고 있을 뿐이고, 화산이 내뿜은 분출물투성이인 대지 위에 펼쳐진 화산의 그물이다. 그때 세 사람은 중앙에서 일어난 분화의 거품이 최초의 형태를 유지하고 있음을 알았다. 식어서 결정체가 된 그 거품에는 화성작용의 영향을 받고 있을 때의 달의 모습이 고정되어 있었다.

티코 산을 이루는 봉우리들과 여행자들 사이의 거리가 별로 멀지 않았기 때문에, 여행자들은 봉우리들의 주요 특징을 포착할 수 있었다. 티코 산의 요새를 이루고 있는 둑길 위에도 내부와 외부의 비탈진 측면에 달라붙어 있는 봉우리들이 거대한 테라스처럼 층층이 솟아 있었다. 그 봉우리들은 동쪽보다 서쪽이 100미터쯤 높아 보였다. 지구의 어떤 진지도 이 천연 요새와는 비교가 되지 않았다. 둥근 구덩이 바닥에 세워진 도시에는 절대로 접근할 수 없었을 것이다.

접근할 수 없을 뿐만 아니라, 그림 같은 돌출물로 뒤덮인 땅 위에 아름답게 펼쳐져 있었다. 정말로 자연은 이 분화구 바닥을 평탄하고 아무것도 없는 채로 내버려두지 않았다. 분화구 바닥에는 독특한 산계가 형성되어, 그 자체가 하나의 세계를 이루고 있었다. 여행자들은 원뿔 모양의 화산들을 확실히 분간할 수 있었다. 분화구 중앙의 그 구릉들은 달의 걸작 건축물들을 받아들이기 좋게 배치되어 있었다. 저기는 신전 자리, 여기는 공회당 터, 이곳은 궁전 부지, 저기에는 성채를 세울 고원이 있었다. 그 모든 것을 중앙에 솟아 있는 500미터 높이의 산이 내려다보고 있었다. 고대 로마가 열 개나 통째로 들어갔을 만큼 거대한 분화구였다.

미셸 아르당이 그 광경에 열중하여 소리쳤다.

"아아! 저 산들의 고리 안에 얼마나 웅대한 도시를 세울 수 있을까! 조용한 도시, 인간의 모든 불행 너머에 있는 평화로운 피난처! 염세주의자, 인간 혐오자, 사회생활에 염증을 느끼는 사람들은 모두 저곳에서 조용하고 고립된 생활을 할 수 있을 거야!"

"모두라고? 그 사람들이 모두 살기에는 너무 좁아." 바비케인이 짤막하게 받았다.

18
중대한 문제

그러는 동안 포탄은 티코 산 분화구를 통과했다. 바비케인과 두 친구는 이 유명한 산이 정교하게 사방팔방으로 뻗고 있는 빛줄기를 세심하고 면밀하게 관찰했다.

저 빛은 도대체 뭘까? 불처럼 타고 있는 머리털 같은 저 줄기는 어떤 지질학적 현상일까? 이 의문이 당연히 바비케인의 마음을 사로잡았다.

사실 그들의 눈 아래에는 가장자리가 젖혀져 있고 한가운데가 움푹 들어가 있는 밭고랑 같은 빛줄기가 온갖 방향으로 뻗어 있었다. 어떤 것은 너비가 20킬로미터에서 50킬로미터에 이르렀다. 이 빛의 꼬리는 티코 산을 지나 1200킬로미터 거리까지 뻗어 있었고, 남반구의 절반인 동쪽과 동북쪽과 북쪽 지역을 뒤덮고 있었다. 그 가운데 하나는 자오선 고도 40도에 있는 네안

더 분화구까지 뻗어 있고, 또 하나는 둥글게 구부러져 '감로의 바다' 쪽으로 1600킬로미터쯤 달려간 뒤 피레네 산맥에 부딪쳐 굴절했다. 서쪽에도 빛의 그물코가 뻗어나가 '구름의 바다'와 '우울의 바다'를 덮고 있었다.

어느 정도의 높이를 가진 기복처럼 평원 위를 달리고 있는 저 눈부신 빛줄기의 원인은 무엇일까? 모든 빛줄기는 공통의 중심점인 티코 산 분화구에서 나오고 있었다. 아직 정설이 되지는 않았지만, 허셜은 그 빛나는 표면을 추위 때문에 응결한 용암층으로 보고 있었다. 다른 천문학자들은 이 불가해한 줄무늬 속에서 티코 산의 형성기에 내던져진 빙퇴석과 표석을 보았다.

다른 천문학자들의 의견을 물리치는 바비케인에게 니콜이 물었다.

"왜 그러면 안 되지?"

"빛줄기의 규칙성을 설명할 수 없고, 화산 물질을 그렇게 멀리까지 보내는 데 필요한 강력한 힘을 설명할 수 없으니까."

"이거 정말 놀랍군!" 미셸 아르당이 받았다. "저 빛줄기의 기원은 아주 쉽게 설명할 수 있을 것 같은데."

"정말이야?" 바비케인이 물었다.

"물론이지. 저건 커다란 별 모양의 금이야. 두꺼운 유리에 돌이나 공이 맞았을 때 생기는 금이라고 생각하면 돼!"

"그렇군!" 바비케인이 웃으면서 말했다. "저런 충격을 줄 만큼 커다란 돌을 던질 수 있는 강력한 팔의 주인은 도대체 누구지?"

"팔이 반드시 필요한 건 아니야." 미셸이 침착하게 대답했다. "나는 돌이라고 말했지만, 혜성이어도 괜찮아."

"뭐! 혜성이라고?" 바비케인이 소리쳤다. "혜성을 너무 남용하지 말게, 미셸. 자네 설명은 나쁘지 않지만 혜성은 아니야. 저 갈라진 금을 만든 충격은 달 내부에서 온 걸세. 달의 지표면이 급격한 냉각작용으로 격렬하게 수축했을 때 거대한 금이 생긴 것은 충분히 생각할 수 있는 일이지."

"수축이라고? 그럼 그렇다고 해두지. 달의 복통이라는 거로군." 미셸 아르당이 대답했다.

"그리고 이 학설은 내스미스*의 의견이기도 해. 내스미스는 달에 있는 산에서 나오는 빛의 방사를 상당히 잘 설명하고 있는 모양이야." 바비케인이 덧붙여 말했다.

"그 내스미스란 사람도 바보는 아니군!" 미셸이 대꾸했다.

여행자들은 이 광경이 질리지도 않는지, 티코 산의 아름다운 광경을 언제까지나 황홀하게 바라보고 있었다. 그들이 탄 포탄은 태양과 달에서 오는 이중의 빛을 받아 백열구처럼 보였을 게 분명하다. 그들은 지독한 추위에서 단숨에 뜨거운 열기 속으로 옮아간 것이다. 이리하여 자연력은 그들을 달의 위성으로 만들 것처럼 여겨졌다.

달의 위성이 된다는 생각은 달에서 사람이 생존할 수 있는가 하는 문제를 불러일으켰다. 실제로 달을 본 여행자들은 이 문제

* 제임스 내스미스(1808~90): 영국의 기술자. 증기 해머와 항타기의 발명가로 유명했지만, 강력한 망원경을 제조하여 달을 관측한 것으로도 유명하다.

“달의 복통이라는 거로군”

를 해결할 수 있었을까? 어느 쪽으로든 결론을 내릴 수 있었을까? 미셸 아르당은 두 친구에게 각자의 의견을 말해보라고 요구했고, 달세계에 동물이나 인간 사회가 존재하는 것에 대해 어떻게 생각하느냐고 솔직하게 물었다.

그러자 바비케인이 대답했다.

"대답할 수는 있겠지만, 그런 형태로 질문이 제기되는 건 바람직하지 않다고 생각하네. 다른 형태로 질문해주게."

"그럼 자네 방식대로 질문을 제기해보게." 미셸이 대답했다.

"좋아. 문제는 이중적이고, 따라서 이중적인 해답을 요구하네. 달에 생명체가 '살 수 있는가?' 달에 지금까지 생명체가 '살았던 적이 있는가?'"

"좋아." 니콜이 대답했다. "우선 달에 생명체가 살 수 있는지부터 살펴보세."

"솔직히 말해서 나는 아무것도 모르겠어." 미셸이 대답했다.

"나는 살 수 없다고 생각하네." 바비케인이 말했다. "달의 현재 상태를 보면 대기층이 있기는 하지만 아주 희박하고, 대부분은 물이 없는 바다이고, 물이 충분치 않으니까 식물은 극히 한정되어 있고, 추위와 더위가 급격히 바뀌고 354시간마다 낮과 밤이 바뀌는 것도 그렇고…… 역시 달은 거주하기에 적당치 않다고 생각하네. 달은 동물계가 번성하기에도 적합하지 않은 것 같고, 물론 인류의 생존에도 부적당하다는 것이 내 의견일세."

"나도 같은 생각이야!" 니콜이 소리쳤다. "그러면 우리와 다른 조직을 가진 생물이라면 달에서 생존할 수 있을까?"

“그 질문은 대답하기가 더 어렵지만 한번 해보겠네.” 바비케인이 말했다. “우선 니콜한테 묻겠는데, 자네는 어떤 조직을 가진 생명체든 ‘운동’이 ‘생명’의 필연적인 결과라고 생각하나?”

“물론이지!” 니콜이 대답했다.

“그럼 대답하겠네. 우리는 500미터 거리에서 달 대륙을 관찰했지만, 달 표면에서 움직이는 것은 전혀 없었던 것 같아. 어떤 생명체가 존재한다면, 그에 수반되는 다양한 건물이나 폐허 같은 흔적으로 그 존재가 드러났을 거야. 그런데 우리가 본 것은 뭐였지? 언제 어디서나 자연이 이루어놓은 지질학적 결과만 보았을 뿐이고 인간이 만든 것은 하나도 보지 못했어. 달에 동물이 존재한다면, 눈길이 닿을 수 없는 그 깊은 구덩이 속으로 달아난 게 분명해. 하지만 그건 받아들일 수 없어. 만약 그렇다면 그 동물들이 지나간 흔적이 평원에 틀림없이 남았을 테니까. 평원은 그렇게 두껍지는 않더라도 공기에 덮여 있는 게 분명하니까 자국이 남았을 거야. 그런데 그 흔적이 어디에도 보이지 않아. 그렇다면 한 가지 가설밖에 남지 않아. 달에 생명체가 살고 있다면, 그 생명체는 생명의 본질인 ‘운동’과 관계가 없다는 가설이지.”

“그건 살아 있지 않은 생물이라고 말하는 거나 마찬가지야!” 미셸이 받았다.

“그래.” 바비케인이 말했다. “그건 우리한테는 아무 의미도 없지.”

“그럼 우리 의견을 정리할 수 있겠군?” 미셸이 물었다.

"그래." 니콜이 대답했다.

"좋아." 미셸 아르당이 말을 이었다. "대포 클럽의 포탄 속에서 열린 과학위원회는 최근 관찰한 사실을 논의한 결과, 달의 거주 가능성이라는 문제에 관하여 만장일치로 결론을 내리게 되었다. '달에는 생명체가 살 수 없다' 고."

바비케인 회장은 이 결정을 12월 6일자 회의록에 기록했다.

그러자 니콜이 말했다.

"그럼 첫 번째 문제를 보완해주는 두 번째 문제로 넘어가세. 달에 생명체가 살 수 없다면, 지금까지 한번도 생명체가 산 적이 없었을까?"

"회장의 의견을 듣고 싶군." 미셸 아르당이 말했다.

바비케인은 이렇게 대답했다.

"나는 우리 위성이 과거에 생명체가 살 수 있었는지에 대한 의견을 갖기 위해 이 여행을 시작하지는 않았지만, 직접 달을 관찰한 결과는 내 의견을 확인해주었네. 나는 우리와 같은 조직을 가진 인류가 일찍이 달에 거주한 적이 있고, 달은 해부학적으로 지구의 동물과 같은 형태를 가진 동물을 낳았다고 믿고 그렇게 단언하겠네. 하지만 덧붙여 말하면, 그 인류나 동물은 전성기가 끝나고 이제 영원히 절멸하고 말았어."

"그럼 달은 지구보다 오래되었겠군?" 미셸이 물었다.

"아닐세!" 바비케인이 단호하게 말했다. "달은 지구보다 더 빨리 늙은 세계일세. 형성과 변형이 훨씬 빠른 속도로 이루어졌지. 상대적으로 물질의 조직력은 지구의 내부보다 달의 내부에서 훨씬 격렬했어. 달 표면을 보게. 저렇게 갈라지고 뒤틀리고 폭발한 상태가 그것을 여실히 증명하고 있네. 달도 지구도 원래는 가스 덩어리에 불과했지. 그 가스가 다양한 영향력을 받아 액체 상태로 변했고, 나중에 고체 덩어리가 만들어졌네. 하지만 우리 지구가 아직 기체이거나 액체 상태였을 때 달은 벌써 냉각하여 굳어졌고 생명체가 살 수 있게 된 게 분명해."

"나도 그렇게 생각해." 니콜이 말했다.

바비케인이 말을 계속했다.

"그때 대기층이 달을 둘러쌌고, 그 기체에 덮여 있던 수분은 증발할 수 없었어. 공기와 물, 빛, 태양열, 달 중심에 있는 지열의 영향으로 식물이 그것을 받아들일 준비가 되어 있었던 대륙을 차지했고, 분명히 이 무렵 생명체가 나타났네. 자연은 절대로 자신을 헛되이 낭비하지 않으니까 말이야. 생명체가 살기 좋게 만들어진 세계에는 반드시 생명체가 살 수밖에 없지."

그러자 니콜이 말했다.

"하지만 우리 위성에 고유한 많은 현상이 동물과 식물의 번성을 방해하지 않았을까? 예를 들면 354시간 동안 낮과 밤이 계속되는 현상이라든가."

"하지만 지구에서도 극지방에서는 밤과 낮이 여섯 달씩 지속돼." 미셸이 지적했다.

"그건 논의할 가치가 없어. 극지방에는 사람이 살지 않으니까." 니콜이 받았다.

그러자 바비케인이 다시 말을 이었다.

"달의 현재 상태에서는 긴 밤과 긴 낮이 생명체가 견딜 수 없는 온도 변화를 낳는다 해도 과거에는 그러지 않았을 거야. 유동성이 있는 대기층이 달 표면을 껍질처럼 싸고 있었어. 수증기가 구름 형태로 남아 있었지. 그 천연 차단막이 낮에는 햇빛의 열을 조절하고 밤에는 열의 방사를 막아주었어. 빛도 열과 마찬가지로 공중에 확산될 수 있지. 대기권이 거의 완전히 사라진 지금은 천체 사이의 그런 균형이 존재하지 않아. 그리고 자네들을 깜짝 놀라게 해줄 일이 있다네."

"우리를 놀라게 해줄 일이라고?" 미셸 아르당이 물었다.

"달에 생명체가 살 수 있었던 시대에는 밤과 낮이 훨씬 짧아서 354시간 동안 지속되지는 않았다고 확신하네."

"왜?" 니콜이 재빨리 물었다.

"그때는 아마 달의 자전 주기가 공전 주기와 같지 않았을 테니까. 지금은 자전 주기와 공전 주기가 같기 때문에 달의 앞면과 뒷면이 각각 보름 동안 햇빛을 받고 있지."

"나도 그렇게 생각해." 니콜이 맞장구를 쳤다. "하지만 그 두 가지 회전 주기가 지금은 같은데 왜 전에는 달라야 하지?"

"그 동일성은 지구의 인력으로 정해졌을 뿐이니까. 지구가 아직 유동체였던 시기에도 지구의 인력이 달의 운동에 영향을 줄 만큼 강했다고 누가 단언할 수 있지?"

"그건 그래." 니콜이 받았다. "그리고 달이 처음부터 지구의 위성이었다고 누가 단언할 수 있지?"

"달이 지구보다 먼저 존재하지 않았다고 누가 단언할 수 있지?" 이번에는 미셸 아르당이 외쳤다.

그들의 상상력은 무한한 가설의 영역으로 그들을 데려갔다. 바비케인은 그들을 억제하려 했다.

"그건 지나친 억측이야. 모두 해결할 수 없는 문제들이야. 거기에 너무 깊이 들어가지 않도록 하세. 처음에 지구의 인력이 충분치 않았다는 것만 인정하기로 하세. 그러면 자전 운동과 공전 운동의 주기가 일치하지 않았을 테니까, 달에서도 현재의 지구와 마찬가지로 밤낮이 바뀔 수 있었을 거야. 그런 조건이 아니면 생명체는 존재할 수 없었어."

"그래서 인류가 달에서 사라져버렸군?" 미셸 아르당이 물었다.

"그래. 분명 수백만 세기나 끈질기게 존속한 뒤에 사라져버렸지. 대기가 점점 희박해지면서 달은 생명체가 거주할 수 없게 되었다네. 지구도 냉각되면 언젠가는 그렇게 되겠지."

"냉각?"

"그건 확실해. 내부의 불이 꺼지고 백열 물질이 응집되면서 달의 지표는 차갑게 식어버렸어. 이 현상의 결과로 동물이 서서히 사라지고 식물도 사라졌지. 곧 대기가 희박해졌어. 아마 지구의 인력에 끌려갔겠지. 그러자 호흡할 수 있는 공기가 공중으로 날아가고, 물이 증발하여 사라졌네. 이 시기에 달은 생명체가 살 수 없게 되었기 때문에 너 이상 생명체가 살고 있지 않았네. 달은 죽은 세계였지. 지금 우리가 보고 있는 것처럼."

"그럼 지구도 그와 똑같은 운명을 겪게 된단 말인가?"

"아마 그럴 거야."

"언제?"

"지각이 차갑게 식어서 생명체가 살 수 없게 되었을 때."

"학자들은 불운한 우리 지구가 차갑게 식는 데 걸리는 시간을 계산했나?"

"물론이지."

"자네도 그걸 알고 있나?"

"물론이지."

"그럼 말해보게, 학자 양반." 미셸 아르당이 소리쳤다. "자네가 하도 뜸을 들이니까 애가 타서 내 속이 부글부글 끓는군."

"좋아, 미셸." 바비케인이 조용히 대꾸했다. "우리는 1세기 동안 지구의 온도가 얼마나 내려가는지 알고 있네. 어떤 계산에 따르면, 지구 온도가 0도까지 내려가는 데 40만 년이 걸린다는군."

"40만 년?" 미셸이 소리쳤다. "아아! 이제 안심이다. 사실은 자네 말을 듣고 겁이 났다네. 나는 우리 인류가 5만 년밖에 못 살 줄 알았지."

바비케인과 니콜은 친구의 말에 웃지 않을 수 없었다. 이어서 니콜은 결론을 내리기 위해 다시 두 번째 질문을 던졌다.

"달에 생명체가 산 적이 있을까?"

대답은 만장일치로 '그렇다' 였다.

토론이 벌어지는 동안, 포탄은 빠른 속도로 달에서 멀어지고 있었다. 달의 적도를 향해 날아가는 포탄은 빌헬름 분화구를 넘고 남위 40도선을 800킬로미터 높이에서 지나갔다. 그리고 남위 30도선 부근에서 피타투스 산을 오른쪽으로 바라보면서 '구름의 바다' 남쪽으로 진입했다. 온갖 분화구들이 보름달의 교교한 빛 속에 어렴풋이 나타났다. 부요나 푸르바흐는 거의 정사각형이었고, 중앙에 커다란 분화구가 뚫려 있었다. 이윽고 아르자켈 분화구가 눈부시게 빛나는 내부를 드러냈다.

포탄은 여전히 달에서 멀어지고 있었다. 달의 윤곽이 여행자들의 시야에서 사라져가고, 산들은 안개가 자욱이 끼어 있는 듯이 보였다. 지구의 위성에서 본 기묘하게 신비로운 모든 것은 이제 잊을 수 없는 기억으로만 남게 되었다.

19

불가능과의 싸움

바비케인과 친구들은 오랫동안 입을 다물고, 모세가 가나안 땅을 바라보듯, 두 번 다시 돌아올 가망이 없는 세계가 시야에서 점점 멀어져가는 것을 감개무량한 눈길로 바라보고 있었다. 달에 대한 포탄의 위치는 완전히 달라져서, 이제 포탄 아래쪽이 지구를 향하고 있었다.

바비케인은 이 변화를 알아차리고 적잖이 놀랐다. 포탄이 타원형 궤도를 그리며 달 주위를 돌고 있다면, 지구 주위를 도는 달처럼 무거운 부분을 달 쪽으로 돌려야 하지 않을까? 그런데 왜 방향이 반대가 되었을까? 이것은 이해할 수 없는 수수께끼였다.

달에서 멀어져가는 포탄의 진로를 관찰해보니, 달에 가까이 다가가고 있을 때와 비슷한 곡선을 그리고 있었다. 아주 길게 늘어난 그 타원형 곡선은 지구와 달의 인력이 같아져서 두 천체의 영향력이 상쇄되는 중립점까지 뻗어 있을 것이다.

이것이 바비케인의 관찰을 토대로 이끌어낸 결론이었고, 두 친구도 동의했다. 하지만 곧 질문을 퍼붓기 시작했다.

"그 중립점에 도착하면 우리는 어떻게 될까?" 미셸 아르당이 물었다.

"우리는 모르지." 바비케인이 대답했다.

"하지만 가설은 세울 수 있겠지?"

"두 가지 가설이 있네. 포탄의 속도가 불충분하면 지구와 달의 인력이 같아지는 중립선에 영원히 붙잡혀 있을 거야."

"두 번째 가설이 뭔지는 모르지만, 그게 더 마음에 드는군." 미셸이 말했다.

"또는……" 바비케인이 말을 이었다. "속도가 충분하면 타원형 궤도를 따라 영원히 달 주위를 돌게 되겠지."

"그것도 전혀 위안이 되지 않는군." 미셸이 말했다. "지금까지 우리가 시녀로 생각한 달의 비천한 종으로 전락하다니. 그러면 그게 우리를 기다리고 있는 운명인가?"

바비케인도 니콜도 대답하지 않았다.

"대답하지 않는군." 미셸이 초조하게 말했다.

"대답할 말이 없어." 니콜이 대답했다.

"속수무책인가?"

"그래." 바비케인이 대답했다. "불가능과 맞서 싸우자는 건가?"

"왜 안 되지? 프랑스인 한 명과 미국인 두 명이 '불가능'이라는 말에 겁을 먹고 지레 꽁무니를 빼다니, 이거야 원."

"그래서 어떻게 할 건데?"

"이 포탄의 움직임을 억제하는 거야."

"억제해?"

"그래." 미셸은 기세 좋게 말을 이었다. "아니면 방향이나 속도를 바꾸어서 우리의 목표를 달성하는 데 이용하는 거야."

"어떻게?"

"그건 자네들이 할 일이지. 제 포탄을 지배하지 못하면 대포인이 아니야. 포탄이 포수를 지배한다면, 포탄 대신 포수를 대포 속에 밀어넣는 편이 나을 거야. 자네들은 정말 훌륭한 학자들이군! 나를 꾀어서 포탄에 태워놓고 우리가 어떻게 될지도 모르다니!"

"자네를 꾀었다고?" 바비케인과 니콜이 동시에 소리쳤다. "자네를 꾀었다고? 도대체 그게 무슨 소리야?"

"결코 비난하는 건 아닐세. 불평하지는 않겠네. 여행은 즐거웠고, 포탄도 내 기질에 맞아. 하지만 달이 아니더라도 좋으니까 어딘가에 떨어질 수 있도록 인간으로서 할 수 있는 일은 모두 다 해보자는 거야."

"우리도 그러고 싶지만 방법이 없어." 바비케인이 대답했다.

"포탄의 움직임을 바꿀 수 없나?"

"없어."

"속도를 줄일 수도 없나?"

"없어."

"뱃짐이 너무 무거울 때 바닥짐을 버려서 무게를 줄이듯 포탄을 가볍게 해도 안 될까?"

"뭘 버리자는 거지?" 니콜이 물었다. "포탄에는 바닥짐이 실려 있지 않아. 그리고 포탄을 가볍게 하면 오히려 속도가 훨씬 빨라질 것 같은데?"

"더 느려질 거야."

"더 빨라져."

"느려지지도 빨라지지도 않아." 바비케인이 두 친구를 화해시키려고 말했다. "우리는 진공 속에 떠 있으니까, 물건 고유의 무게를 생각하면 안 돼."

"좋아." 미셸 아르당이 단호한 목소리로 외쳤다. "그럼 할 일은 하나밖에 없군."

"그게 뭔데?" 니콜이 물었다.

"아침식사." 가장 대처하기 어려운 전환기에는 항상 이 해결책을 들고 나오는 프랑스인이 침착하고 넉살좋게 대답했다.

어쨌든 이 해결책은 포탄의 진로에는 아무 영향을 미치지 않았다 해도 위장에는 좋은 영향을 미쳤다. 확실히 미셸의 생각은 나쁘지 않았다.

그래서 그들은 오전 2시에 아침을 먹었다. 시간은 별로 중요하지 않았다. 미셸은 여느 때와 같은 음식을 준비했고, 비밀 창고에서 꺼낸 술로 마지막을 장식했다. 그래도 좋은 생각이 떠오르지 않았다면 1863년산 샹베르탱 와인에 실망할 게 분명하다.

식사가 끝나자 또 관찰이 시작되었다.

포탄 주위에는 일정한 간격을 두고 밖으로 내던진 물건들이 그 간격을 그대로 유지하고 있었다. 포탄은 분명 달 주위를 돌고 있었고, 어떤 대기권에도 들어가지 않았다. 대기권에 들어갔다면 각 물체의 고유한 무게가 상대적 속도에 영향을 주었을 것이기 때문이다.

지구가 있는 쪽에는 아무것도 보이지 않았다. 지구는 전날 밤 자정에 초승달 모양이 되었다. 지구가 햇빛에서 해방되어 달나라 사람들에게 시계 구실을 하려면 이틀은 지나야 한다. 자전 운동을 하는 지구의 각 부분은 24시간마다 달의 같은 자오선을 지나가기 때문이다.

달이 있는 쪽은 풍경이 달라졌다. 달은 헤아릴 수 없이 많은 별들 속에서 환하게 빛나고 있었다. 하지만 달빛도 별의 순수함을 어지럽히지는 못했다. 달의 평원은 이미 지구에서 잘 보이는 어두운 색조로 돌아가 있었고, 나머지 부분은 여전히 밝게 빛나고 있었다. 특히 티코 산은 태양처럼 유난히 밝게 빛났다.

바비케인은 포탄의 속도를 측정할 방법이 없었지만, 역학 법칙에 따라 꾸준히 줄어들고 있을 터였다. 포탄이 달 주위에 궤도를 그리고 있다는 것을 인정한다면, 그 궤도는 분명 타원일 것이다. 과학은 그것이 필연적으로 타원일 수밖에 없다는 것을 증명한다. 인력을 행사하는 천체 주위를 돌고 있는 물체 가운데 이 법칙이 적용되지 않는 경우는 없다. 우주 공간에 그려지는 궤도는 모두 타원형이다. 행성 주위를 도는 위성의 궤도, 태양

포탄은 분명 달 주위를 돌고 있었다

주위를 도는 행성의 궤도, 우주의 중심축이 되어 있는 미지의 천체 주위를 도는 태양의 궤도도 역시 타원이다. 대포 클럽의 포탄이 이 자연 법칙에서 벗어나야 할 이유가 어디 있는가?

타원 궤도에서 인력을 행사하는 천체는 항상 타원의 두 초점 가운데 하나를 차지한다. 따라서 그 주위를 도는 위성은 그 천체에 더 가까이 다가갈 때도 있고 더 멀리 떨어질 때도 있다. 지구가 태양에 가장 가까이 다가갔을 때는 근일점에 있는 것이고, 태양에서 가장 멀리 떨어졌을 때는 원일점에 있는 것이다. 달은 근지점에 있을 때 지구와 가장 가깝고, 원지점에 있을 때는 지구에서 가장 멀리 떨어져 있다. 포탄이 달의 위성이 된다면, 달에 가장 가까이 다가갔을 때는 '근월점'에 있고 달에서 가장 멀리 떨어졌을 때는 '원월점'에 있다고 말할 수 있다.

포탄은 근월점에 있을 때 속력이 가장 빨라지고, 원월점에 있을 때 속력이 가장 느려질 것이다. 지금 포탄은 분명 원월점을 향해 나아가고 있었다. 그 속력은 원월점에 도달할 때까지 계속 줄어들고, 달에 가까워질수록 조금씩 속력이 빨라질 거라고 바비케인이 판단한 것은 당연한 일이었다.

바비케인이 이렇게 다양한 상황이 초래하는 결과를 검토하고 거기에서 어떤 추론을 끌어낼 수 있을지를 생각하고 있을 때, 미셸 아르당의 외침소리가 그를 방해했다.

"맙소사!" 미셸이 외쳤다. "우리가 바보 천치라는 걸 인정해야겠군!"

"우리가 바보 천치가 아니라고는 말하지 않겠지만, 왜 그러나?" 바비케인이 물었다.

"우리가 달에서 멀어지고 있는 속도를 늦출 수 있는 아주 간단한 방법이 있는데, 그 방법을 쓰지 않다니!"

"그게 뭔데?"

"역추진 로켓을 이용하는 거야."

"그렇군!" 니콜이 말했다.

"우리가 아직 그 반동을 이용하지 않은 건 사실이지만, 나중에 이용할 거야." 바비케인이 말했다.

"언제?" 미셸이 물었다.

"때가 오면. 지금 포탄은 달 표면에 대해 아직 비스듬한 위치에 있네. 지금 역추진 로켓을 사용하면 포탄의 방향은 조금 바뀌겠지만, 달에 가까이 가지 않고 오히려 멀어질 수도 있어. 그런데 우리가 도달하려는 목표는 달이 아니었나?"

"그래." 미셸이 대답했다.

"그럼 기다리게. 포탄은 지금 설명할 수 없는 영향력을 받아 바닥을 지구 쪽으로 돌리고 있어. 지구와 달의 인력이 균형을 이루는 중립점에 이르면 포탄은 원뿔 꼭지를 완전히 달 쪽으로 돌릴 가능성도 있네. 그 순간 포탄의 속도가 0이 되기를 기대할 수도 있어. 그때야말로 역추진 로켓의 힘을 빌려 포탄이 달 표면으로 곧장 떨어지게 할 수 있을 거야."

"그거 좋군!" 미셸이 소리쳤다. "우리가 그 중립점을 처음 지났을 때는 포탄의 속력이 너무 빨랐기 때문에 그 방법을 쓰지 못했지."

"확실히 이치에 맞아." 니콜도 맞장구쳤다.

"느긋하게 기다리세." 바비케인이 말을 이었다. "기회는 우리 편이야. 한때는 완전히 절망하기도 했지만, 결국 목적지에 도달할 수 있다고 믿게 됐어."

이 결론을 듣자마자 미셸 아르당은 만세를 불렀다. 그 대담한 얼간이들 가운데 달에는 생명체가 살 수 없다고 스스로 결론지은 것을 기억해낸 사람은 없었다. 그렇다! 달에는 생명체가 없다. 달은 아마 생명체가 살 수 없을 것이다. 하지만 그들은 달에 도달하기 위해 전력을 다할 작정이었다.

해결해야 할 문제가 하나 남아 있었다. 포탄은 지구의 중력과 달의 인력이 같아지는 중립점에 정확히 언제 도달할 것인가? 여행자들은 바로 그 순간에 마지막 남은 카드를 써야 한다. 바비케인은 그동안 기록한 메모를 참고하고 달의 위도에서 잰 다양한 고도를 계산하기만 하면, 그 순간을 초 단위까지 정확하게 계산할 수 있었다. 달의 남극에서 중립점까지 가는 데 걸리는 시간은 중립점에서 북극까지 가는 데 걸린 시간과 같을 것이다. 시간은 꼼꼼히 기록되어 있었기 때문에 계산하기는 쉬웠다. 바비케인은 포탄이 12월 7일에서 8일로 넘어가는 밤 1시에 그 중립점에 도달하리라는 것을 알았다. 따라서 포탄의 진행을 방해하는 것이 없다면 22시간 뒤에는 중립점에 도달할 터였다.

역추진 로켓은 원래는 포탄이 달에 떨어질 때의 속력을 줄이기 위해 사용할 예정이었지만, 이제는 정반대의 목적에 사용하려 하고 있었다. 어쨌든 로켓은 준비되어 있으니까, 이제는 로켓을 발사할 순간을 기다리기만 하면 되었다.

"달리 할 일이 없으니까 내가 한 가지 제안을 하겠네." 니콜이 말했다.

"뭔데?" 바비케인이 물었다.

"잠을 자도록 하세."

"말도 안 돼!" 미셸 아르당이 외쳤다.

"우리는 벌써 마흔 시간 동안이나 눈을 붙이지 않았어." 니콜이 말했다. "몇 시간 잠을 자면 기력이 회복될 걸세."

"절대로 안 돼." 미셸이 니콜의 말을 가로막았다.

"사람마다 취향이 다르니까…… 나는 자겠네." 니콜이 말했다. 그러고는 침대의자에 길게 드러눕자마자 48파운드 포처럼 코를 골기 시작했다.

"저 친구는 확실히 분별이 있어." 바비케인이 니콜을 보고 말했다. "나도 니콜을 본받겠네."

그리고 잠시 후 바비케인은 끊임없는 베이스로 니콜의 바리톤에 반주를 넣기 시작했다.

미셸 아르당은 혼자 깨어 있는 것을 알고 중얼거렸다.

"실제적인 사람들이 때로는 가장 적절한 생각을 하지."

이번에는 미셸이 긴 다리를 쭉 뻗고는 팔베개를 하고 곧 잠이 들었다.

하지만 이 잠은 평화로울 수도 없고 오래 지속될 수도 없었다. 세 사람의 머리가 온갖 생각으로 가득 차 있었기 때문이다. 몇 시간 뒤인 오전 7시쯤, 세 사람은 동시에 일어났다.

"실제적인 사람들이 때로는 가장 적절한 생각을 하지"

포탄은 여전히 달에서 멀어지고 있었고, 원뿔 꼭지는 점점 달 쪽으로 돌아가고 있었다.

설명할 수 없는 현상이었지만, 다행히 바비케인의 의도에는 도움이 되었다.

행동해야 할 순간이 오려면 아직도 17시간을 기다려야 한다.

하루가 무척 길게 느껴졌다. 아무리 대담한 사람들이라 해도, 자신의 운명이 결정되는 순간을 기다리면서 가슴이 설레지 않을 수는 없었다. 여행자들은 달로 떨어질 것인가, 아니면 영원히 변치 않는 궤도를 끝도 없이 돌게 될 것인가를 판가름할 결정적인 순간이 오기를 두근거리는 가슴으로 기다리고 있었다. 그들은 기다리는 사람에게는 너무나 느리게 지나가는 시간을 한 시간씩 헤아리고 있었다. 바비케인과 니콜은 집요하게 계산에 몰두했고, 미셸은 무심한 달을 탐욕스러운 눈길로 바라보면서 좁은 벽 사이를 오락가락하고 있었다.

이따금 지구에 대한 추억이 문득 그들의 마음을 스치고 지나갔다. 그들은 대포 클럽 회원들, 그중에서도 가장 친했던 J.T. 매스턴을 생각했다. 지금쯤 그 대포 클럽 간사는 로키 산맥의 자기 자리에 붙어 있을 것이다. 매스턴이 그 거대한 망원경으로 포탄을 포착할 수 있었다면 무슨 생각을 할까? 포탄이 달의 북극 너머로 모습을 감춘 것을 본 뒤, 다시 달의 남극에 나타난 것을 보았다면! 그러면 포탄은 지구의 위성의 위성이 된 건가! 매스턴은 이 예기치 않은 소식을 전세계에 퍼뜨렸을까? 이것이 그 위대한 사업의 결말이었던가?

그럭저럭하는 동안, 그날은 아무 사고도 없이 지나갔다. 지구에서는 한밤중인 자정이 되었다. 12월 8일이 시작되려 하고 있었다. 이제 한 시간만 지나면 포탄은 중력의 균형점에 도달할 것이다. 그때 포탄에는 어떤 속력이 작용할까? 그것은 아무도 계산할 수 없었다. 하지만 바비케인의 계산에서는 어떤 오류도 찾을 수 없었다. 포탄의 속력은 오전 1시에는 0이 되어야 하고, 아마 0이 될 것이다.

중립선 위에서 포탄이 정지하는 위치를 보여줄 수 있는 현상이 또 하나 있었다. 지구와 달의 인력은 그 위치에서 0이 될 것이다. 그때 물체는 '무게를 갖지 않게' 된다. 처음에 달 쪽으로 다가갈 때 바비케인과 친구들을 깜짝 놀라게 한 현상이 이번에도 똑같은 상태로 재현될 것이 분명했다. 그리고 바로 그 순간 행동을 개시해야 했다.

포탄의 원뿔 꼭지는 벌써 달 표면 쪽으로 돌아가 있었다. 역추진 로켓의 압력으로 생기는 반동을 완전히 활용할 수 있는 상태였다. 여행자들에게 드디어 기회가 왔다. 포탄의 속력이 그 중립점에서 완전히 사라진다면, 달 쪽으로 조금만 움직여도 포탄을 결정적으로 낙하시키기에 충분할 것이다.

"한 시 5분 전." 니콜이 말했다.

"준비 완료." 미셸 아르당은 성냥을 가스불 쪽으로 돌리면서 대답했다.

"기다려!" 바비케인이 시계를 손에 들고 말했다.

이윽고 무게가 전혀 느껴지지 않게 되었다. 여행자들은 제 몸이 완전히 사라져버린 듯한 느낌을 받았다. 그들은 중립점에 아주 가까이 다가와 있었다.

"한 시!" 바비케인이 말했다.

미셸 아르당이 로켓과 연결된 도화선에 성냥으로 불을 붙였다. 포탄 안에서는 폭음이 들리지 않았다. 공기가 없었기 때문이다. 하지만 현창을 통해 바비케인은 길게 이어진 연기를 보았다. 연기를 낸 불꽃은 금방 꺼졌다.

포탄은 내부에서 분명히 느낄 수 있을 만큼 충격을 받았다.

세 사람은 말없이 숨을 몰아쉬면서 뚫어지게 밖을 내다보고 귀를 기울였다. 그 완전한 정적 속에서는 그들의 심장 고동소리를 들을 수도 있었을 것이다.

"낙하하고 있나?" 마침내 미셸 아르당이 물었다.

"아닐세." 니콜이 대답했다. "포탄 바닥이 달 쪽으로 돌아가고 있지 않으니까!"

그 순간 바비케인이 현창에서 물러나 두 친구를 돌아보았다. 그의 얼굴은 무서울 만큼 창백하고, 이마에는 주름이 잡혀 있고, 입술은 꽉 오므려져 있었다.

"떨어지고 있어!" 바비케인이 말했다.

"아아! 달로?" 미셸 아르당이 소리쳤다.

"지구로!"

"맙소사!" 미셸 아르당이 외치고는 다시 철학적으로 덧붙였다. "우리는 이 포탄에 들어올 때, 여기서 쉽게 나갈 수 없으리라고 각오하고 있었지!"

"한 시!" 바비케인이 말했다

이제 무시무시한 낙하가 시작되었다. 포탄이 유지하고 있던 속도 때문에 포탄은 중립점을 지났다. 역추진 로켓을 발사했어도 포탄의 진로는 바뀌지 않았다. 달에 갈 때 포탄을 중립선 너머로 데려갔던 속력이 돌아올 때도 똑같이 작용했다. 물리 법칙에 따라 포탄은 '이미 지나간 점을 모두 그대로 지나갈' 운명이었다.

그것은 31만 2000킬로미터 높이에서 떨어지는 무시무시한 낙하였다. 어떤 반발력도 낙하를 저지할 수는 없었다. 탄도학 법칙에 따르면 포탄은 콜럼비아드에서 발사되었을 때의 속력, 즉 초속 1만 6576미터의 속도와 같은 속력으로 지상에 충돌할 터였다.

비교해보면 높이가 60미터밖에 안 되는 노트르담 사원의 종탑 꼭대기에서 던져진 물체는 시속 480킬로미터의 속도로 돌바닥에 떨어질 테고, 포탄은 시속 23만 킬로미터의 속도로 지구와 충돌할 것이다.

"우리는 죽었어!" 니콜이 냉정하게 말했다.

"그래도 좋아!" 바비케인은 일종의 종교적 열정이 담긴 말투로 대꾸했다. "우리가 죽는다 해도 우리 여행의 놀라운 성과는 널리 퍼질 거야. 하느님은 우리한테 자신의 비밀을 말해주실 거야! 내세에서 영혼은 기계나 엔진에 대해 아무것도 알 필요가 없을 걸세! 영혼은 영원한 지혜와 공명하겠지!"

미셸 아르당이 끼어들었다.

"사실 내세는 우리가 달이라고 불리는 그 하급 천체에 도달하지 못한 것을 충분히 위로해줄 거야!"

바비케인은 운명에 기꺼이 따르겠다는 숭고한 체념의 몸짓으로 가슴 위에 팔짱을 끼면서 말했다.

"하늘의 뜻이 이루어지기를!"

20

'서스크해나' 호의 수심 측량

"대위, 수심 측량은 어떻게 됐나?"

"작업이 거의 끝나가고 있는 것 같습니다." 브론스필드 대위가 대답했다. "그런데 이렇게 육지와 가까운 곳에서, 게다가 미국 해안에서 400킬로미터밖에 떨어지지 않은 곳에서 이렇게 깊은 곳을 발견하게 될 줄이야 누가 생각이나 했겠습니까?"

"정말이야, 브론스필드. 엄청난 함몰대야." 블룸스베리 함장이 말했다. "이 지점에 마젤란 해협*에서 미국 해안에 이르는 훔볼트 해류†가 파놓은 해저곡이 있다네."

* 마젤란 해협: 남아메리카 남단과 푸에고 제도 사이, 태평양과 대서양을 잇는 해협. 1502년 마젤란(1480~1521)이 세계일주 중에 발견했다.

† 훔볼트 해류: 남아메리카 서쪽을 북상하는 한류(寒流). 남아메리카 탐험에 공헌한 독일의 자연과학자 알렉산더 폰 훔볼트의 이름을 따서 지었다. 지금은 페루 해류라고 부른다.

"수심이 이렇게 깊으면 해저 케이블을 깔기에 적당치 않습니다." 대위가 말을 이었다. "밸런시아와 뉴펀들랜드*를 잇는 미국의 해저 케이블을 떠받치고 있는 그런 평탄한 바닥이 훨씬 좋은데요."

"나도 동감일세. 그런데 지금 위치는?"

"현재 해수면에서 6500미터 깊이까지 내려갔는데, 측연을 매단 공은 아직도 해저에 닿지 않았습니다. 바닥에 닿았다면 저절로 올라왔을 겁니다."

"브루크†의 장치는 아주 정교해. 수심을 정확하게 잴 수 있지."

"닿았다!" 그 순간 타륜이 있는 곳에서 작업을 감독하고 있던 사람들 가운데 하나가 소리쳤다.

함장과 대위는 뒷갑판으로 올라갔다.

"수심은 어느 정도인가?" 함장이 물었다.

"6637미터입니다." 대위는 수첩에 숫자를 적어넣으면서 대답했다.

"브론스필드." 함장이 말했다. "측량 결과는 내가 기록하겠네. 이제 측연선을 끌어당기게. 그 작업에 몇 시간은 걸릴 거야. 그동안 기관사는 화덕에 불을 땔 수 있고, 자네가 작업을 끝내는 대로 출발할 준비가 갖추어지겠지. 지금 시각이 열 시로군. 괜찮다면 나는 가서 눈 좀 붙이겠네."

* 밸런시아: 아일랜드 남동쪽 끝에 있는 작은 섬. 뉴펀들랜드: 캐나다 동쪽 끝에 있는 섬. 1866년에 두 곳을 잇는 대서양 횡단 해저 케이블이 부설되었다.
† 존 M. 브루크(1826~1906): 미국의 해양과학자. 해군 연구소에 근무하던 1852년에 측연(測鉛: 수심 측정용 납덩이)을 이용한 수심 측정기를 발명했다.

"그러세요, 함장님." 대위는 친절하게 대답했다.

필요한 만큼 용감하고 부하 장교들에게 부드러운 블룸스베리 함장은 선실로 돌아가 브랜디와 럼주를 섞은 술을 한 잔 마신 다음, 잠자리를 손봐준 부하를 칭찬하고 잠자리에 들어 곤히 잠들었다.

밤 10시였다. 12월 11일도 아름다운 밤 속에서 끝나가려 하고 있었다.

미국 해군의 500마력짜리 코르벳함인 '서스크해나' 호는 미국 해안에서 400킬로미터쯤 떨어진 태평양에서 멕시코 해안을 따라 뻗어 내려간 그 긴 반도를 따라가면서 수심을 측량하고 있었다.

바람은 조금씩 잔잔해졌다. 이제 대기층에는 어떤 움직임도 느껴지지 않았다. 배의 깃발은 큰 돛대 끝에 매달린 채 꼼짝도 않고 늘어져 있었다.

조너선 블룸스베리 함장은 대포 클럽의 가장 열렬한 지지자 가운데 하나인 블룸스베리 대령의 사촌이었다. 그는 수심을 측량하는 작업을 끝내기에 이보다 더 좋은 날씨를 바랄 수는 없었을 것이다. 그의 코르벳함은 로키 산맥 위에 모인 구름을 몰아내어 저 유명한 포탄의 진로를 관찰할 수 있게 해준 폭풍을 조금도 느끼지 않았다.

그에게는 만사가 순조로웠다. 물론 그는 장로교 신자다운 열렬한 태도로 신에게 감사하는 것을 잊지 않았다. '서스크해나' 호가 실시한 수심 측량은 하와이 제도와 미국 해안을 잇는 해저 케이블을 부설하기에 가장 적당한 지점을 찾는 것이 목적이었다.

이 원대한 계획은 어느 유력한 회사의 선동으로 추진되었다. 그 회사 사장인 영리한 사이러스 필드*는 대양주의 모든 섬들을 광대한 전선망으로 연결하자고 제안했다. 이것은 미국인의 재능에 어울리는 위대한 프로젝트였다.

그래서 첫 번째 수심 측량 작업이 '서스크해나' 호에 맡겨졌다. 그날은 12월 11일에서 12일로 넘어가는 밤이었다. 배는 정확히 북위 27도 7분, 워싱턴 자오선으로 서경 41도 37분†에 있었다.

하현달이 수평선 위로 막 떠오르기 시작하고 있었다.

블룸스베리 함장이 떠난 뒤, 브론스필드 대위와 몇몇 장교들은 선미루 갑판에 함께 서 있었다. 달이 뜨자 그들의 눈과 생각은 자연히 그쪽으로 돌아갔다. 북반구 사람들의 눈은 모두 그 천체에 쏠려 있었다. 성능이 우수한 해군용 쌍안경도 달 주위를 떠돌고 있는 포탄을 발견하지는 못했겠지만, 그들이 손에 든 쌍안경은 그 순간 수백만 개의 눈이 쳐다보고 있는 그 빛나는 천체를 향하고 있었다.

"그들이 떠난 지 열흘이 지났어. 어떻게 됐을까?" 브론스필드 대위가 말했다.

"달에 도착했을 겁니다." 젊은 해군 사관후보생이 외쳤다.

* 사이러스 필드(1819~92): 미국의 사업가. 1866년에 아일랜드의 밸런시아와 캐나다의 뉴펀들랜드 사이에 대서양 횡단 해저 케이블을 부설하는 데 성공했다.

† 워싱턴 자오선은 그리니치에서 서쪽으로 77도 3분의 위치에 있으므로, 그리니치 자오선으로는 서경 118도 40분이 된다.

"그리고 모든 여행자가 낯선 나라에 도착하면 으레 그렇듯이 산책이라도 하고 있겠지요."

"자네가 그렇게 말한다면 틀림없겠지." 브론스필드 대위는 빙긋 웃으면서 말했다.

그러자 다른 장교가 말했다.

"그들이 달에 도착했으리라는 것은 의심할 수 없어. 포탄은 달이 보름달이 되는 5일 자정에 달에 도착하도록 되어 있었지. 지금은 12월 11일이니까 엿새나 지났어. 어둠도 없는 달에서 24시간이 여섯 번이면 편안히 자리를 잡을 시간은 충분했을 거야. 그 용감한 동포들이 달의 시냇가 골짜기 바닥에서 야영하는 모습이 눈에 보이는 것 같군. 그 옆에는 포탄이 낙하할 때의 충격으로 화산재 속에 반쯤 묻혀 있겠지. 캡틴 니콜은 땅의 고저를 측량하는 작업을 시작하고 있고, 바비케인 회장은 관측 결과를 기록하고 있고, 미셸 아르당은 달의 황야를 시가 향기로 가득 채우고……."

"그래요! 틀림없이 그럴 겁니다!" 젊은 사관후보생이 선배 장교의 공상적인 묘사에 열광하여 외쳤다.

"나도 그렇게 믿고 싶네." 냉철한 대위가 대답했다. "하지만 불행히도 달나라에서는 아직 아무 소식도 오지 않으니."

"실례지만, 대위님." 사관후보생이 말했다. "바비케인 회장은 글을 못 쓰나요?"

이 말에 모두 웃음을 터뜨렸다.

"아니, 글자를 말하는 게 아닙니다." 젊은이가 얼른 말을 이

“그 용감한 동포들의 모습이 눈에 보이는 것 같군”

었다. "우편 행정은 거기에 신경을 써야 돼요."

"잘못은 전신국에 있는 게 아닐까?" 장교 하나가 빈정거리듯 말했다.

"반드시 그렇지는 않습니다." 사관후보생은 전혀 당황하지 않고 대답했다. "하지만 달에서 지구에 시각적으로 소식을 전하는 것은 아주 쉽습니다."

"어떻게?"

"롱스피크에 있는 망원경을 이용하는 겁니다. 아시다시피 그 망원경은 달을 로키 산맥에서 8킬로미터 거리까지 끌어당길 수 있고, 달 표면에 있는 물체를 지름이 3미터밖에 안 되는 것까지도 보여줍니다. 그 부지런한 양반들이 거대한 알파벳을 만들어서 길이가 5미터인 낱말을 쓰고 길이가 5킬로미터인 문장을 쓰면 우리한테 소식을 보낼 수 있잖습니까?"

상상력이 풍부한 젊은 사관후보생은 요란한 박수갈채를 받았다. 브론스필드 대위도 이 생각은 실현성이 있다고 인정했다. 그러고는 오목거울로 모은 달빛을 보내는 방법으로 직접 연락할 수도 있을 거라고, 이 달빛은 지구에서 해왕성이 보이듯 금성이나 화성 표면에서도 보일 거라고 덧붙였다. 그는 가장 가까운 행성 표면에서 이미 관측된 밝은 점들이 지구로 보내는 신호일 수도 있다고 말을 맺었다. 하지만 그는 이 방법으로 달나라 소식을 '받을' 수는 있어도 달나라 주민들이 장거리 관측에 적합한 기구를 갖고 있지 않다면 지구에서 그들에게 소식을 '보낼' 수는 없다고 말했다.

그러자 한 장교가 말했다.

"확실히 그렇지만, 그 여행자들은 어떻게 됐는지, 무엇을 하고 무엇을 보았는지, 우리는 무엇보다도 거기에 관심을 가져야 돼. 게다가 나는 실험이 성공한 것을 믿어 의심치 않지만, 만약 성공했다면 사람들은 또다시 그걸 시도할 거야. 콜럼비아드는 아직도 플로리다 땅속에 묻혀 있어. 이제 화약을 넣어서 쏘기만 하면 돼. 달이 천정에 올 때마다 포탄 객차에 탄 여행객을 달로 쏘아 보낼 수 있어."

"J.T. 매스턴이 언젠가 친구들 곁으로 갈 것은 분명해." 브론스필드 대위가 받았다.

"매스턴 씨가 받아만 준다면 저는 언제든지 갈 각오가 되어 있습니다!" 사관후보생이 외쳤다.

"지원자는 부족하지 않을 걸세." 브론스필드가 대꾸했다. "허락된다면 지구 주민의 절반은 달로 이주하고 싶어할걸!"

'서스크해나' 호 장교들 사이에 오간 이 대화는 오전 1시까지 계속되었다. 그 대담한 사람들이 말한 방법이 얼마나 어처구니없고 황당무계한지, 그들이 제시한 이론이 얼마나 모순되는지는 말할 수 없다. 바비케인의 시도 이후, 미국인들에게는 어떤 일도 불가능하게 여겨지지 않았다. 그들은 이미 학자들만이 아니라 달나라 국경 근처에서 식민지를 개척할 이주민으로 구성된 탐험대를 만들었고, 달나라를 정복하기 위해 보병과 포병과 기병으로 구성된 군대까지 편성해놓았다.

오전 1시에도 측연선을 끌어당기는 작업은 아직 끝나지 않았다. 아직도 3000미터가 넘게 남아 있었고, 그것을 다 끌어올리려면 몇 시간이 걸릴 터였다. 함장의 명령에 따라 불이 지펴졌고, 증기압이 올라가고 있었다. '서스크해나' 호는 당장이라도 출발할 수 있었을 것이다.

그 순간(정확히 오전 1시 17분), 브론스필드 대위가 당직을 마치고 선실로 돌아갈 준비를 하고 있을 때, 멀리서 쉿쉿거리는 소리가 그의 주의를 끌었다. 동료들과 마찬가지로 대위도 처음에는 증기가 새어나오는 소리라고 생각했다. 그런데 고개를 들어 보니, 그 소리는 높은 하늘 꼭대기에서 나고 있었다. 저게 무슨 소리냐고 서로 물어볼 사이도 없이 그 소리는 무시무시하게 커졌고, 눈부시게 빛나는 운석이 갑자기 눈앞에 나타났다. 거대한 운석은 대기층을 통과하면서 공기와의 마찰과 빠른 속도 때문에 불이 붙어 활활 타오르고 있었다.

그 불덩어리는 순식간에 커져서 우레 소리와 함께 뱃머리의 기움돛대 위에 떨어졌다. 그리고 그 돛대를 고물 근처까지 박살낸 뒤, 귀청이 먹먹해지는 굉음과 함께 파도 속으로 사라졌다!

몇 미터만 앞에 있었다면 '서스크해나' 호는 모든 승조원과 함께 침몰했을 것이다.

이 순간, 블룸스베리 함장이 옷도 제대로 입지 못한 채 앞갑판으로 달려나왔다. 다른 장교들도 모두 서둘러 나타났다.

"도대체 무슨 일인가?" 함장이 소리쳤다.

젊은 사관후보생이 앵무새처럼 외쳤다.

"함장님! '그들' 이 다시 돌아왔습니다!"

몇 미터만 앞에 있었다면……

21
J.T. 매스턴의 등장

'서스크해나' 호 갑판에서는 대소동이 벌어졌다. 장교와 수병들은 하마터면 배가 박살나서 파도 속으로 침몰할 뻔했던 위험도 잊어버리고, 오로지 '그 여행'이 파국으로 끝난 것밖에 생각지 않았다. 과거와 현재를 통틀어 가장 대담하다는 평을 들은 그 프로젝트는 그것을 시도한 용감한 모험가들의 목숨을 이렇게 희생시키고 말았다.

젊은 사관후보생은 "그들이 다시 돌아왔다!"고 외쳤을 뿐인데, 모든 사람이 당장 그 말뜻을 알아차렸다. 그 운석이 대포 클럽의 포탄이라는 데 의심을 품는 사람은 아무도 없었다. 포탄 안에 있는 여행자들의 운명에 관해서는 의견이 둘로 나뉘었다.

"죽었어!" 누군가가 말했다.

"아니야. 살아 있어. 수심이 깊어서 추락의 충격이 약해졌어." 다른 사람이 반박했다.

"하지만 공기가 바닥났을 테니까 질식은 면할 수 없을 거야!" 또 다른 사람이 말했다.

"불에 타 죽었어!" 또 다른 사람이 끼어들었다. "포탄은 공중에서 떨어질 때 하얀 빛을 낼 만큼 뜨겁게 달아오른 불덩어리에 불과했어!"

"살아 있든 죽었든, 어쨌든 바다에서 인양해야 돼!"

블룸스베리 함장은 곧 장교들을 소집하여, 함장으로서 의견을 말했다. 당장 할 일을 결정해야 했다. 가장 시급한 조치는 포탄을 인양하는 것이었다. 불가능한 일은 아니지만 무척 어려운 작업이었다. 포탄을 인양하려면 고정되어 있는 강력한 기계가 필요했지만, 코르벳함에는 그런 기계가 없었다. 그래서 가장 가까운 항구에 들러 포탄 추락에 대한 정보를 대포 클럽에 알리기로 했다.

이 결정에는 아무도 이의가 없었다. 다음에는 어느 항구를 택할 것인가를 논의해야 했다. 가까운 북위 27도선 해안에는 배가 닻을 내릴 만한 정박지가 없었다. 좀더 위쪽의 몬터레이 만에는 몬터레이라는 마을이 있었지만, 황야 끝에 있어서 미국 중심부와 전신이 연결되어 있지 않았다.

거기서 좀더 위로 올라가면 샌프란시스코 만이 있었다. 그곳에서는 물론 미국 중심부와 자유롭게 통신할 수 있었다. 그 항구에 가려면 '서스크해나' 호가 전력을 다해도 이틀 가까이 걸린다. 그래서 빨리 출발해야 했다.

출발 준비는 당장 끝났다. 측연을 매단 줄은 아직도 바다 속에 3600미터나 남아 있었지만, 블룸스베리 함장은 귀중한 시간을 잃고 싶지 않아서 그 밧줄을 자르기로 했다.

"줄에다 부표를 묶어두게. 그러면 포탄이 추락한 정확한 위치를 부표가 알려줄 테니까." 함장이 말했다.

"그리고 우리는 정확히 북위 27도 7분 · 서경 41도 37분에 있으니까요." 브론스필드 대위가 대답했다.

"그래, 브론스필드. 그럼 줄을 끊게." 함장이 말했다.

두어 개의 스파*로 보강된 튼튼한 부표가 바다에 던져졌다. 밧줄 끝이 거기에 단단히 묶였다. 넘실대는 파도에 맡겨진 부표는 다른 데로 떠내려가지 않을 것이다.

이 순간 기관사가 함장에게 출발 준비가 되었음을 알렸다. 함장은 기관사에게 알았다고 말한 다음, 북북동으로 진로를 잡으라고 명령했다. 코르벳함은 바람을 등지고 전속력으로 샌프란시스코를 향해 달렸다. 오전 3시였다.

배는 880킬로미터를 가로질러야 했다. '서스크해나' 호처럼 성능 좋은 배에는 아무것도 아니었다. 36시간 만에 배는 그 거리를 주파했다. 그리고 12월 13일 오후 1시 27분에 샌프란시스코 만으로 들어갔다.

해군 수병들이 타고 있는 군함이 기움돛대가 부러진 채 전속력으로 입항하는 것을 보고, 사람들은 호기심에 사로잡혀 눈을 크게 떴다. 군중은 곧 상륙하는 수병들을 맞이하기 위해 부두로

* 스파(spar): 돛대로 쓰는 튼튼한 둥근 재목.

몰려들었다.

온몸이 흠뻑 젖은 블룸스베리 함장과 브론스필드 대위는 상륙용 보트에 옮겨 탔다. 여덟 개의 노를 저었기 때문에 보트는 순식간에 해안에 도착했다.

두 사람은 부두로 뛰어올랐다. 그러고는 사람들이 퍼붓는 질문에는 대꾸도 하지 않고 물었다.

"전신국이 어디요?"

항구에서 근무하는 장교가 몰려든 구경꾼들을 헤치고 전신국으로 그들을 안내했다. 블룸스베리와 브론스필드는 전신국으로 들어갔고, 군중은 문간에서 서로 밀치락달치락하고 있었다.

몇 분 뒤 전보 네 통이 발송되었다.

첫 번째는 워싱턴의 해군장관.

두 번째는 볼티모어의 대포 클럽 부회장.

세 번째는 로키 산맥 롱스피크 관측소의 J.T. 매스턴.

네 번째는 매사추세츠 주 케임브리지 천문대의 부(副)대장.

전보 내용은 다음과 같았다.

12월 12일 오전 1시 17분, 북위 27도 7분, 서경 41도 37분 해상에서 콜럼비아드가 발사한 포탄이 태평양으로 추락. 지시를 보내주기 바람. '서스크해나' 호 함장 블룸스베리

5분 뒤에는 샌프란시스코의 모든 시민이 이 소식을 알게 되었다. 저녁 6시도 되기 전에 미국의 다른 주들도 이 엄청난 참사

를 알았다. 자정이 지날 무렵에는 해저 케이블을 통해 미국의 이 위대한 실험 결과가 유럽 전역에 알려졌다.

이 예기치 못한 '파국'이 전세계에 미친 영향을 굳이 묘사하지는 않겠다.

전보를 받은 해군장관은 '서스크해나' 호에 전보를 보내, 엔진을 끄지 말고 샌프란시스코 만에서 대기하라고 지시했다. 배는 밤이건 낮이건 언제라도 출항할 준비를 갖추고 있어야 했다.

케임브리지 천문대는 특별 회의를 소집했다. 그리고 학술 단체 특유의 차분하고 냉정한 분위기 속에서 그 문제의 과학적 의미가 평화롭게 논의되었다.

대포 클럽에서는 폭발이 일어났다. 모든 대포인이 모여 있었다. 윌컴 부회장은 J.T. 매스턴이 보낸 성급한 전보를 읽고 있었다. 그 전보에서 매스턴과 벨파스트는 롱스피크의 거대한 망원경에 포탄이 방금 포착되었고, 포탄은 달의 인력에 이끌려 태양계의 하급 위성 노릇을 하고 있다고 선언했던 것이다.

그 점에 대해서 우리는 진상을 알고 있다.

하지만 매스턴의 전보와는 완전히 상충되는 블룸스베리의 전보가 도착하자, 대포 클럽 안에는 두 파가 생겨났다. 한쪽은 포탄의 추락을 인정하고, 따라서 여행자들의 귀환을 인정했다. 또 한쪽은 롱스피크의 관측을 믿고, '서스크해나' 호 함장이 실수를 저질렀다고 결론지었다. 함장이 포탄이라고 주장한 것은 사실은 운석일 뿐이다! 운석이 떨어질 때 코르벳함의 기움돛대를 박살냈다고 그들은 주장했다. 이 주장을 반박하기는 어려웠다.

낙하 속도가 너무 빨라서 관측하기가 무척 어려웠을 것이기 때문이다. '서스크해나' 호의 함장과 장교들이 정말로 실수를 저질렀을지도 모른다. 하지만 한 가지 주장은 그들에게 유리했다. 포탄이 지구에 떨어졌다면, 지구와 만나는 지점이 위도로는 북위 27도선, 경도로는—그동안 지난 시간과 지구의 자전 운동을 고려하면—서경 41도선과 47도선 사이가 될 수밖에 없다는 것이다.

어쨌든 대포 클럽은 블룸스베리 대령과 빌스비와 엘피스턴 소령이 당장 샌프란시스코로 가서 깊은 바다에서 포탄을 인양할 방법을 강구하기로 결정했다.

이 헌신적인 남자들은 곧바로 출발했다. 이제 곧 미국 중부를 횡단하게 될 철도가 그들을 세인트루이스까지 데려다주었다. 그곳에서는 빠른 우편마차가 그들을 기다리고 있었다.

해군장관과 대포 클럽 부회장, 케임브리지 천문대 부대장이 샌프란시스코에서 보낸 전보를 받은 것과 거의 같은 순간, J.T. 매스턴은 평생 겪어본 적이 없는 흥분에 사로잡혀 있었다. 그가 사랑하는 대포가 폭발해서 하마터면 자신의 목숨을 빼앗아갈 뻔한 적도 한두 번이 아니었지만, 그때도 이렇게 짜릿한 흥분은 느껴보지 못했다.

여러분도 알고 있다시피, 이 대포 클럽 간사는 포탄이 발사되자마자 (거의 포탄만큼 빨리) 로키 산맥의 롱스피크 관측소로 떠났다. 케임브리지 천문대장인 J. 벨파스트가 그와 동행했다. 그곳에 도착하자 두 친구는 당장 그곳에 진을 치고, 거대한 망원경 옆을 잠시도 떠나지 않았다. 이 거대한 관측기구는 영국인들이 '프런트 뷰'라고 부르는 반사 방식으로 설치되어 있었다. 이 방식은 모든 물체를 한 번만 반사시키기 때문에 물체의 상이 훨씬 또렷하다. 그래서 매스턴과 벨파스트는 관측할 때 망원경의 아래쪽이 아니라 가벼움의 걸작인 원형 계단을 통해 '위쪽'으로 올라가 거기에 자리를 잡았다. 그들 밑에는 깊이가 80미터에 이르는 금속제 우물이 입을 벌리고 있었고, 우물 끝에 금속제 반사경이 설치되어 있었다.

두 학자는 망원경 위에 설치된 비좁은 받침대 위에서 생활하면서, 햇빛에 가려 달이 보이지 않는 낮을 저주하고 밤에는 고집스럽게 달을 가리는 구름을 저주했다.

며칠을 기다리다가 12월 5일 밤에 친구들을 우주 공간으로 데려가고 있는 포탄을 보았을 때 그들은 얼마나 기뻤는지 모른다. 그런데 이 기쁨에 이어 엄청난 기만이 이루어졌다. 피상적인 관측을 믿은 그들이 전세계에 첫 번째 전보를 보내, 포탄이 달의 위성이 되어 불변의 궤도를 돌고 있다고 잘못 단언한 것이다.

그 순간부터 포탄은 한 번도 그들의 눈에 모습을 드러내지 않았다. 이 실종은 더욱 쉽게 설명할 수 있었다. 그때 포탄은 지구에서 보이지 않는 달의 뒷면으로 넘어가 있었기 때문이다. 하지만 지구에서 보이는 앞면에 다시 나타날 시간이 되었을 때, 안달복달하는 매스턴과 그에 못지않게 초조한 친구가 얼마나 속을 태웠을지 여러분은 짐작하고도 남을 것이다. 그들은 밤에는 순간마다 포탄이 다시 보일 거라고 생각했지만, 포탄은 보이지 않았다. 그래서 두 사람 사이에는 끊임없는 토론과 격렬한 논쟁이 벌어졌다. 벨파스트는 이제 다시는 포탄을 볼 수 없다고 주장했고, 매스턴은 "포탄이 눈을 혼란시켰다"고 주장했다.

"저게 포탄이야!" 매스턴이 되풀이 말했다.

"아니야. 저건 달의 산에서 떨어지는 눈사태야." 벨파스트가 대꾸했다.

"내일은 포탄을 보게 될 거야."

"아니야. 이제 다시는 포탄을 보지 못할 거야. 포탄은 우주 공간으로 날아가버렸네."

"볼 수 있어!"

"없어!"

두 사람이 함께 있는 것은 이제 불가능해졌다. 바로 그때 생각지도 않은 사고가 일어나 끝없는 두 사람의 말다툼에 마침표를 찍었다.

12월 14일에서 15일로 넘어가는 밤, 화해할 수 없는 두 친구는 달을 관측하느라 바빴다. 매스턴은 옆에 있는 유식한 벨파스트를 여느 때처럼 괴롭혔다. 대포 클럽 간사는 자기가 방금 포탄을 보았다고 수천 번째로 주장하고, 현창으로 밖을 내다보고 있는 미셸 아르당의 얼굴까지 볼 수 있었다고 덧붙였다. 그러면서 제 주장을 강화하기 위해 격렬한 손짓을 했지만, 그의 손을 대신하는 무시무시한 갈고리 때문에 그 손짓은 몹시 위험하고 불쾌했다.

바로 그때 벨파스트의 하인이 받침대 위에 나타나(밤 10시였다) 그에게 전보 한 통을 건네주었다. 그것은 '서스크해나' 호 함장이 보낸 전보였다.

벨파스트는 봉함을 뜯고 전보를 읽다가 소리를 질렀다.

"뭐야?" 매스턴이 물었다.

"포탄!"

"뭐라고?"

"지구로 떨어졌어!"

또 다른 외침소리가 거기에 응답했다. 이번에는 완전히 늑대 울음소리처럼 길게 꼬리를 끄는 처량한 외침소리였다. 벨파스트는 매스턴을 돌아보았다. 불행한 사내는 금속 경통(鏡筒) 위로 경솔하게 몸을 기울였다가 거대한 망원경 속으로 사라져버렸다. 80미터의 추락! 깜짝 놀란 벨파스트는 망원경의 구멍으로 달려갔다.

그는 안도의 한숨을 내쉬었다. 매스턴의 금속 갈고리가 경통 안쪽을 구획지은 여러 개의 둥근 고리 가운데 하나에 걸려 있었다. 매스턴은 그 고리에 대롱대롱 매달린 채 무서운 외침소리를 지르고 있었다.

벨파스트는 사람을 불렀다. 도와줄 사람들이 와서 도르래를 설치하고, 경솔한 대포 클럽 간사를 간신히 끌어올렸다.

매스턴은 상처도 입지 않고 망원경의 위쪽 구멍으로 다시 나타났다.

"아아, 다행이야! 내가 반사경을 깨뜨렸다면 어쩔 뻔했어?"

80미터의 추락!

"그랬다면 변상해야지." 벨파스트는 엄격한 어조로 대답했다.

"그런데 그 빌어먹을 포탄이 추락했다고?" 매스턴이 물었다.

"태평양에."

"가세!"

15분 뒤, 두 학자는 로키 산맥의 내리막길을 내려가고 있었다. 그들은 도중에 말 다섯 마리를 길에서 죽이고, 이틀 뒤 대포클럽 동료들과 동시에 샌프란시스코에 도착했다.

엘피스턴 소령과 블룸스베리 대령과 빌스비는 그들이 도착하는 것을 보고 달려왔다.

"어떡하지?" 그들이 소리쳤다.

"포탄을 인양해야지." 매스턴이 대답했다. "빠를수록 좋아."

22

구조 작업

포탄이 가라앉은 위치는 정확히 알고 있었다. 하지만 포탄을 잡아서 수면 위로 끌어올릴 만한 기계가 아직 존재하지 않았다. 우선 그 기계를 고안하여 만들어야 했다. 미국 기술자들이 그런 사소한 문제로 고민할 리가 없었다. 일단 쇠갈고리를 고정시키면, 그 도움으로 무거운 포탄을 끌어올릴 수 있을 거라고 그들은 확신했다. 게다가 포탄이 잠겨 있는 물의 밀도 때문에 포탄의 무게는 가벼워져 있었다.

하지만 생각해야 할 문제는 포탄을 인양하는 것만이 아니었다. 불운한 여행자들부터 당장 구조해야 했다. 그들이 아직 살아 있다는 것을 의심하는 사람은 아무도 없었다.

매스턴이 끊임없이 그렇게 말하고 있었기 때문에, 그의 확신이 다른 사람들도 모두 그쪽으로 끌어들였다.

"아무렴. 살아 있고말고! 우리 친구들은 현명하니까 얼간이들처럼 죽었을 리가 없어요. 우리 친구들은 살아 있습니다. 멀쩡하게 살아 있어요. 하지만 살아 있는 친구들을 보고 싶으면 서둘러야 합니다. 음식과 물은 걱정 없어요. 그 정도면 충분히 버틸 수 있으니까. 문제는 공기예요, 공기! 공기는 곧 바닥날 겁니다. 그러니까 서둘러요! 빨리!"

그래서 사람들은 서둘렀다. '서스크해나' 호는 새로운 목적에 알맞게 채비를 갖추었다. 강력한 기계가 예인용 사슬에 묶였다. 알루미늄 포탄의 무게는 8700킬로그램 정도밖에 되지 않았다. 이것은 비슷한 상황에서 인양된 대서양 해저 케이블보다 훨씬 가벼웠다. 포탄을 인양할 때 유일한 문제는 원통원뿔형 포탄의 외벽이 너무 매끄러워서 갈고리를 걸 수 있는 곳이 전혀 없다는 것이었다. 그래서 기술자인 머치슨이 샌프란시스코로 달려와, 거대한 갈고리를 자동장치에 고정시켰다. 갈고리는 강력한 발톱으로 일단 포탄을 움켜잡는 데 성공하면 절대로 놓아주지 않을 것이다. 잠수복도 준비되었다. 잠수부들은 물과 공기를 통과시키지 않는 이 잠수복을 통해 바다 밑바닥을 관찰할 수 있었다. 머치슨은 교묘하게 설계된 압축공기장치도 배에 실었다. 그 장치에는 현창이 뚫린 격실들이 마련되어 있어서, 어떤 칸에 물을 넣으면 깊은 바다 속까지 내려갈 수 있었다. 이런 장치들은 샌프란시스코에 있었다. 그곳에 해저 방파제를 만들 때 사용되었기 때문이다. 그것은 대단한 행운이었다. 그 장치를 새로 제작할 시간이 없었기 때문이다.

하지만 기계가 아무리 완벽하고 그것을 사용할 학자들의 창의력이 아무리 뛰어나도, 작업이 반드시 성공한다고 확신할 수는 없었다. 수심 6000미터의 바다 속에 있는 포탄을 무사히 끌어올릴 가능성이 얼마나 될까! 게다가 포탄을 수면 위로 끌어올릴 수 있다 해도, 여행자들은 추락의 엄청난 충격을 견뎌낼 수 있었을까? 6000미터 깊이의 물도 아마 그 충격을 충분히 완화시키지는 못했을 것이다. 어쨌든 서둘러야 했다. 매스턴은 밤낮으로 인부들을 채근했다. 그는 용감한 친구들이 놓여 있는 상황을 알기 위해 직접 잠수복을 입고 물속에 들어가거나 공기장치를 시험해볼 각오가 되어 있었다.

하지만 다양한 기계와 장비들을 부지런히 준비하고, 미국 정부가 대포 클럽에 상당한 자금을 지원해주었는데도 모든 준비가 끝나기까지는 무려 닷새가 걸렸다. 그 5일은 5세기처럼 길게 느껴졌다! 그동안 여론은 최고조로 흥분했다. 전세계가 전선을 통해 끊임없이 전보를 주고받았다. 바비케인과 니콜과 미셸 아르당을 구조하는 것은 국제적인 사건이 되었다. 대포 클럽에 기부금을 낸 사람들은 모두 여행자들의 안녕에 직접적인 이해관계를 가지고 있었다.

마침내 예인용 사슬, 공기실, 자동 갈고리가 모두 배에 실렸다. 매스턴과 머치슨, 그리고 대포 클럽 대표단은 벌써 선실에 들어가 있었다. 이제 출발하기만 하면 되었다.

12월 21일 오후 8시, 코르벳함은 북동풍을 받으며 아름다운 바다로 나가 지독한 추위를 만났다. 부두에는 샌프란시스코 사람들이 모두 모여 있었다. 그들은 강한 흥분에 사로잡혀 있었지만, 만세를 부르는 것은 배가 돌아올 때로 미루고 조용히 배웅했다. '서스크해나' 호는 증기압을 최대로 올리고 프로펠러를 돌려 샌프란시스코 만을 빠져나갔다.

배에서 장교와 수병과 승객들 사이에 오간 대화를 이야기할 필요는 없다. 모두 한 가지 생각밖에 하지 않았다. 모든 심장이 똑같은 감정으로 고동쳤다. 그들이 구조를 서두르고 있는 동안, 바비케인과 친구들은 무엇을 하고 있었을까? 그들은 어떻게 되었을까? 자유를 되찾기 위해 대담한 작전을 시도할 수 있었을까? 그것은 아무도 알 수 없었다. 사실은 어떤 방법을 시도했어도 분명 실패로 끝났을 것이다. 수심 6000미터의 바다 속에 잠긴 금속 감옥은 죄수들의 노력을 모두 좌절시켰을 것이다.

'서스크해나' 호는 빠른 속도로 달려서 12월 23일 오전 8시에 목적지에 도착할 예정이었다. 하지만 배의 위치를 정확히 산정하려면 정오까지 기다려야만 했다. 줄에 묶어둔 부표는 아직 발견되지 않았다.

12시에 블룸스베리 함장은 관측을 감독하는 부하 장교들의 도움을 얻어 대포 클럽 대표단 앞에서 배의 위치를 산정했다. 잠시 불안한 분위기가 감돌았다. 배의 위치를 확인해보니, '서스크해나' 호는 포탄이 바다 속으로 사라진 지점에서 서쪽으로 조금 떨어져 있었다.

그래서 그 정확한 지점에 도착하도록 배의 진로를 바꾸었다.

12시 47분에 그들은 부표에 도착했다. 부표는 완전한 상태였고, 위치는 거의 바뀌지 않은 게 분명했다.

"드디어 왔군!" 매스턴이 외쳤다.

"당장 시작할까요?" 블룸스베리 함장이 물었다.

"어서요. 단 1초도 지체하지 말고."

코르벳함이 거의 움직이지 않도록 모든 예방 조치가 취해졌다. 포탄을 인양하기 전에 머치슨은 바다 밑바닥에 가라앉아 있는 포탄의 정확한 위치를 알고 싶어했다. 이 구조 작업에 동원된 해저 장비는 공기를 공급받았다. 이런 기계를 조작할 때 위험이 없다고는 말할 수 없었다. 해수면보다 6000미터나 내려간 곳에서 엄청난 수압을 받으면 장비가 부서질 가능성도 있고, 그것은 끔찍한 결과를 초래할 것이기 때문이다.

매스턴과 블룸스베리 대령과 머치슨은 이런 위험에도 아랑곳하지 않고 공기실에 자리를 잡았다. 함장은 브리지에서 작업을 감독하고, 신호에 따라 사슬을 멈추거나 끌어올릴 준비를 갖추었다. 프로펠러가 멈추었고, 모든 동력은 줄을 감아올리는 캡스턴에 집중되었다. 그러면 문제가 생겼을 때 장비를 배 위로 재빨리 끌어올릴 수 있을 것이다.

해저 장비를 내리는 작업은 오후 1시 25분에 시작되었다. 물이 가득 찬 탱크가 압축공기실을 아래로 끌어내렸다. 잠시 후 공기실은 해수면에서 사라졌다.

배에 타고 있는 장교와 수병들의 감정은 이제 포탄 속에 갇힌 사람들과 해저 장비 속에 갇힌 사람들 쪽으로 갈라졌다. 해저 장비 속에 갇힌 사람들은 현창 유리에 달라붙어 자신들이 지나가고 있는 물을 열심히 내다보고 있었다.

장비는 빠른 속도로 내려갔다. 2시 17분에 매스턴과 동료들은 태평양 바닥에 도착했다. 하지만 황량한 사막밖에 보이지 않았다. 그곳에는 동물도 식물도 살고 있지 않았다. 그들은 강력한 반사경이 달린 램프의 불빛으로 어두운 바닥을 꽤 멀리까지 볼 수 있었지만, 포탄은 어디에도 보이지 않았다.

그 대담한 잠수부들의 초조감은 이루 형언할 수 없다. 그들은 코르벳함과 전선으로 연결되어 있었기 때문에 이미 합의한 신호를 보냈고, '서스크해나' 호는 바다 속에 가라앉은 공기실을 몇 미터 들어올려 1킬로미터쯤 이동시켰다.

그런 방법으로 그들은 해저 평원 전체를 탐색하면서, 방향을 바꿀 때마다 시각적 환상에 속고 비탄에 잠기기를 되풀이했다. 바위나 불룩 솟아오른 바닥은 그들이 애타게 찾고 있는 포탄처럼 보였다. 하지만 곧 착각인 것을 깨닫고 절망에 빠졌다.

"도대체 어디 있지? 어디 있는 거야?" 매스턴이 외쳤다. 매스턴은 불운한 친구들이 소리가 전달되지 않는 물을 통해 그의 목소리를 듣거나 그에게 대답할 수 있다고 생각하는 듯 니콜과 바비케인과 미셸 아르당의 이름을 소리쳐 불렀다. 수색은 오염된 공기 때문에 잠수부들이 수면 위로 올라갈 수밖에 없을 때까지 그런 상태로 계속되었다.

공기실을 수면 위로 끌어올리는 작업은 저녁 6시쯤 시작되어 자정이 지나서야 끝났다.

"내일 또 합시다." 매스턴은 코르벳함 브리지에 발을 내디디

장비는 빠른 속도로 내려갔다

면서 말했다.

"물론이지요." 블룸스베리 함장이 대답했다.

"다른 지점에서?"

"그럼요."

매스턴은 성공을 의심하지 않았지만, 그의 동료들은 처음 몇 시간의 흥분이 가라앉자 이 작업의 어려움을 깨달았다. 샌프란시스코에서는 그렇게 쉬워 보였던 일이 이 넓은 바다에서는 거의 불가능하게 여겨졌다. 성공할 가능성은 빠른 속도로 줄어들었다. 포탄을 발견하려면 순전히 우연에 기대를 걸 수밖에 없었다.

이튿날인 12월 24일, 전날의 피로를 무릅쓰고 작업이 재개되었다. 코르벳함은 몇 분 동안 서쪽으로 이동했고, 다시 공기를 채운 해저 장비는 어제와 같은 탐사단을 태우고 깊은 바다 속으로 내려갔다.

아무 성과도 없이 하루가 또 지나갔다. 바다 밑바닥은 사막이었다. 12월 25일에도 26일에도 성과는 없었다.

이제 절망이었다. 그들은 26일 동안이나 포탄에 갇혀 있는 그 불운한 사람들을 생각했다. 아마 그 순간 그들은 질식이 다가오는 것을 느끼고 있었을 것이다. 추락의 충격을 피할 수 있었다 해도 질식사는 면할 수 없을 것이다. 공기는 바닥났고, 공기와 함께 그들의 용기와 정신력도 바닥났을 것이다.

"공기는 바닥날지 몰라도……" 매스턴은 단호하게 대꾸했다. "그들의 정신력은 절대로 바닥나지 않을 거요."

다시 이틀 동안 수색을 계속했지만, 12월 28일에는 모든 희망이 사라졌다. 드넓은 바다에서는 포탄이 원자 하나에 불과했다. 포탄을 찾아내는 것은 단념할 수밖에 없었다.

하지만 매스턴은 그만 떠나자는 말을 들으려 하지 않았다. 하다못해 친구들의 무덤이라도 찾기 전에는 그곳을 떠날 수 없다고 버텼다. 하지만 블룸스베리 함장은 더 버틸 수 없었다. 그래서 대포 클럽 간사가 큰 소리로 항의하는데도 출발 명령을 내릴 수밖에 없었다.

12월 29일 오전 9시, '서스크해나' 호는 북동쪽으로 뱃머리를 돌리고 샌프란시스코 만으로 돌아가기 시작했다.

아침 10시에 코르벳함은 참사 현장을 떠나기가 아쉬운 듯 천천히 나아가고 있었다. 그때 큰 돛대의 위쪽 가로장에 걸터앉아 바다를 바라보고 있던 한 수병이 느닷없이 소리를 질렀다.

"바람 부는 쪽 전방에 부표!"

장교들은 일제히 그쪽을 보았다. 쌍안경으로 보니, 그 물체는 만이나 하천의 항로를 표시할 때 쓰이는 부표처럼 보였다. 하지만 기묘하게도 수면 위로 1.5미터쯤 올라와 있는 원뿔 위에서 깃발 하나가 바람에 나부끼고 있었다. 부표는 은으로 만들어진 것처럼 햇빛을 받아 반짝반짝 빛나고 있었다. 블룸스베리 함장과 매스턴, 그리고 대포 클럽 대표단은 브리지로 올라가 파도 위에 떠다니는 그 물체를 조사했다.

모두 흥분과 불안이 뒤섞인 눈으로 말없이 그것을 바라보았다. 모든 사람의 마음에 떠오른 생각을 아무도 감히 입 밖에 내지 못했다.

코르벳함은 그 물체에 약 400미터 거리까지 접근했다.

모든 사람들 사이로 짜릿한 전율이 퍼져갔다. 그 깃발은 미국 국기였다!

바로 그때, 길게 꼬리를 끌며 울부짖는 소리가 들렸다. 용감한 매스턴이 갑자기 털썩 쓰러지면서 내지른 소리였다. 한편으로는 오른손이 쇠갈고리로 바뀐 것을 깜박 잊어버리고, 또 한편으로는 뇌를 덮고 있는 것이 두개골이 아니라 고무에 불과하다는 것을 깜박 잊어버린 매스턴이 국기를 보고 경례를 하다가 쇠갈고리로 뇌를 강타한 것이다.

사람들은 서둘러 그에게 달려가 부축해서 일으키고, 다시 정신을 차리게 해주었다. 그런데 그의 입에서 맨 처음 나온 말은 무엇이었을까?

"아아! 우리는 바보야! 남들보다 세 배, 네 배, 다섯 배나 멍청이야!"

"무슨 일인가?" 주위 사람들이 모두 놀라서 소리쳤다.

"무슨 일이냐고?"

"말해보게."

"이 바보 멍청이들아. 포탄은 무게가 8600킬로그램밖에 안 돼!"

"그래서?"

"그런데 배수량은 28톤이야. 따라서 포탄은 '물에 뜬다'는 거지."

매스턴은 '뜬다'는 동사를 얼마나 강조했는지 모른다. 그 말은 사실이었다. 모든 학자들이 이 기본적인 법칙을 잊고 있었다. 포탄은 추락의 충격으로 깊은 바다 속까지 내려갔지만, 가볍기 때문에 자연히 수면으로 떠오를 수밖에 없다는 것을 잊고 있었다. 이제 포탄은 파도에 흔들리며 조용히 떠 있었다.

보트가 바다에 내려졌다. 매스턴과 친구들은 서둘러 보트에 올라탔다. 흥분이 최고조에 이르렀다! 포탄으로 다가가는 동안, 모든 사람의 심장이 쿵쿵 소리를 내며 뛰었다. 포탄 속에는 무엇이 있을까? 살아 있을까? 죽었을까? 아니, 틀림없이 살아 있어! 그래. 살아 있어. 바비케인과 두 친구가 깃발을 올린 뒤에 죽음을 맞지 않았다면 살아 있을 거야.

깊은 침묵이 보트를 지배했다. 모두 숨을 죽였다. 이제 아무것도 눈에 보이지 않았다. 포탄의 현창 하나가 열려 있었다. 현창 가장자리에 유리조각 몇 개가 남아 있어서, 현창이 깨진 것을 보여주었다. 이 현창은 수면에서 1.5미터 높이에 있었다.

보트 한 척이 그 옆으로 다가갔다. 매스턴이 탄 보트였다. 매스턴은 깨진 유리창에 덤벼들었다.

그 순간 또렷하고 쾌활한 목소리가 들렸다. 미셸 아르당의 목소리였다. 그는 의기양양하게 외쳤다.

"패가 없네, 바비케인. 모두 꽝이야!"

바비케인과 미셸 아르당과 니콜은 도미노 게임을 하고 있었다!

“패가 없네, 바비케인. 모두 꽝이야!”

23

대단원

여러분은 세 여행자가 출발할 때 얼마나 열렬한 호응을 얻었는지 기억할 것이다. 모험에 나설 때 그들이 구세계와 신세계에서 그런 흥분을 불러일으켰다면, 돌아왔을 때는 얼마나 열렬한 환영을 받을까! 플로리다 반도로 몰려들었던 수백만 명의 구경꾼이 이 숭고한 모험가들을 만나러 달려오지 않을까? 세계 각지에서 미국 해안으로 달려온 수많은 외국인이 바비케인과 캡틴 니콜과 미셸 아르당을 보지 않고 미국을 떠날까? 아니다! 대중의 열정은 모험의 원대함에 그대로 반응할 수밖에 없었다. 지구를 떠나 우주 공간에서 놀라운 여행을 하고 돌아온 사람들이 지구로 돌아온 예언자 엘리야*처럼 환영받지 않을 수는 없었다. 그들을 보고 그들의 말을 듣는 것이 모든 사람의 간절한

* 엘리야: 기원전 9세기에 활동한 이스라엘의 예언자.

소망이었다.

바비케인과 미셸 아르당과 캡틴 니콜, 그리고 대포 클럽 대표단은 지체없이 볼티모어로 돌아와 이루 형언할 수 없을 만큼 열렬한 환영을 받았다. 바비케인 회장의 여행기는 대중에게 공개될 준비가 되어 있었다. 〈뉴욕 헤럴드〉지가 그 원고를 얼마에 샀는지는 아직 알려지지 않았지만, 가격이 아주 비쌌던 것은 분명하다. 사실 '달나라 여행기'가 게재되는 동안 그 신문의 판매부수는 500만 부에 이르렀다. 여행자들이 지구로 돌아온 지 사흘 뒤에는 그들의 탐험이 자세히 알려졌다. 이제 남은 일은 그 초인적인 모험을 수행한 영웅들의 얼굴을 보는 것뿐이었다.

바비케인과 친구들은 달 주위를 돌면서 관측한 결과, 지구의 위성에 관한 기존 이론을 많이 바로잡을 수 있었다. 이 학자들은 특별한 상황에서 달을 '실제로' 관찰했다. 그들은 달의 형성과 기원과 생명체의 거주 가능성에 관하여 어떤 학설을 물리치고 어떤 학설을 존속시킬 것인지를 알고 있었다. 달의 과거와 현재와 미래는 마지막 비밀까지 털어놓았다. 달에서 가장 기묘한 티코 산을 40킬로미터도 안 되는 거리에서 관찰한 그 세심하고 성실한 관찰자들에게 누가 이의를 제기할 수 있겠는가? 플라톤 산 분화구의 심연을 꿰뚫어본 그 과학자들에게 어떻게 반론을 제기할 수 있겠는가? 지구에서 보이지 않는 달의 뒷면, 그때까지 어떤 사람도 본 적이 없는 그곳을 관측한 그 대담한 사람들의 말을 어떻게 반박할 수 있겠는가? 이제는 퀴비에*가

* 조르주 퀴비에(1769~1832): 프랑스의 비교해부학자 · 고생물학자.

화석으로 인골을 복원했듯 달세계를 복원한 월리학에 그들이 어떤 한계를 부과하고, "달은 과거에는 이러했고 지금은 이렇다. 달은 지구보다 먼저 생명체가 살았고, 과거에는 생명체가 살 수 있는 세계였다. 하지만 이제는 생명체가 살 수 없는 세계이고, 그래서 지금은 생명체가 살고 있지 않다"고 말할 차례였다.

대포 클럽은 가장 저명한 회원과 두 동료의 귀환을 축하하기 위해 잔치를 열기로 했다. 그 잔치는 정복자들에게 어울리는 잔치, 미국 국민에게 어울리는 잔치, 미국의 모든 주민이 직접 참여할 수 있는 잔치여야 했다. 미국의 모든 간선 철도가 임시 레일로 연결되었다. 모든 역의 플랫폼에는 같은 깃발이 늘어서고, 같은 장식으로 꾸며지고, 같은 식탁이 차려지고, 모두 똑같은 음식이 제공되었다. 초까지 같은 전기시계들이 어떤 시각을 가리키면, 플랫폼에 있는 사람들은 모두 잔칫상에 앉으라는 초대를 받았다. 1월 5일부터 9일까지 닷새 동안 미국 철도의 모든 열차는 일요일처럼 운행을 정지했다. 모든 노선이 비어 있었다. 승리에 도취한 객차 한 량을 끌고 전속력으로 달리는 기관차 한 대만이 그 닷새 동안 미국 철도를 달릴 권리가 있었다.

기관차에는 기관사와 화부가 탔고, 대포 클럽 간사인 J.T. 매스턴이 특별 허가를 받아 기관차에 탔다. 객차에는 바비케인 회장과 캡틴 니콜과 미셸 아르당이 탔다. 사람들은 고함과 함께 만세를 부르고 미국식 감탄사를 연발했다. 그 한복판에서 기관사가 기적을 울리자 기차는 볼티모어 역을 떠났다. 기차는 시속 320킬로미터로 달렸다. 하지만 그 속도도 세 영웅이 콜럼비아드에서 튀어나갈 때의 속도에 비하면 아무것도 아니었다.

이렇게 그들은 이 역에서 저 역으로 달리면서, 모든 주민이 잔칫상에 앉아 똑같은 찬사로 그들에게 인사하고 브라보를 외치면서 아낌없이 박수갈채를 보내는 것을 보았다. 그들은 이런 식으로 미국 동부의 펜실베이니아 · 뉴욕 · 코네티컷 · 매사추세츠 · 버몬트 · 메인 · 뉴햄프셔 주를 여행하고, 북부와 서부의 미시간 · 위스콘신 · 아이오와 주를 거쳐 남부로 돌아가 일리노이 · 미주리 · 아칸소 · 텍사스 · 루이지애나 주를 방문하고, 남동부로 가서 앨라배마와 플로리다 주를 여행하고, 위로 올라가서 조지아와 캐롤라이나 주를 방문하고, 중부의 테네시 · 켄터키 · 버지니아 · 인디애나 주를 여행한 뒤, 워싱턴 역을 떠나 볼티모어에 다시 입성했다. 닷새 동안 미국 전체가 하나의 거대한 잔칫상에 앉아서 일제히 만세를 부르며 그들에게 인사를 보냈다고 생각할 수도 있었다.

극도의 찬미는 이들 세 영웅을 거의 신과 같은 반열에 올려놓았다. 사실 그들은 그런 대접을 받을 자격이 있었다.

그런데 여행 사상 전례 없는 이 시도는 실제로 어떤 결과를 낳았을까? 달과 지구를 직접 연결하는 교통이 확립될까? 그들이 태양계 전체에 항공로를 열었다고 말할 수 있을까? 이 행성에서 저 행성으로, 예를 들면 목성에서 수성으로, 나중에는 이 항성에서 저 항성으로, 예를 들면 북극성에서 시리우스 별로 가게 될까? 우리는 이 이동 수단으로 하늘에 우글거리는 수많은 태양을 방문할 수 있을까?

찬미는 그들을 신과 같은 반열에 올려놓았다

이런 의문에는 어떤 대답도 할 수 없다. 하지만 앵글로색슨족의 대담한 창의력을 알고 있다면, 미국인들이 바비케인 회장의 시도를 이용하려 한다 해도 놀라지 않을 것이다.

그래서 여행자들이 돌아온 지 얼마 후, 대중은 10만 명의 주주가 1천 달러씩 출자하여 '항성간 교통 공사'라는 이름으로 자본금 1억 달러의 주식회사를 창설하겠다는 발표를 대단히 호의적으로 받아들였다. 사장은 바비케인, 부사장은 캡틴 니콜, 전무이사는 조지프 T. 매스턴, 상무이사는 미셸 아르당이었다.

하지만 사업에서는 실패했을 경우까지도 고려하는 것이 미국인의 기질이기 때문에, 대법원장 해리 트롤로프와 치안판사 프랜시스 드레이턴을 파산관재인으로 미리 지정해두었다.

■ 해설

"쥘 베른은 과거의 낭만주의와
미래의 사실주의가 만나는
문학의 교차로에 서 있었다."
빅터 코헨, 〈컨템퍼러리 리뷰〉(1966년)에서

1. 쥘 베른과 그의 시대

쥘 베른(Jules Verne)은 과학의 시대가 시작될까 말까 한 1828년에 태어나 20세기가 막 시작된 1905년에 세상을 떠났다. 그러니 그는 19세기 사람이었다. 게다가 그는 기술자도 아니고 과학자도 아니었다. 그런데도 그는 20세기에 이룩된 놀라운 과학기술의 진보에 실질적으로 참여했다. 그는 영감을 받은 몽상가, 앞으로 인류에게 일어날 일을 오래전에 미리 '보고' 글로 쓴 예언자였기 때문이다.

베른의 주요 업적은 분명 동시대인들의 과학적 · 낭만적 열망을 표출한 것이었다. 그는 언뜻 보기에 불가능해 보일 수도 있는 것에다 기존 지식과 그럴듯한 추론을 적용하여, 독자 대중이 미래를 미리 맛볼 수 있게 해주었다. 하지만 그는 거기에서 그치지 않았다. 베른은 진보와 과학과 산업주의에 대한 믿음을 자극하는 한편, 산업시대와 불가피하게 결부될 것으로 여겨진 비인간성과 비참한 사회 현실에서 벗어날 수 있는 탈출구를 제공했다.

하지만 무엇보다도 그는 뛰어난 몽상가였다. 그는 내면의 눈으로 본 장면들을 놀랄 만큼 정확하고 생생하게 묘사했기 때문에, 수많은 독자들도 저자만큼 또렷하게 그 장면들을 볼 수 있을 정도였다. '경이의 여행' (Voyages extraordinaires) 시리즈를 이루고 있는 60여 편(중편과 작가 사후에 발표된 작품을 포함하면 80편에 이른다)의 책을 보면, 지상이나 지하나 하늘에 그가 묘사하지 않은 곳이 한 군데도 없고, 실제 과학에서 이루어진 발전들 가운데 그가 풍부한 상상력으로 미래의 상황을 정확하게 예측하고 과감하게 이용하지 않은 것이 하나도 없었다.

간단히 말해서 쥘 베른은 이 세상에 'SF' (Science Fiction)를 가져다주었다. 물론 신기한 이야기는 오래전부터 존재해왔다. 베른이 한 일은 당시의 과학적 성취를 넘어서지만 인간의 꿈을 이루는 아이디어를 진지하게 다루고 체계적으로 개발한 것이었다. 그는 정보와 이야기를 결합했고, 이 새로운 공식을 근대 테크놀로지의 테두리 안에 도입함으로써 모험과 판타지를 과학소설로 변화시켰다.

하지만 베른이 문학에 이바지한 것이 과학소설뿐이라고 생각하는 것은 잘못이다. 좀더 자세히 살펴보면, 모험소설 작가들도 모두 베른에게 큰 빚을 지고 있다는 것을 알 수 있기 때문이다. 베른의 소설을 읽다 보면 작가는 동시대의 과학자나 탐험가들을 실명 그대로 등장시켜, 그들의 현재진행형 업적을 끊임없이 독자들에게 일깨운다. 그럼으로써 베른이 만들어낸 허구의 과학자들과 그들의 장래 계획도 독자들이 믿지 않을 수 없게 한다. 현재의 과학을 언급함으로써 미래의 과학을 '실재' 시킨다고나 할까. 베른 연구의 권위자인 I.O. 에번스는 이런 기법의 소설을 일컬어 '테크니컬 픽션' 이라고 불렀다.

이렇게 놀라운 상상력과 천재적인 통찰력을 가진 작가 쥘 베른은 어떤 사람이었는가? 그는 어떤 인생을 살았을까? 사실은 놀랄 만큼 평범하다.

쥘 베른은 1828년 2월 8일에 프랑스 북서부의 항구도시 낭트의 페이도 섬에서 태어났다. 낭트는 1598년에 앙리 4세가 '낭트 칙령'을 발표하여 36년간에 걸친 종교전쟁에 마침표를 찍은 곳으로 유명하지만, 대서양으로 흘러드는 루아르 강 연안에 위치한 지리적 여건 때문에 예로부터 해외무역 기지로 발달한 도시다. 특히 18세기 초에는 프랑스의 잡화와 아프리카의 노예와 아메리카 대륙의 산물을 교환하는 이른바 '삼각무역'으로 프랑스 제1의 무역항이 되어 번영을 누렸다.

쥘 베른의 외가는 15세기에 귀족의 지위를 얻은 지방 명문 집안이지만, 일찍부터 낭트로 나와 해운업과 무역업에 종사하고 있었다. 쥘의 어머니 소피 드 라 퓌의 친할아버지는 유복한 선주였고 외할아버지는 항해사였다고 한다. 한편 베른 집안은 대대로 법관을 배출한 법률가 가문인데, 원래 낭트에 연고가 있었던 것은 아니지만 1825년에 쥘의 아버지 피에르가 낭트에 법률사무소를 차리고 이곳으로 이주했다. 이렇게 낭트에서 두 집안이 인연을 맺어, 이윽고 쥘이 태어나게 된 것이다.

그 무렵 낭트는 혁명기의 내란과 동인도회사 폐지 등의 영향으로 100년 전의 활기는 잃어버렸지만, 이국정서가 풍부한 항구도시로서 번영의 흔적을 간직하고 있었다. 그런 환경 속에서 태어나 자란 덕에 쥘 소년의 마음에도 일찍부터 바다와 이국에 대한 동경이 싹튼 모양이다.

그의 생애를 이야기할 때면 반드시 인용되는 에피소드가 하나 있다. 열한 살 때인 1839년, 동갑내기 사촌누이에게 연정을 품고 있던 쥘은 산호목걸이를 구해다 선물하려고 인도로 가는 원양선에 몰래 탔다가 배가 프랑스 해안을 벗어나기 직전에 루아르 강어귀에서 아버지에게 붙잡혀 호된 꾸지람을 들었다. 그때 소년은 "앞으로는 상상 속에서만 여행하겠다"고 맹세했다고 한다. 이 유명한 '전설'이 사실인지 아닌지는 알 수 없지만, 낭만적인 꿈을 좇아 미지의 나라로 여행을 떠나려는 소년의 모습은 과연 쥘 베른답다는 생각이 든다.

현실의 여행을 금지당한 쥘은 집안의 전통과 아버지의 뜻에 따라 법조계에 진출하려고 파리로 나와 법률 공부를 시작한다. 베른 집안처럼 법조계와 관계가 깊은 가문이 아니더라도 19세기 부르주아 집안의 자제들은 법률가가 되는 것이 일반적인 진로의 하나였다. 유명한 작가들 중에도 발자크, 메리메, 플로베르, 모파상 등이 젊은 시절에 법률을 공부했다.

파리로 나온 베른은 샤토브리앙(프랑스 낭만주의의 선구적 작가)의 누나와 결혼한 삼촌의 소개로 문학 살롱에 드나들게 되었고, 거기서 알렉상드르 뒤마(아버지)와 사귀게 되었다. 뒤마는《삼총사》와《몬테크리스토 백작》의 작가로 유명하지만, 무엇보다도 연극계의 거물이었다. 소년 시절부터 문학(특히 극작)에 관심을 가지고 있었던 베른은 1849년에 법학사 학위를 받았지만, 낭트로 돌아가지 않고 문학의 길을 걷기로 결심한다. 20대 초반부터 30대 초반까지 그는 희극이나 중편소설, 특히 오페레타의 대본을 쓰고, 셰익스피어와 에드거 앨런 포의 작품, 여행기, 과학서 등 많은 책을 읽었다. 베른에게는 화려한 비약을 앞둔 수련기였다.

1857년에 베른은 두 아이가 딸린 젊은 과부 오노린과 결혼했다.

이 결혼에는 수수께끼 같은 부분이 많고, 그후의 생활에 대해서도 베른 자신은 거의 언급하지 않았다. 이윽고 아들도 태어나고, 겉보기에는 죽을 때까지 평온한 가정생활이 계속되지만, 여러 가지 점으로 보아 그에게는 여성과 결혼을 혐오하는 경향이 있었던 것 같다. 작품의 등장인물을 보아도 독신 남자가 압도적으로 많고, 여성 등장인물은 거의 판에 박힌 조역에 머물러 있다.

어쨌든 이 결혼으로 베른의 생활은 가정 밖에서도 크게 달라지게 되었다. '생계를 위해' 처남의 소개로 증권거래소에 취직한 것이다. 베른과 주식은 전혀 어울리지 않는 듯 보이지만, 19세기 후반부터 20세기 초까지 주식시장의 발전과 함께 투자는 대중적으로 널리 보급되어 있었고, 당시 문인들 중에도 주식에 관여한 사람이 많았다. 베른도 주식거래를 통해 과학기술과 산업의 발전 및 사회생활의 변화를 실감하고, 전 세계의 정보를 간접적으로 얻고 있었다. 그런 관점에서 생각하면 당시 문인과 주식의 관계는 재미있는 연구 과제가 될지도 모른다.

증권거래소에 드나들면서도 베른의 문학 활동은 계속되었다. 작품은 역시 가벼운 희곡이 중심이었지만, 〈가정박물관〉이라는 잡지가 그의 주된 활동 무대였다. 이 월간지는 가족용 교양오락잡지로서, 문학 이외에 과학이나 지리적 발견을 삽화와 함께 게재하고 있었다. 베른은 나중에 소설의 원형이나 소재가 될 만한 이야기를 이 잡지에 많이 발표했다.

1862년, 베른은 기구를 타고 아프리카를 탐험하는 이야기를 썼다. 기구는 당시 사람들의 관심을 모으고 있었고, 특히 유명한 사진작가이자 소설가 · 저널리스트 · 평론가 · 만화가로도 활약한 나다르(Nadar, 1820~1910)가 1863년에 기구 '거인호'로 실험 비행을 한 것은 엄청난 센세이션을 불러일으켰다. 베른과 나다르는 기구에 대한 열정을 계기로 의기투합하여 평생 친구가 되었지만, 나다르의 비행 계획은 유럽 전역에서 큰 반향을 얻은 반면 베른의 소설은 출판할 전망조차 보이지 않았다. 그는 원고를 들고 여기저기 출판사를 찾아다니는 형편이었다. 그 무렵, 베른의 생애에서 가장 중요한 만남이 이루어진다. 피에르 쥘 에첼(Pierre-Jules Hetzel, 1814~86)과의 만남이었다.

에첼은 단순한 출판업자가 아니었다. 직접 펜을 들고 많은 작품을 쓴 작가였고, 철저한 공화주의자로서 2월혁명 이후 수립된 임시정부에서는 각료급 요직을 맡기도 했다. 출판에서는 빅토르 위고나 조르주 상드 같은 위대한 낭만주의 작가들의 보급판 책을 펴내고 있었지만, 나폴레옹 3세의 제2제정이 시작되자 벨기에로 잠시 망명했다가 파리로 돌아온 뒤에는 아동도서 출판에 힘을 쏟게 된다. 당시 프랑스에서는 교회가 아동 교육을 지배하고 있었다. 프랑스의 미래는 교육에 달려 있다고 생각한 에첼은 젊은 두뇌가 시대에 뒤떨어진 교육에 묶여 있는 현실을 개탄하고, '재미있고 유익한 책', 특히 당시의 교회 교육에서는 무시되고 있던 유용한 과학 지식을 알기 쉽게 가르치는 서적을 출판하여 새 시대에 어울리는 아이들을 키우려고 한 것이다.

1862년 당시, 에첼은 청소년용 잡지인 〈교육과 오락〉을 창간할 계획을 세우고 집필자를 찾고 있었다. 따라서 두 사람의 만남은 양쪽에 결정적인 사건이 되었다. 에첼은 아직 다듬어지지 않은 베른의 원고를 읽고 그 재능을 간파하여 장기 계약을 제의했다. 베른은 물론 크게 기뻐하며 승낙하고, 이리하여 소설가 베른이 탄생하게 된 것이다.

베른의 원고는 에첼의 조언에 따라 수정된 뒤, 1863년에 《기구를 타고 5주간》이라는 제목으로 출판되어 대성공을 거두었다. 그 후 풍부한 결실을 맺은 2인3각의 활동이 시작된다. 베른은 쌓여 있던 것을 토해내듯 차례로 작품을 써냈고, 그의 작품은 대부분 〈교육과 오락〉을 비롯한 잡지나 신문에 연재된 뒤 에첼의 출판사에서 단행본으로 간행되고, 다시 삽화를 넣은 선물용 호화장정본으로 재출간된다. 수많은 판화로 장식된 호화장정본은 당시 선물용으로 인기를 끌었을 뿐 아니라 지금도 애호가들이 군침을 흘리는 대상이고, 파리에는 '쥘 베른' 이라는 전문 고서점까지 있을 정도다.

이리하여 '경이의 여행' 시리즈로 지금도 전 세계 독자들에게 사랑받고 있는 걸작들이 1년에 두세 권이라는 놀랄 만한 속도로 잇따라 태어났다. '알려져 있는 세계와 알려지지 않은 세계' 라는 부제로도 알 수 있듯이 '경이의 여행' 은 인간이 아직 발을 들여놓지 않은 미개지, 망망대해에 떠 있는 무인도로의 여행으로 끝나는 것은 아니다. 지구의 중심으로 들어가거나, 극지방으로 가거나, 공중으로 떠오르거나, 바다 밑바닥으로 내려가거나, 지구의 대기권을 뚫고 우주로 날아가는 등 웅장한 규모를 갖는 모험 여행이다. '경이의 여행' 에는 지리학 · 천문학 · 동물학 · 식물학 · 고생물학 등 많은 정보와 지식이 들어 있기 때문에 '백과사전 여행' 으로도 볼 수 있다. 또한 인간 형성의 통과의례가 아니라 유럽인의 근저에 숨어 있는 신화나 종교에 도달하기 위한 '통과의례 여행' 이기도 하다.

'경이의 여행' 은 요즘 말하는 SF의 선구이기도 했다. 실제로 잠수함, 포탄에 의한 우주여행, 비행기계, 입체 영상 장치, 움직이는 해상 도시 등 현실보다 앞선 작품 속에서 '발명' 되거나 실용화된 기계와 장치도 많다. 그런 것이 등장하지 않는 경우에도 베른의 작품은 언제나 학문적인 지식이나 기술적인 정보를 많이 담고 있어서, 계몽적 과학소설의 면모를 갖추고 있다.

이런 작품들이 태어난 배경에는 물론 당시의 과학기술이나 산업의 발달, 그에 수반되는 세계의 확대, 정보량의 증가 등의 현상이 있다. 19세기 후반에는 전기를 중심으로 하는 온갖 발명과 발견이 잇따랐을 뿐 아니라, 철도와 기선이 눈부시게 발달했고 전신망이 전 세계로 뻗어갔으며, 증권거래소는 활기에 넘쳤고, 신문 발행 부수는 크게 늘어났다. 런던과 파리에서는 세계박람회가 열려, 최신 과학기술과 전 세계의 문물을 전시하여 사람들의 꿈을 자극했다. 인류는 지식을 통해 커다란 힘을 얻고 끝없이 진보할 거라고 당시 사람들은 믿었다. 베른은 그런 낙관적인 미래를 작품 속에 끌어들여 소년의 꿈과 결부시킨다. 그의 작품에 자주 등장하는 만물박사는 그런 세계에서의 이상적인 인물상이라고 할 수 있다.

물론 현대의 관점에서 보면 과학기술의 진보가 좋은 결과만 가져온 것은 아니다. 산업의 발달은 한편으로는 빈부격차와 생활환경 악화를 낳았고, 과학의 발달은 전쟁 기술의 진보를 가져왔다. 유럽인의 세계 진출은 인종차별과 결부된 식민지 지배가 되어, 이윽고 20세기에 일어난 두 차례의 세계대전으로 이어진다.

베른이 평화사상과 인도주의의 입장에 선 작가였다는 것은 작품에 묘사된 이상사회의 모습과 전쟁 비판, 노예제 폐지, 민족해방 등의 메시지를 보아도 분명하지만, 한편으로는 졸라나 디킨스와는 달리 현실의 사회적 모순에는 별로 눈을 돌리지 않았음도 인정해야 한다. 또한 그의 작품에 되풀이 묘사되는 탐험이나 건설의 꿈이 당시 제국주의적인 식민지 확대 경쟁과 보조를 맞춘 것도 부인할 수 없다. 휴머니즘을 호소하면서 식민지 지배를 긍정하는 것은 모순된 태도지만, 당시 사람들에게는 그런 의식이 거의 없었다. 베른도 미개지에 문명을 가져다주는 한 식민지 지배도 나쁘지 않다고 생각한 것 같다. 문학에 과학기술을 도입하고 소년 독자층을 개척했다는 면만이 아니라 그런 면에서도 베른은 시류를 탄 작가, 또는 시류보다 한 걸음 앞서 나아간 작가였다고 말할 수 있다.

1869년에 《해저 2만리》를 발표한 뒤, 1872년에는 전쟁(1870년의 프랑스-프로이센 전쟁)과 혁명(1871년의 파리코뮌)으로 불안정해진 파리를 떠나 아내의 고향인 아미앵으로 이주한다. 이 무렵부터 그는 국민적, 아니 세계적인 명성을 얻게 되었다. 《80일간의 세계일주》 연재가 유럽과 미국의 독자들까지 들끓게 한 것을 비롯하여 《신비의 섬》과 《황제의 밀사》 등이 차례로 베스트셀러가 되었고, 연극으로 각색되어 대성공을 거두었다. 레지옹도뇌르 훈장, 아카데미 프랑세즈 문학상 등의 영예도 얻었고, 사교계에서도 인기를 얻게 된다.

하지만 만년에 가까워질수록 베른의 사상은 차츰 염세적인 색채를 띠기 시작한다. 진보에 대한 의문, 미래에 대한 회의, 나아가서는 인간에 대한 불신이 작품 속에 감돌게 된다. 물론 《해저 2만리》의 네모 선장의 모습에서 볼 수 있듯이, 그의 작품에는 원래 수수께끼 같은 어두운 정념이 숨어 있었다. 하지만 《카르파티아 성》과 《깃발을 바라보며》 등 후기로 갈수록 회의적인 분위기가 짙어지는 것도 분명하다.

이런 작풍 변화에 대해서는 베른의 사생활에 일어난 불행이 영향을 미쳤다는 설도 있다. 1886년 3월, 정신장애를 가진 조카의 총에 맞아 상처를 입었고, 그로부터 일주일 뒤에는 그의 문학적 아버지라고 해야 할 에첼이 여행지인 몬테카를로에서 죽는다. 그의 시신은 파리로 운구되어 장례식이 치러지지만 베른은 참석하지 않았다. 에첼의 죽음은 베른에게 깊은 슬픔을 안겨주었을 뿐 아니라, 그의 몽상의 어두운 면을 억제하는 역할을 맡아온 인물이 없어진 것을 의미하기도 했다. 다시 이듬해에는 어머니가 세상을 떠난다. 부와 명예가 늘어나면서 세 번이나 바꾼 호화 요트도 처분하고, 그 후로는 여행도 떠나지 않게 되었다.

1888년에 그는 아미앵 시의회 의원에 당선되었다. 하지만 사생활에서는 인간혐오증이 더욱 심해져, 사교를 좋아하는 아내가 아무리 부탁해도 좀처럼 사람을 만나려 하지 않은 모양이다. 그런 가운데서도 창작에 대한 정열만은 결코 잃지 않았다. 백내장으로 말미암은 시력 저하와 싸우면서도 규칙적인 집필 생활을 계속하여 해마다 꾸준히 작품을 발표했다.

1905년, 전부터 앓고 있던 당뇨병이 악화했다. 증상이 시시각각 전 세계에 보도되는 가운데, 3월 24일 베른은 가족에게 둘러싸여 숨을 거둔다. 향년 77세. 장례식에는 수많은 사람들이 모여들었고, 전 세계에서 조사(弔詞)가 밀려들었다고 한다.

최근 유네스코(UNESCO)가 조사한 바에 따르면, 쥘 베른은 외국어로 가장 많이 번역된 작가 순위에서 다섯 손가락 안에 꼽히는 것으로 밝혀졌다.* 이처럼 그는 상당히 널리 알려져 있는 작가지만, 좀더 들여다보면 상당히 잘못 알려져 있는 작가이기도 하다.

* 유네스코에서 펴내는 《번역서 연감》(Index Translationum)에는 해마다 전 세계에서 새로 출간된 번역서의 총수가 실려 있다. 이 통계 조사가 실시되기 시작한 1948년 이래 쥘 베른은 'Top 10'의 자리를 벗어난 적이 없는데, 21세기에 들어선 이후에는 순위가 더욱 높아져 줄곧 3~5위를 차지하고 있다. 2008년 6월에 발표된 자료에 따르면 베른을 앞선 저자는 월트 디즈니사와 애거사 크리스티뿐이다.

많은 사람들이 베른을 아동용 판타지 작가로만 알고 있는데, 이렇게 된 데에는 물론 그만한 이유가 있다. 그가 성공을 거둔 것은 아동도서 출판업자와 손잡은 결과였고, 베른의 작품 중에는 아동도서 시장을 겨냥한 것도 여럿 있었다. 또한 그의 작품에 나오는 발명품들은 그것을 난생처음 접하는 19세기 독자들에게는 경탄할 만한 것이었지만, 과학 발전의 현실은 곧 그것을 능가해버렸기 때문에 그후의 세대에게는 시시하고 평범해 보였을 것이다.

하지만 이제 그는 더 이상 아동문학가로 여겨지지 않는다. 오히려 과학기술 전문 잡지가 그의 작품을 연구 분석하는 일이 점점 늘어나고 있다. 사실 베른만큼 독특하고 다양한 작품을 창작했거나 교양과 오락을 겸비한 소설을 쓴 작가는 거의 없었다.

이 고독하고 부지런하고 창의적인 작가가 불멸의 존재가 된 이유를 프랑스의 평론가인 장 셰노는 이렇게 설명하고 있다.

"쥘 베른과 '경이의 여행'이 아직도 살아 있다면, 그것은 그 작품들이 20세기가 피하지 못했고, 앞으로도 피하지 못할 문제들을 일찌감치 제기하고 있었기 때문이다."

2. 작품 해설

《달나라 탐험》(Autour de la Lune)은 《지구에서 달까지》(1865년)의 속편으로, 또한 '경이의 여행' 시리즈의 일곱 번째 작품으로, 《그랜트 선장의 아이들》과 《해저 2만리》에 뒤이어 1869년에 발표되었다. 11월 4일부터 12월 8일까지 신문 〈데바〉(Journal des Débats politiques et littéraires)에 연재된 뒤 이듬해 1월에 단행본으로 출간되었고, 1872년 9월에는 삽화가 실린 호화장정본으로 세상에 다시 나왔다.

1869년은 쥘 베른이 3월부터(이듬해 6월까지) 《해저 2만리》를 격주

간 잡지 〈교육과 오락〉에 연재한 해이기도 하다. 뒤이어 《떠다니는 도시》와 《80일간의 세계일주》를 발표했고, 3부작 《신비의 섬》을 연재하기 시작한 것이 1874년 2월이다. 그러므로 이 무렵 쥘 베른의 창작력이 얼마나 왕성했는지, 또한 그의 인기가 얼마나 높았는지를 미루어 짐작할 수 있다. 이는, 사실주의(소설)와 상징주의(시)가 문단을 지배하고 있던 풍토에서 과학과 모험을 소설에 도입하여 성공을 거둔 데 따른 베른의 자신감을 보여주는 것이기도 하다.

《달나라 탐험》을 쓰면서 베른은 먼저 《지구에서 달까지》의 주요 사건들을 간추리고 몇 가지 모순과 오류를 바로잡았다. 그는 우주선이 달에 도착하는 날짜를 12월 4일이 아니라 5일로 고쳤다. 이렇게 '전편'의 결말을 수정하여, 달 주위를 도는 물체를 관측한 사람들이 그것을 지구에서 쏘아 보낸 포탄으로 착각했지만 사실 포탄은 그때 이미 지구로 돌아오고 있었다고 말한다. '서장'에서 이런 정보를 제공한 뒤, 화자는 우리를 포탄 캡슐 속으로 데려가 세 여행자의 관점에서 사건을 체험하고 기술한다. 이륙할 때 그들의 반응, 도중에 겪는 사건과 사고들, 외계와 달에 대한 관찰, 분화구의 기원에 대한 추론 등등. 이 소설은 포탄이 극적으로 태평양에 떨어져 회수된 뒤, 세 여행자가 세계적인 영웅으로 찬양받는 장면으로 끝난다.

모든 이야기가 포탄이라는 지극히 한정된 공간 안에서 일어나기 때문에, 베른은 줄거리를 끌어나갈 만한 재밋거리를 만들어내야 한다는 강박감에 시달린 것처럼 보일지도 모른다. 하지만 그는 교묘하고 절묘한 방법으로 재미를 만들어낸다. 그는 해결해야 할 딜레마를 제기하여 에피소드 구조에 변화를 준다. 이 딜레마는 당혹스러운 의문—포탄이 발사되었을 때 왜 폭발음을 듣지 못했을까? 포탄이 원래의 진로에서 벗어난 원인은 무엇인가? 달에는 생명체가 살고 있는

가?—처럼 여겨질 수도 있다. 또는 좀더 심각하고 심지어 목숨이 달린 문제—포탄은 달에 도착할 수 있을까? 달을 그냥 지나쳐 우주 공간을 헤매지는 않을까? 달의 인력에 붙잡힌 채 영원한 위성으로 남아 있게 되지는 않을까? 지구로 무사히 돌아갈 수는 있을까?—일 수도 있다. 이 작품 전체에서 딜레마와 그 해결은 긴장과 이완의 순환 구조를 이루고, 그것은 갈등을 낳고 호기심을 자아내고 흥미를 유지하는 역할을 한다.

《지구에서 달까지》에서 베른은 '대포로서의 지구'를 핵심적인 메타포로 이용하여, 스토리에 포함되어 있는 많은 갈등과 모티프를 만들어냈다. 《달나라 탐험》에서 그는 목적을 이루기 위해 달에 대한 신화와 월리학적 지식을 메타포로 이용한다.

속편을 전편과 연결하는 중요한 이미지—실은 '경이의 여행' 시리즈에 되풀이 나타나는 이미지—는 '세계의 배꼽'이다. 하지만 이 이미지가 의미를 갖는 것은 거기에 안티테제가 수반되기 때문이다. 《지구에서 달까지》에서는 콜럼비아드를 만들기 위해 파고 들어간 수직갱이 인공 '배꼽'을 암시하는 반면, 《달나라 탐험》에서는 그 배꼽이 자연스럽게 '달에서 가장 눈부시게 빛나는 티코 산'으로 묘사된다.

> 이 산을 묘사하기 위해 미셸 아르당은 상상할 수 있는 모든 비유를 동원했다. 그에게 티코 산은 불이 활활 타오르는 화로이고, 빛을 발하는 중심이고, 광선을 토해내는 분화구였다. 또한 반짝이는 수레바퀴의 바퀴통이고, 은빛 촉수로 달 표면을 죄고 있는 불가사리이고, 빛으로 충만한 눈이고, 플루토(저승의 신)의 머리를 위해 새겨진 후광이고, 조물주가 던져서 달의 얼굴에 맞고 부서진 별이었다.

이 티코 산은 지구의 주민들이 40만 킬로미터나 떨어져 있어도 망원경 없이 볼 수 있을 만큼 눈부시게 빛나는 빛의 중심을 형성하고 있다. 따라서 겨우 600킬로미터 떨어진 곳에 있는 여행자들 눈에는 그 빛이 얼마나 강렬했을지 상상해보라! 순수한 에테르를 통해 바라보면 그 빛은 견디기 어려울 정도였다. 바비케인과 친구들은 그 빛을 견디기 위해 가스 연기로 망원경의 접안렌즈를 검게 그을려야 했다.(본문 238~239쪽)

아르당의 메타포는 눈부신 중심점, 빛의 원천을 가려낸다. 그것은 모든 지식의 원천인 '세계의 배꼽'을 묘사한다. 이것은《지구 속 여행》에서 여행자들이 더 많은 지식을 얻기 위해 내려가려다가 쫓겨난 화산의 수직갱을 연상시킨다. 인간의 능력을 넘어 신의 신비 속으로 파고들면 안 된다는 경고의 메타포다. 그러기에 바비케인과 친구들은 강렬한 반사광을 보기 전에 유리를 그을려 흐리게 한다. 다시 말해서 그들은 이 지식의 '원천'에 곧바로 다가가기를 일부러 피한 것이다. 그럼으로써 티코 산은 비밀을 보존하고, 여행자들은 온전한 정신을 유지할 수 있게 된다.

'세계의 배꼽'이라는 이미지를 더욱 확대하여《달나라 탐험》은《지구에서 달까지》의 지구-대포와 달-표적 이미지에 내포된 성적 이중성을 독자적인 형태로 변형시킨다. 예를 들면 제11장에서 미셸 아르당은 월면도를 두 부분으로 나누어, 한쪽은 여성적이고 또 한쪽은 남성적이라고 구분한다.

좌반구에는 인간의 이성이 자주 빠지는 '구름의 바다'가 펼쳐져 있다. 거기서 멀지 않은 곳에 힘겨운 생활의 흔적을 보이고 있는 '비의 바다'가 있다. 그 옆에는 '폭풍의 바다'가 있고, 여기서는 인간이 거의 이길 수 없는 정열과 맞서서 끊임없이 싸우고 있다. 기만과 배신과 부정, 지구상의 온갖 불행에 지쳐버린 인간이 생애의 막바지에 발견하는 것은 무엇인가? 그것은 거대한 '우울의 바다'다. 이 우울은 '이슬 만'에서 들어오는 몇 방울의 물로는 가라앉지 않는다. 구름, 비, 폭풍, 우울—인간의 한살이에 그 밖의 것이 또 있을까? 이 네 개의 낱말 속에 인간의 삶이 요약되어 있는 것은 아닐까?

'여성에게 바쳐진' 우반구에는 여자의 일생에 일어나는 온갖 사건을 포함하는 의미심장한 이름의 작은 바다들이 있다. 젊은 처녀가 들여다보고 있는 '맑음의 바다'와 웃음을 던지고 있는 미래를 비추는 '꿈의 호수', 애정의 파도가 일렁이고 사랑의 산들바람이 부는 '감로의 바다', '풍요의 바다'와 '위난의 바다', 아주 작은 '안개의 바다', 그리고 모든 일시적인 열정과 부질없는 꿈과 채워지지 않는 소망을 삼키는 '고요의 바다'를 거친 파도는 '죽음의 호수'로 조용히 흘러든다!(본문 156쪽)

베른은 음양의 상징이 지닌 더 광범위한 이원적 함축을 지적한다. 제11장의 제목은 '공상과 현실'이다. 아르당은 끊임없이 상상력에 날개를 달아주는 반면, 바비케인과 니콜은 여행의 실제적인 면을 강조한다. "그(아르당)의 상상력이 이런 '바다' 사이를 뛰어다니고 있을 때, 실제적인 그의 친구들은 좀더 지리적인 사정을 고찰하고…… 그 각도와 지름을 측정하고 있었다." 그러니까 '실제적인 친구들'은 구체적인 세계 안에 남아 있으려 하고, 아르당은 좀더 추상적인 세계로 비상하려 든다.

화자는 달의 대립적 이원성을 더욱 강조하면서, 월면도에는 달이 반사망원경에 실제로 나타나는 상에 따라 거꾸로 그려져 있다는 점을 상기시킨다. 그래서 북쪽과 남쪽은 뒤집혀 있는 반면에 동쪽과 서쪽은 그대로 남아 있다는 것이다. 또한 달의 앞면은 항상 햇빛을 받고 뒷면은 완전한 어둠 속에 남아 있다. 밤과 낮이 극명하게 구별된다. 중간 단계인 어스름은 존재하지 않는다.

이런 사실과 이미지들은 실제적인 기능을 가지고 있다. 교육과 정보 제공이다. 하지만 문학적인 목적도 가지고 있다. 안티테제적 개념, 즉 쉽게 해결할 수 없거나 전혀 해결할 수 없는 패러독스의 존재를 암시하는 것이다. 《달나라 탐험》에서—《지구에서 달까지》에서도 마찬가지다—가장 중요한 변증법인 과학과 자연의 대립은 이 암시 속에 끊임없이 암시된다.

쥘 베른은 모든 작품에서 지식과 과학을 독특한 방식으로 다루고 있다. 그는 놀라운 통찰과 예언을 한 것으로 평판이 나 있지만, 실제로는 이미 알려진 사실을 토대로 추론하되 이미 알려진 사실이 어떤 결과를 낳을 것인지에 대해 지나치게 앞서서 억측하지 않으려고 조심할 뿐이다. 그는 예언자일지 모르지만, 보수적인 예언자다. 하지만 그의 자제 속에는 신비에 대한 경외심이 숨어 있다. 신비는 저절로 드러나지 않으며, 즉각적으로 해명될 수도 없다는 것이 그의 생각이다. 이런 신중하고 합리적인 태도가 없었다면 그의 소설은 뛰어난 SF가 아니라 평범한 판타지로 끝나고 말았을 것이다.

이 책에 실린 삽화들은 뇌빌과 바야르가 제작한 것이다.

알퐁스 드 뇌빌(Alphonse de Neuville, 1835~85)은 낭만주의 회화의 거장 들라크루아에게 그림을 배웠다. 쥘 베른의 《해저 2만리》와

《80일간의 세계일주》의 삽화를 일부 그렸으며, 1870년 이후에는 본격적인 유화를 그렸고, 특히 전쟁화가로서 명성을 날렸다.

에밀 바야르(Emile Bayard, 1837~91)는 낭만주의 화가 코그니예에게 그림을 배웠고, 15세 때부터 신문 잡지에 삽화를 그렸다. 시사적인 그림을 많이 그렸으며, 《레미제라블》《집 없는 아이》 등의 삽화가 유명하다.

달나라 탐험

초판 1쇄 발행 2005년 3월 18일
2판 1쇄 발행 2009년 2월 6일
3판 1쇄 인쇄 2022년 6월 14일
3판 1쇄 발행 2022년 6월 30일

지은이 쥘 베른
옮긴이 김석희
펴낸이 정중모
펴낸곳 도서출판 열림원

출판등록 1980년 5월 19일(제406-2000-000204호)
주소 경기도 파주시 회동길 152
전화 031-955-0700
팩스 031-955-0661
홈페이지 www.yolimwon.com
이메일 editor@yolimwon.com
페이스북 /yolimwon
트위터 @yolimwon
인스타그램 @yolimwon

주간 김현정
편집 조혜영 황우정 최연서
디자인 강희철
마케팅 홍보 김선규 최가인
온라인사업 서명희
제작 관리 윤준수 이원희 고은정 원보람

ISBN 979-11-7040-106-3 04860
979-11-7040-098-1 (세트)

* 책값은 뒤표지에 있습니다. 잘못된 책은 구입하신 곳에서 교환해드립니다.